「茂中さんだったら……私を変えられるのかな？」
白坂キラ
高校二年生の
現役モデル。女優を志し、
無愛想で無表情な自分を
変えたいと思っている。
問題
私たちを
変えた
同じクラスの
茂中先輩
JN091965

生徒会長クビw
クソ真面目
関わりづらい
留年ぼっち
黒沢未月(くろさわみつき)
生徒会を追放された
元生徒会長。
真面目な優等生だったが
グレてしまった。
茂中碧(もなかあお)
成績優秀、イケメン、
彼女持ちと素質は
リア充だが、とある理由で
留年となり……？

赤間鈴
SNSで大炎上し、
周りから腫れ物扱いを
受けている。
依存体質。
無愛想
炎上で人生終了
高飛車モデル
地雷系
人気者から嫌われ者
ヤリチンクズ
金田綾せ
サッカーのユース日本代表で
クラスの中心人物だったが、
とある事件をきっかけに
周囲から見放されて
いる。

「私と散歩できるなんて、幸せなことだと思うよ」
白坂は芸能人でモデルだ。
綺麗だし、誰もが認める
美しい女性だ。
だが、白坂だけに
特別湧き出る感情はない。
別に感動も興奮もしない。
「有名人かもしれないけど、
同じ人間だろ」
「そうなのか？」
「そうなのかって……
茂中さん、私のこと
普通の人間だと思ってるの？」

「やめてやったわ、
あんな
バイトっ！」
まるで吐き捨てるように
言い放った黒沢。
キレているのは明白だ。
「まじか」
どうやら俺が見た
あの騒動の後に
バイトを辞めてきたみたいだ。
思い切ったな。
「ちゃんと理由があんだろ？」
「ええ。話聞いてよっ！」

余り者班の修学旅行！

灰原アリス
茂中の年上彼女。
しっかり者で
意外と甘えたがり。
思い出のツーショット

問題児の私たちを変えたのは、同じクラスの茂中先輩

桜目禅斗

角川スニーカー文庫

23198

contents

プロローグ
遠い約束
004

第一章
余り物には問題がある
009

第二章
別に一つにならなくてもいい
055

第三章
綺麗な薔薇達には棘があり過ぎる
106

第四章
楽しみ方が分からないのよ
175

第五章
失うものはもう何も無い
214

第六章
先輩がやりたかったこと
291

第七章
波乱無しではいられないね
321

◇白坂キラは変わりたい◇
333

エピローグ
救いの手を君にも
343

あとがき
350

design work:arcoinc
illustration:ハリオアイ

プロローグ　遠い約束

目を開けると、俺を見つめている彼女がいた。

唇を離すと、彼女の瞳に映る寂しそうな自分がいた。

立ち上がると、俺を優しく包んでくれていた彼女の細くて脆（もろ）い身体（からだ）が見えた。

「……安心した？」

自信に満ちた面持ちだが、か細い声で問いかけてくる彼女のアリス。

目が合うとベッドの上で恥ずかしい場所を隠すようにアリスは膝を抱えた。

「不安は薄れたけど、恐怖はまだ残ってるかな」

大切なアリスが癒（いや）してくれるからこそ、大切なアリスを失う恐怖も付き纏（まと）う。

「出会いと別れは必ずセットなの。誰かと出会った瞬間に、別れは用意される。それを切り離すことは絶対にできないわ」

俺がアリスと出会った時に、もう別れは用意されていたようだ。

それでも俺は一緒にいることを望んだし、アリスもその道を選んだ。

「友達も恋人も家族も必ず別れる時がくるの。どれだけ仲の良い友達も疎遠になって別れるし、恋人も破局して別れる。結婚して家族になっても、いつかは死が訪れて別れるの」

遅かれ早かれ、別れなければならない日はやって来る。

それを頭ではどれだけ理解していても、受け入れるのは難しい。

「だから、先の別れを恐れるのは無意味である。何も恐れる必要はなく、今を全力で楽しむべし。それが私の思う、人生で一番大事なことなの」

アリスは受け入れている。覚悟もできていて、今を全力で楽しんでいる。

「しっかりと頭に焼き付けなさい」

俺に教えを説くアリスはいつも自信満々だから説得力がある。

「……わかった」

アリスは俺より年齢が三つ上だが、精神年齢はもっと上だと思う。

人生を達観していて、世の中を俯瞰(ふかん)している。頭も良いし、口も達者だ。

俺にとっては彼女である以上に、尊敬する師匠のような存在かもしれない。

とはいえ、アリスに頼って甘え続けるわけにはいかない。そんな自分は変えないと。

「最近、アリスに対して思うことがあるんだ」

「何？　言ってごらんなさい」

これはアリスに言ってはいけないことだと分かっているが、それを自分の胸の内に秘めているだけの強さが自分にはない。

「出会ったのが俺じゃなかったら、アリスはもっと幸せになれたんじゃないかって……」

俺の言葉を聞いたアリスはベッドの上に立ち上がって、俺の目の前で見下ろしてくる。

先ほどまで抱えていた羞恥心を忘れさせてしまうほどの言動だったようだ。

「碧、その言葉は私が今まで聞いてきた碧の言葉の中でも一番酷いわよ」

「……そこまでか？」

「ええ。最低としか言えないわね」

はっきりと最低と罵ってくるアリス。相変わらず容赦がない。

「そんなことが言えてしまうのは、恐ろしく自分に自信が無いからよ」

アリスの言う通り、俺は自分に自信が一切無い。

アリスと出会う前は根拠のない自信があった。普通の人よりは優れているはずだとか、やろうと思えば何だってできるはずだとか。

でも、実際に自分の能力が試される場面が訪れた時、俺は望むような結果を得ることができていなかった。自分を過大評価していたことに気づいた。

「俺と付き合えて良かったな。そんなことが言える人間になりなさい」

「それは……難しそうだな」

「どれだけ時間がかかってもいいから、いつか必ず本気でその言葉を私に言いなさい」

アリスは頑固だから絶対に俺が言うまで忘れないし、考えを変えることもないだろう。

「そうしないと、もうエッチなこととかしてあげないわよ」

「そ、それは困る」

俺の言葉を聞いて、したり顔で笑うアリス。

「私も困る」

アリスも同じ気持ちだと知ると、愛おしい気持ちが胸の内から込み上げてくる。

「碧に自信が無いのは、私しか本当の君を評価している人がいないからね」

「確かに、いつの間にかアリスしか交流する人がいなくなってるな」

「誰かを楽しませて、誰かを救って、誰かに信用されて、誰かに愛される。そういうのを一つ一つ積み重ねていけば、絶対に自信は湧いてくるはずよ」

アリスは厳しさと優しさで、俺をこねくり回して人間性を形作ってくれている。

「自分一人で何かを乗り越えたり目標を達成しても自信は生まれないから要注意ね。自信というのは周りからの評価で湧いてくるもの。それ以外の自信は自尊心でしかないから」

誰よりも俺のことを考えてくれていて、誰よりも俺のことを愛してくれている。

それがアリスであり、俺にとってこの上ない存在である。

「周りのみんなに凄いと言われれば、碧は本当に凄い人なの。周りのみんなに好かれれば、碧は本当に良い男なの。そうなっていけば私に本気で言える日も来るんじゃない？」

「……頑張ってみるよ」

「楽しみだなぁ〜碧が自信満々に俺が彼氏で良かったなって言ってくる日が。今でも大好きなのにそんなこと言われたら……きっと、この気持ちが抑えきれなくなっちゃうわ」

そこまで期待されているのなら、何が何でも実行するしかないな。

「その時に結婚でもいいかも。プロポーズ的な？」

良い事を思いついたという表情で、さらっととんでもないことを口にしているアリス。

「な、何言ってんだよ」

「本気だよ……ずっと待ってるから。約束ね」

アリスは隙だらけだった俺の小指に自分の小指を絡めてくる。

「わかった。必ず言ってみせる」

「よしよし、それでこそ茂中碧だ。私が愛した、最初で最後の男」

約束は必ず守らないといけない。アリスにそう教え込まれた。

アリスの口元を見る。下唇の下にあるホクロが、いつも俺を誘惑してくる。

「いいよ。しても」

俺の気持ちを察したのか、キスの許可をくれたし優しく抱きしめてくれた。

「ずっと見守っててあげるから。大丈夫」

自分に自信が持てるその日まで、俺は決して立ち止まらない。

そして、いつかアリスにプロポーズをしてみせる。

このクリスマスの日に俺はアリスへ誓ったんだから――

第一章　余り物には問題がある

『おはよう』

スマホから聞こえるアリスの声。

寝ぼけていても、その声が耳に届けば活力が湧いて気は引き締まる。

「おはようアリス」

『碧のこと今でも愛してるわ。こっちにいても、この想いは消えてなくなったりしない』

アリスと遠距離恋愛になってから、もう五ヶ月が経つ。

会えない寂しさは募るが、スマホという文明の利器が俺とアリスを繋いでいる。

『今日も一日頑張ってね』

今は手の届かない場所にいるが、アリスは言葉で俺の背中を優しく押してくれる。

『行ってらっしゃい』

「行ってきます」

学校へ行くのは憂鬱だが、アリスに行ってらっしゃいと言われたら行くしかない。

両親は早朝から動物園の仕事へ行っているので、朝は家に誰もいないことが多い。

家は薄暗くて静かだ。電気は点けないし、テレビも見ない。朝食はテーブルに置いてある食パンをそのまま食べるだけ。

ただの食パンに味は無いが、俺の生活も味気ないので気にはならない。食パンの横に置かれている色の濃いジャムなんて載せれば、味も濃くて胸焼けしてしまうだろう。

薄味のような人生を送っていると、食べるのも味が薄い物を好むようになる。そんなことは今の状況になるまで知りもしなかった。

鏡に映る自分はやせ細っていて、肌も青ざめたような色をしている。体調は悪そうに見えるが、別に何も異常はない。

濃厚な人生を送ることができれば、きっと食べ物も味の濃い物を好むようになって、鏡に映る自分も活気づいて見えることだろう。

今の自分は理想の自分とは程遠いし、このままでは自分に自信を持って大好きなアリスにプロポーズするのも夢のまた夢だ。

今の俺には留年という足枷が付いていて、苦行のような学校生活を過ごしている。

自分に自信を持つどころか、自信がさらに失われていく日々だな。


俺の通う新都心高校は四年前に開校したばかりの新設校。

校舎は真新しく設備も最新であり、近未来的な装いで綺麗さも目立つ人気校だ。

乱立する高層ビルや大型施設、ショッピングモールが併設された新都心駅などが近くにあることもあって、ここは埼玉の中でも煌びやかな場所となっている。

活気づいた地域の中、華やかな場所で過ごす生徒達の表情は明るい。高校生活を満喫しているのか、すれ違う生徒達は皆楽しそうに見える。

ただ、賑やかな教室へ入っても、俺は浮いてしまっている。誰一人俺に見向きもしないし、話しかけられることもない。

嫌っている訳ではないが、関わりたくはないといった様子だな。

周りからは腫れ物扱いをされていて、友達もいなければ気軽に話せる相手もいない。

でも、それは仕方のないことだ。

俺は留年をしていて、クラスメイトよりも一つ年上だからな。新しいクラスでの自己紹介時にそれを隠さず説明したため、俺に関わろうとする人は一人も現れなかった。

留年の事実を隠せば友達の一人や二人できていたかもしれないが、友達になってから実は年上でしたと発覚し、騙したなと思われてしまうのを危惧して隠せなかった。

『仁愛ちゃんってほんと友達多いよね。男女問わずで、陰陽問わずだし』

『もうクラスメイト全員と連絡先は交換したかな～』

『凄っ⁉　でも、何でそこまでするの？　中には絶対に絡まない人とかいるじゃん』

『同じ人間なんていないし、みんなそれぞれ違う何かを持っているのが面白いの。ぜんぜん絡まない人でも、将来凄い人になるかもしれない。人脈ってのはあって損ないし』

隣から聞こえてくるクラスメイトの女子達の会話。

仁愛と呼ばれている女子生徒は、可愛いルックスとコミュニケーション能力の高さでクラスの中心人物となっている。俺と真反対の立場だな。

会話からも意識の高さが垣間見え、俺には無い大きな自信を持っている。

だが、平気で嘘をついた。俺もクラスメイトのはずなのに連絡先は知らない。誰でも仲良くしてくれる生徒にすら相手にされないとか、留年ってそんなに悪いことなのか？

やっぱり高校生では年上の俺と仲良くなるのは難しいのか……

先輩と仲良くするようなものだし、気を使わせることが多いはず。むしろ俺がいることで都合が悪くなったり、空気を壊してしまうこともあるはずだ。

学校を休み続けて出席日数が足りなくなって留年したとはいえ、代償は大き過ぎたな。

俺が学校生活を楽しむには、もはや大学生になるまで待つしかないのだろうか？

……気を取り直して、本でも読むか。

鞄からブックカバーの付いた本を取り出して読み始める。

今日俺が選んだ本は【後輩が求める先輩の理想像】というタイトルだ。これは彼女であるアリスが読むべき本として渡してくれたものだ。

これからの学生生活が年下に囲まれた中で送られることを想定して、アリスはこの本をオススメしてきたのだろう。

そんなに読書は好きではないが、一人で過ごすなら読書は最適だ。本を読めば一人でも時間を潰せるし、周りからも変な目で見られない。

【後輩はお手洗いから出てくる姿も見ている。濡れた手を払ったり服で拭かず、ハンカチで拭き取っている大人な姿をあえて見せよう】

本には後輩に好かれるノウハウがびっしりと記されている。

こういう本を読んでいると、好かれる人は好かれる自分を演じているんだなと思う。

俺もクラスメイト達に、留年して一人になっても平気ですよと演じている。本を読んだりして一人でも楽しむ姿を見せて、周りに強がって見せている。

演じているのはきっと俺だけではなく、周りの生徒も同じなはずだ。

友達が欲しいから陽気な自分を演じている。面白い人と思われたいから不思議な自分を演じている。女性にモテたいからカッコイイ自分を演じている。

逆に人間関係は面倒臭いからと周りと距離を置く自分を演じる人もいれば、周りから計算高いと思われたくないからと駄目な自分を演じている人もいる。

みんなそれぞれ居場所に適した自分を演じ分けているだけなのかもしれないな。

学校では陽キャと呼ばれていても、バイト先では居心地が悪くて静かな自分を演じ、周りと距離を置いている人がいるかもしれない。その逆もしかり、学校では陰キャ扱いされている一方で、バイト先では居心地が良くて陽気に過ごしている人もいるかもしれない。

環境が異なれば、演じる自分も変わる。みんな環境に応じて演じる自分を変えているのならば、誰でも陰陽のどちらにもなれるはずだ。

それを踏まえると俺は留年を言い訳にして、自ら塞ぎ込み過ぎていたかもな。自信のある人間になるには、もっともっと活動的な人間を演じないといけないはず。

誰かのために動き回ったり、何かに夢中になったり、時には大胆なことをしたり……

今のつまらない自分とは、もうさよならしないとな。理想の自分になるのは、まず理想の自分を演じるところから始まるのだから。

まぁ頭ではそういう考えに至っても、簡単に身体はついてこないのが現実。自分を変えるために今から明るい自分を演じて友達を増やそうだなんて、無謀過ぎて傷を負うだけだ。

だが、人生というのはきっかけの連続だ。別に何もできずにじっとしていても、自分を変えるきっかけは勝手に訪れる。

大事なのは、きっかけが訪れた時に俺がそのチャンスをものにできるかだ。今はチャンスを確実に掴み取るために、息を殺して静かにその時を待っていればいい。

学校には体育祭や文化祭などイベントが豊富にある。掃除だって委員会だって何かが起きるミニイベントとも言える。学校生活にきっかけは散らばっているはずだ。

「邪魔なのだけど」

急に聞こえた背筋の凍るような女性の冷たい声。その声の主は俺の斜め前で談笑していた女子生徒達を言葉で追い払い、綺麗な黒い髪を靡かせながら俺の前を横切った。

彼女の名は黒沢未月。少し前までは生徒会長だったクラスメイトだ。

相変わらず下唇の下にあるホクロがセクシーだったな。話したことは無いけど、近くを通るとあの口元をどうしても見てしまう。

『何なのあいつ……』

『だから嫌われるんだよ』

当人に聞こえるか聞こえないかの声で陰口を言っているクラスメイトの女子達。楽しく話していた空気をぶち壊されたので、文句の一つや二つ出るのも仕方ない。

黒沢は席に座って荷物を整理すると、俺と同様に本を読み始めた。

黒沢も俺と同じく、一人で平気な自分を演じているのだろうか……

彼女は生徒会長に立候補した人だ。そんな、人との繋がりが大事な役割を自ら進んで担った人が、一人でいることを望むとは考え難い。

もしかしたら、本音は俺と同様に友達が欲しかったりするのかもしれない。

「席つけ〜」

担任の橋岡先生が教室に入ってきて、生徒達が自分の席へ戻っていく。

教壇に立った橋岡先生と目が合い、微笑みを向けてきた。教室では空気扱いをされているので、存在を認知してもらっただけでも嬉しい気持ちになるな。

橋岡先生は美人でスタイルも良く、男子からは人気が高い。だが、一部の女子生徒からはあまり好かれていない。

男子生徒には甘く女子生徒には厳しいという偏りがあるため、評価が分かれている。

その橋岡先生が出欠確認をしていると、金髪の男子生徒がゆっくり教室へ入ってきた。

「うーっす」

遅刻癖や態度の悪さで問題児の扱いを受けている金田綾世（かねだあやせ）。

ここは校則が緩いとはいえ、彼の金髪のように派手な髪色の男子生徒は少ない。目立つ生徒なので興味も無いのに顔も名前も覚えてしまった。

「おい金田、遅刻だぞ」

「反省してまっす」

橋岡先生に注意されても、笑顔で返事をする金田。

「次は無いぞ」

橋岡先生の次は無いぞという言葉は、もう何度も聞いている。それが橋岡先生の甘さであり、金田も反省せずに遅刻を繰り返している。

俺の所感だが、橋岡先生はイケメンの生徒には特別優しく接しているように見える。

先生として生徒を贔屓（ひいき）するのは問題ではと思うが、先生も俺と同じ人間であるため好き嫌いや趣味嗜好（しこう）がある。それを隠さないのは、素直な人とも言えるが……

金田も問題児とはいえ、顔は整っていて男子の俺から見てもカッコイイと評価できる。その容姿も相まって、新学期が始まった時は友達も多くクラスの中心人物だった。お調子者ではあったが、遅刻もせずに授業態度も良く、今とはまるで違う男だった。

だが、一ヶ月ほど前、俺が気づいた時には周りから嫌われていた。金田自身も髪を金色に染めて威圧的な態度を取り始め、自ら周りを遠ざけていった。

彼も不良を演じ、一人が相応（ふさわ）しい存在であろうとしているのだろうか……

だが、わざわざ不良を演じる理由なんて俺には見当もつかないな。

「赤間（あかま）」

橋岡先生が生徒の名前を呼ぶが、返事はない。

「おい赤間、聞いてるのか？」

「……はい」

蚊の鳴くような小さな声で返事をした赤間。彼女もこのクラスでは浮いた存在だ。きっと俺よりも浮いている。

彼女は先月、ＳＮＳで大炎上して実名や写真も晒（さら）され、大きな問題となっていた。

橋岡先生もクラスメイトの前で苦言を呈していたし、学年集会でも取り上げられて校内では後ろ指を差される始末。転校や退学も噂（うわさ）されていたが意外にも停学処分に留（とど）まった。

今では死んだ魚のような目で教室に縮こまり、周りからは距離を置かれている。赤間と比べれば俺の留年なんて状況はかわいいものかもしれないな。

「白坂(しらさか)」

「はい」

俺の前の席で透き通るような声で返事をした女子は、このクラス……いやこの学校で一番目立っている生徒だ。

長くて綺麗(きれい)な、白髪に近い天然のブロンドヘアーを靡かせている後ろ姿。その姿に現実感は無く、見つめていると俺は夢の中で生きているのかと錯覚してしまうほどだ。

白坂キラ。ハーフで高身長の美人。モデルとして活躍している有名人でもある。

去年は化粧品のＣＭでテレビに何度か映っている姿を見たな。最近はモデルを休業しているのか、メディアへの露出は無くなり休みがちだった学校にも毎日通っている。

その名は当然学校で知れ渡っていて、周りのクラスメイトは接するには恐れ多いといった態度を取っている。

何をしても変わらない表情が冷徹に見えて恐(こわ)い印象を与えており、一人でスマホを弄(いじ)っていることが多く周りに歩み寄る傾向もない。男子からも高嶺(たかね)の花(はな)どころか、迂闊(うかつ)に触れてはいけない、ショーケースに飾られた高価な宝石のごとく扱われているように見える。

美人でスターのような生徒でもあるため、少しでも歯車が合えば周りに人が溢(あふ)れてもおかしくはないと思う。だが、ここ一ヶ月はずっと一人で過ごしている。

　俺は彼女を間近で見ているので、現状に何か不満を抱いているのが伝わってくる。

　楽しそうにしているグループを恨めしげな目で見ていたり、不安そうな目で下を向いていることが多い。表情はほとんど変わらないが、些細な違いが俺には見える。

　直接言葉を聞かなくても、仕草で何を訴えたいかは読み取れる。

　彼女は友達が欲しくて、もっと学校生活を楽しみたいのかもしれないな……

　俺は両親が動物園で働いていることもあり、子供の頃から動物と触れ合ったり観察することが多かった。

　動物は言葉を話せないし、意思疎通は難しい。でも、観察や触れ合いを続けていると、言葉は通じなくても仕草や表情、鳴き声や動きで何を考えているかが伝わってくる。

　平たく言えば人間も動物。観察をしていれば気持ちをある程度読み取ることはできる。

　だが、人間は動物園にいる動物とは異なって複雑な感情や思考をしているので、正しく読み取れているかは保証できない。過信するのはやめておかないとな。

「六時間目に修学旅行の班決めを行うから、それまでに軽く話し合いをしておくように」

　出欠確認を終えた橋岡先生は、来月に行われる修学旅行の班決めを行うと口にした。

　それを聞いた周りの生徒達はどうするどうすると浮ついた声で話し始める。

　だが、俺は下を向いた。一緒に班を組む友達もいないし、俺と同じ班になった奴は嫌な気持ちを抱くことになるだろうからな……

目の前にいる白坂もため息をついて俯いている。斜め前にいる黒沢は参ったわねという表情を見せている。どうやら困っているのは自分だけじゃないようだ。

今日のホームルームでは俺達のような一人ぼっちや問題児は、数合わせや擦り付け合いを強いられる。この問題から逃れることもできなければ、目を背けることもできない。

ただ、強制的に繋がりが生まれるきっかけになるかもな。

望んでいたチャンスが訪れそうなのに、何故か無性に嫌な予感がする。

その心配は杞憂に終わってほしいが、果たして――

昼休みになり、クラスメイト達はそれぞれのグループで集まって昼食を始める。

俺は今日も一人。このクラスで一人きりの食事をしているのは、俺とモデルの白坂と元生徒会長の黒沢と大炎上した赤間ぐらいか。

問題児の金田は昼休みになるといなくなる。どこか別の場所で過ごしているのだろうし、別のクラスには友達がいるのかもしれない。

周りから聞こえてくる話題はやはり修学旅行の班決めについてだ。

この学校は男女で修学旅行の班を作るため、班決めは一筋縄ではいかないだろう。男友達が多い男子生徒でも女子生徒と組むとなると困難になる。

男女混合の班とはいえ宿泊する部屋は男女別であり、班行動をする時だけ一緒になる形となっている。その限られた時間を過ごすだけなのに人によっては試練となる。

歴史のない新しい学校ということもあって、校風も新鮮で理事長も変わり者だった。男女の交流機会を増やすことが将来の社会に良い影響を与えることになると全校集会で語っており、球技大会も男女混合だし体育祭も男女混合の競技が多い。

『あたし達人数丁度いいから組もうよ』

『そうだな。俺達が二人でそっちが三人ならぴったし五人だ』

現生徒会長でイケメンの四谷（よつや）とその親友の木梨（きなし）という男が、クラスの中心となっている女子三人組に囲まれて早くもペアを組む約束をしている。

このクラスの美男美女が揃（そろ）い、周囲から一目置かれるイケイケグループが完成した。

やはり、イケてる人達にはイケてる人達が寄ってくるようだ。自分達の価値をより高めるためか、周囲との差を広げるためかは分からないが、あの女子三人組は同格ではない男子達に見向きもしていなかった。

これがきっと自然の摂理というか、人間社会の縮図なのだろう。

それを昼休みのほんの一幕で目の当たりにしてしまった。

いや、待て、その理論だと俺の元に集まるのは……

考えても帰りたくなるだけなので、この先のことは考えないようにしておこう。

六時間目のホームルームが始まったので、スマホを隠しながらアリスの可愛い写真を眺めて現実逃避をする。どんなに辛いこともアリスと一緒なら乗り越えられる……はず。

「じゃあ今から修学旅行の班決めを行うぞ。もう高校生なんだから我儘なことは言わずに協調性を持ってスムーズに決めてくれ」

橋岡先生は班決め開始の宣言をするが、俺にとってはデスゲーム開始の宣言でもある。

生徒達は相談をするため席を立ち上がり、それぞれ小さな集団を作り始める。現生徒会長の四谷を中心に集うリア充グループは先生に班が決まったと真っ先に報告へ向かった。

その後も合わせたら五人になるような都合の良い集団同士がとりあえず組み、班が成立しては先生に報告している。

相手を選り好みしていて出遅れると、あまり好ましくないクラスメイトと組む羽目になる。特にこのクラスには問題児がちらほらと見受けられるので、多少は相手を妥協してでも早めに班を組んで最悪の事態は回避したいという意思が班決めをスムーズにしている。

「優秀だな私のクラスの生徒達は」

思いの外、次々と班ができていく光景を見て感心している橋岡先生。

しかし、俺は焦っている。数合わせとして声をかけられるのを待っていたが、一向に俺へ近づいてくる生徒はいない。

男子が二人で女子が二人のグループがあれば、五人グループを作るため数合わせとして無害そうな俺をとりあえず加えようという流れがあると思っていた。

だが、みんな複雑なパズルがかちっとはまっていくように二人と三人のグループを組み合わせ、滞りなく班を作っていってしまう。

このままだと恐れていた最悪の事態を迎えることになる。

留年ぼっちの俺、元生徒会長の黒沢、前の席にいるモデルの白坂、炎上女の赤間、金髪不良の金田。このクラスの問題児は合計五人。

この問題児達が散り散りにならず、余り続けてしまうのはヤバ過ぎる。いや、俺は留年しているだけで問題児ではないんだが。

「おっ、もう五つの班ができたか。ということは必然的に……」

橋岡先生は教室を見渡してまだ組んでない生徒の顔を見ていく。もちろん俺も含まれていて目が合うと微笑みかけられた。

ヤバいっ！　このままでは絶対に起きてはならないことが起きてしまう！

「余ったのは赤間と金田と黒沢と白坂と茂中(もなか)の五人か。ちょうど五人だから、君達で一つの班だな。これで班決め終了。こんな短時間でできるなんて君達は協調性があるな」

時すでに遅しか……

頭を真っ白にして何も考えないようにしたいが、それを強制的に塗り替えるほど真っ黒な現実が突きつけられて、思考の中でも逃避はさせてくれない。

『ウケる。最後の班、地獄じゃん』

背後から聞こえてきた女子生徒のせせら笑う声。

彼女の言う通り、きっと俺の班は周りから見たら地獄絵図なのだろう。

そして俺はその地獄を生きなければならない悲惨な人間。別に何も悪いことなんかしてないし、日頃の行いだって良かったはず。本当に人生ってのは理不尽だな。

「今日は班決めだけで終わると思ったが、時間が余ったから班ごとに集まって自由行動時にどこを回りたいかとか話し合って交流を深めてくれ。必ず班長だけは決めるように」

橋岡先生は前倒しで事を進めてくるが、俺はまだ気持ちの整理ができていない。

班を組んだ生徒達は適当な席に座り、普段とは異なる席でそれぞれ和気あいあいと話し合いを始めていく。もうやり直しができる空気ではない。

「あ、あの、すみません。ここら辺で集まりたいんで」

遠回しに邪魔だとクラスメイトから声をかけられて席を立つ。そして、行き場を失う。

立ち上がったが最後、俺に帰れる場所は無い。もう、やるしかないみたいだな……

とりあえずは前の席にいるモデルの白坂の横に立ってみる。会話をしたことはないが、席が前後なのでプリントの受け渡しなど業務的なやり取りは経験済みだ。

無感情な目で俺を見た白坂。きっとこの子も俺と同じように、最悪の事態になったと絶望していることだろう。

「一緒の班になったみたいだな」

「そ、そうだね」

白坂は視線をあちこちに逸らして落ち着きがない様子だ。

堂々とした佇まいだが、態度には緊張が見える。

「……ど、どうす」

「……え？」

緊張で言葉が喉に詰まって中途半端になってしまった。

この気まずさは異常だ。今まで体感したことのない領域。中学校の体育祭で、学年リレーの際に転んだ時と匹敵する気まずさがあるな。

だが、こういう時は年上の俺が頑張ってリードしなければならない。

「他の班の人にも声をかけていこうか」

「う、うん」

俺の言葉を聞いた白坂が立ち上がる。一六五センチ以上ある背丈に、美し過ぎる小さな顔。宝石のように綺麗な瞳、艶やかで柔らかそうな唇。

やはりモデルなだけあって普通ではない空気感が漂っている。彼女が放つ眩いオーラを浴びると、俺とは違う特別な人なんだと思い知らされる。

「あ、あの……」

「どうした？」

「えっと、その……やっぱいいや」

何かを言いかけて止めた白坂。向こうも気まず過ぎて言葉に詰まったのかもしれない。

「嫌な班になってしんどいよな」

「……別に嫌とかじゃないから。誰かと関われるなら、それだけで嬉しいし」

意外にも白坂は余り者で組まされた班でも悲観的になっていないようだな。

俺と白坂は微妙な距離を保ちながら黒沢の座る席の前に向かい、年上の俺が勇気を出して黒沢に話しかけた。

「一緒の班になったみたいだな」

「……そうね」

こちらに目線すら向けず、露骨に嫌そうな声で返事をしてきた。

特に立ち上がる様子もなく、そっぽを向いている。班決めの結果にイライラしているのがひしひしと伝わってくるな。

「みんなと集まらないと話し合いできないから移動するぞ」

「わかってる」

わかってると言いつつも、一歩も動く気配がない黒沢。

「体調でも悪いのか？　それとも、もし不安でもあるなら、それはみんなも一緒だから受け入れるしかなさそうだぞ」

「子供扱いしないで。言われなくても全部わかってるから」

冷たい言葉を吐きながらも黒沢は立ち上がってくれた。白坂とは違い攻撃的な面があるので、対応が難しいな。

「あの人、元々ああいう性格で嫌われ者だから。あんま気にしなくていいと思う」

白坂が黒沢に聞こえるか聞こえないかの小さな声で俺に伝えてきた。

黒沢のことは俺もある程度知っている。きっとこの性格だから、生徒会長をクビになるという前代未聞な出来事を起こしたのだろう。

「大丈夫。でも、フォローしてくれてありがとう」

「えっ、う、うん」

俺の返しが意外だったのか、白坂は少し戸惑いながら相槌をした。

俺的には白坂がフォローしてくれることの方が意外だった。友達がいない割には、思いやりの気持ちを有している。周りから好かれそうなタイプにも思えるが。

「はぁ……」

周りの賑やかな様子を見て、重苦しいため息をつく黒沢。

品行方正で成績優秀。自分にも他人にも厳しく、物事をはっきりと言うタイプの真面目な優等生。生徒会長に相応しいスペックを持っているように見えたが……

しかし、クビになった。この新都心高校の自由な校風には合っていなかったらしい。

一年生の二学期に、他に立候補者がいなかったという理由で生徒会役員だった黒沢が異例の早さで新生徒会長になったそうだ。

だが、堅物の黒沢は何かある度につまらない、空気読めないという評価を受けたそうだ。そのヘイトが日に日に高まり、評判がウザいや嫌いにエスカレートしていき、文化祭時には黒沢をどうにか辞めさせようという運動が起きるほどだったとか。

その後、黒沢はとある禁忌を犯してしまい、教頭先生からクビを言い渡されたそうだ。その事実は生徒に知らされていないので、嫌われ過ぎてクビになったと思われている。

そして今では、品行方正で真面目な生徒から態度の悪い不真面目な生徒に変貌した。だぼだぼのカーディガンを着ていて、スカートは短いし派手なピアスまで付けている。良く言えば垢抜けたと表現できるが、悪く言えばグレたとも言える。

俺は去年ほとんど学校へ来ていなかったのだが、聞いてもないのに橋岡先生が二週間ほど前に何故かベラベラと黒沢のことを俺に話してくれたので、黒沢の事情は把握している。

どうして橋岡先生は俺に黒沢の話をわざわざ聞かせたんだろうか……まるでこうして修学旅行の班で一緒になり繋がりができる未来を予測していたようにも感じるから、少し不気味だな。

不意に視線を感じてその方向を見ると、新生徒会長の四谷がこちらの様子を眺めていた。

やはり元生徒会長の行く末というか、落ちぶれっぷりが気になるのかもな。

「一緒の班になったみたいだな」

俺は次に常に死んだ魚のような目をしている炎上ガール赤間に声をかけた。

というか、何でみんなこっちから行かないと集まってくれないんだよ。

「金田のところがスペース空いてるから、そっちに移動して話そう」

「……ん」

息継ぎのような相槌をするだけで、まともに会話が成立しない。

俺がしっかりしないと、この班は本当にヤバいかもしれない。みんな現地で散り散りになって帰ってこないという未来もありうる。

「あの子、ＳＮＳで大炎上してたからあんまり深く関わらない方がいいと思う」

またまた白坂は小声でフォローをしてくれる。気を使ってくれるのは素直に嬉しい。

「それもなんとなく知ってる。でも、同じ班になった以上は関わらないのは無理だな」

「私は他人のフリするけど」

「わかった。なるべく白坂と接点増やさないように、やれることはやるから」

「えっ、う、うん」

またまた俺の返しが意外だったのか、白坂は少し戸惑いながら相槌を打っていた。

そんな反応されると、ちゃんと会話できているのか不安になってくるな。

「……死にたい」

えげつない独り言を呟いた赤間。思わず二度見をしてしまった。

見た目は可愛い女の子で胸も目を引くほど大きく、一見すればモテそうな女子だ。

だが、この学校では炎上の件を知る生徒ばかりなので、みんな白坂のように関わりたくないと避けている。俺は失うものがないので関わっても何もマイナスにはならない。

次に俺達は一番関わりたくない金髪男の金田の元へ向かった。

周りを見るとスマホを眺めている生徒が多い。修学旅行先である沖縄の情報を調べてもいいと先生が言っていたので、ホームルーム中でもスマホを触って問題はないようだ。

金田もスマホを眺めているので、もしかしたらウキウキで沖縄について調べているのかもしれない。一人くらいは意外と乗り気であってほしい。

「なっ」

金田の背後に立つと、スマホの画面には爆乳ギャルのあられもない画像が表示されていた。沖縄の情報じゃなくて、ただのエロ画像見てんじゃねーかこいつ……

俺は女子達に見られないように背中で隠そうとするが、背の高い白坂には見えてしまったのか、少し頬を赤くして顔を背けていた。

「一緒の班になったみたいだな」

これまでと一緒のテンプレ言葉を使って話しかける。画像の件には触れないでおこう。

「あ？」

スマホの画面をしれっと隠してこっちを向いた金田。今さら隠してもおせーよ。

「ここら辺が空いてるから、みんなで座ろう」

クラスメイトは金田の周囲を避けたのか、不自然にスペースが空いていた。

「おいおいゴミみてーな集まりだな」

金田はみんなを一人一人見てから容赦ない一言を呟いた。

「あなたが一番のゴミだから安心しなさい」

金田の言葉にムッとした黒沢が冷たい言葉で言い返す。早速、会話が荒れているな。

「は？　少なくとも一番じゃねーだろ」

怒った表情を見せる金田だが、意外にもゴミである自覚はあるみたいだな。

「争うのはやめようよ。周りから見たらみんな等しくゴミだと思うからさ」

白坂が言い争いを収めようとフォローしてくれるが、一番酷いことを言った気がする。

というか地味に俺もゴミ言われたな。留年しただけなのに。

「……私は違うけどね」

小さい声でそう呟いた白坂。人気モデルなので他とは種類の異なる問題児ではあるが。

「はぁ……」

白坂の一言で沈黙が生まれ、その空間に赤間の小さなため息が響いた。そして、みんなは下を向いてしまう。こんな地獄の中では笑顔で楽しくなんて無理な話のようだ。

ただ、このままでは何も解決しない。ここは最年長の俺がどうにか話を進めさせないといけない。慣れないことだが、誰かが犠牲になるくらいなら俺がやるべきだ。

「班長だけでも決めておかないとな」

俺の言葉にみんなは目を背ける。それすなわち、誰もやりたくないということだ。

「誰かやりたい人はいるか？」

一応聞いてはみるが、誰も挙手する者はいない。知ってたけど。

「生徒会長経験者がいるんだから、そいつが相応しいだろ」

金田は遠回しに黒沢がやれという姿勢を見せる。

「勝手に決めないで」

少し怯えた様子で黒沢は拒否する。生徒会長をクビになっただけあって、リーダー的なポジションにトラウマでも抱えてしまったのだろうか……

「わざわざ生徒会長になったってことは、そういうリーダー役が好きなんだろ？　むしろやらせてやるって言ってんだ、感謝しろよ」

「私のこと何も知らないくせに知ったようなこと言わないでよ」

声を荒らげ始めた黒沢。このままでは摑み合いでも始まりそうな空気だ。

「……誰もやらないなら俺がやる。一応、みんなよりも一つ年上だしな」

言ってしまった。いや、言うしかなかった。

今まで班長どころか何かの代表やリーダーなんかやったことないし、そういうのは向いてないと避けていた。だが、この状況はやむを得ない。

「一つ年上なだけで大人ぶらないでもらえる？」

こ、こいつ……せっかく助け舟出したってのに黒沢は嫌味を言ってきやがった。

「ありがと。名乗り出てくれて助かるよ」

お礼を言ってくる白坂。もし白坂がいなかったら俺のメンタルは崩壊してたかもな。

「パイセンサンキュー」

金田も親指を立てて適当な感謝を述べてくる。こいつなんなんだよ。

赤間は無関心で黙ったままだ。利でも害でもないので今は放置でいいだろう。

「多少はみんなのこと把握してたいから、軽く自己紹介でもしよう」

他の班ではそれぞれある程度の交流があるだろうから、絶対に設けられない時間だ。

だが、俺達には必要な時間。お互い接点もなく、孤独を貫く者達の集まりだからな。

特に反対意見も出てこなかったので、俺は自己紹介を始める。

「俺は茂中碧。留年していて本来なら三年生だ。年上だけど変に気を使わず、同い年みたいに接してくれていい」

趣味でも話すべきかもしれないが、みんな変に馴れ合いたくないと考えているかもしれないので、必要最低限のことだけ言うに留めた。

全員帰宅部だと思うので部活を聞く必要もない。この五人は放課後になると真っ先に教室を出て下駄箱へ向かうからな。レースでもしてんのかってぐらい、真っ先に下駄箱へ。

「美味しそうな名前だね」

良い意味なのか悪い意味なのか分からないが、白坂だけは俺の自己紹介に反応してくれた。確かにモナカという苗字は美味しそうなイメージがあるけど。

「じゃあ次は白坂の番だ」

「白坂キラ。去年までモデルやってたけど今は休業してる。茂中さんと被るけど、芸能人だからって別に気を使わず接してくれていいから」

姿勢よく座る白坂は聞こえやすい声で、簡素な自己紹介をした。

やっぱりモデルなだけあって、自己紹介の練習とか発声練習を積んできたのだろうか。

「じゃあ次は黒沢の番だ」

「黒沢未月……面倒だからあんまり関わらないで」

あっという間に終わった黒沢の自己紹介。馴れ合う気も無ければ協調する気もない態度であり、みんなから不審な目で見られている。

「不純異性交遊で生徒会長をクビになったって噂聞いたけど、あれ本当なのか？」

凍り付いた空気を壊すかのように、ヘラヘラした声で話しかける金田。

「別に誰とも付き合ったりとかしてなかったわよ。勝手なこと言わないで」

「学校でヤったんじゃねーのか？」

「ヤる？　何を？　賭け事？」

金田の話が黒沢には通じていない。俺は金田が言っていることを理解できるし、黒沢に失礼な問いかけではあったと思うがそんなに難しいことは言っていない気がする。

黒沢は過度に常識知らずというか、世間知らずな面もあるのだろうか……

「勉強ばかりでなんにも知らねーんだな。そりゃ世間のことも人の気持ちもわからんだろうし、嫌われて生徒会長をクビになるわけだ」

「馬鹿にしないでよっ！」

前のめりになって金田を睨むにら黒沢。お互い余計なことばかり言うし、敵対的な態度を取るしで二人は特に相性が悪いな。

「ほらほら、馬鹿が馬鹿を馬鹿にしてもしょうがないって。みんな余り者の時点でどこか馬鹿なとこあると思うしさ」

すっかりフォロー担当になった白坂。だが、遠回しというか、もはや馬鹿を四回も言ってて隠す気もなかった。それに地味に俺も馬鹿扱いされていたぞ。

「私は違うけどね」

さっきもだが後から小声で自分だけ外すのズルくないか？

一見まともに見えて一番捻くれた性格をしているかもしれない。

「じゃあ次は赤間の番だ」

「…………」

赤間は何も反応しなかったが、みんなが見つめる空気に耐え切れず口を開ける。

「赤間鈴。はい、自己紹介終わり。人生も」

小さい声で短すぎる自己紹介をした赤間。自己紹介と共に人生も終わってしまった。

「あれだけ炎上して学校来れるとかすげぇな。逆に尊敬するっての」

金田が尊敬すると言いつつも見下すような目で話している。

「厚顔無恥ね」

容赦ない四字熟語でけなしている黒沢。それでも赤間は何も言い返せない。

赤間はふざけて駅のホームから線路に降りているところを誰かに撮られて炎上した。

ニュースでも見たし、全校集会でも言及されていたから友達のいない俺でも知っている。

「これ以上、赤間を責めるの禁止な。本人もえげつないほど反省しているだろうし」

白坂は赤間をフォローする気は無かったので、俺が代わりにフォローをした。

「あなたの指図や勝手に決めたルールに従う気はないから」

反抗的な黒沢に睨まれる。目つきは悪いが可愛い子ではあるため、そこまで怖くはない。

「私は従うけど。班長やってくれてるわけだし」

俺にはフォローしてくれる白坂。ほんとギリギリなところでグループが崩壊せずに済んでいるが、俺が油断すれば一気にバラバラになりそうなほどヒビ割れてしまっている。

「じゃあ最後に金田」

「金田綾世。修学旅行中にエッチしたくなったら俺のとこ来いや」

ドン引き必至の最低な自己紹介にまた空気が凍り付く。おいおい勘弁してくれっての。

「気持ち悪いし反吐(へど)が出るわね」

流石(さすが)にエッチの意味は知っていた黒沢。また酷いことを言っているが、こればかりは黒沢が正しい。白坂もフォローしないってことは、同じ意見ってことだな。

俺も気持ち悪いとは思ったのだが、金田はワザと嫌われそうなことを言っているようにも見えた。誰だってあんなこと言えばドン引きされると予想できるはずだしな。

「じゃあ改めて、修学旅行を少しでも楽しめるように話し合いをしていくか」

場を明るくするため笑顔で口にしたかったけど、顔は引きつってしまう。笑顔は慣れていないので難しいな。

「こんなメンバーで楽しくできるわけないじゃない」

黒沢の容赦ない指摘。この子はさっきから俺を追い詰めてくるが、ドSか何かなのか？

「……まぁ、黒沢の言う通りだな」

「えっ、認めるんだ」

俺の反応に戸惑っている白坂。実際、黒沢の指摘は間違っていないしな。

「今のままではな。でも楽しめる方法はある」

「期待していないけど、一応聞いておくわ」

黒沢は俺の顔を見ずに話し、机を見たまま聞く耳を持ってくれる。

「今のままじゃ楽しめないのなら、俺達が変わればいいだけの話だ。楽しめそうにないグループから、楽しめそうなグループになればいい」

「何よそれ、話にならないわ。人はそう簡単には変われないのよ」

「それはつまり簡単じゃないけど変われるってことだな」

人は変われる。今も俺は一人ぼっちから強制的にクラスメイトとの繋がりができて、知り合いができている。今まで避けていた代表者のような班長役だって初めて名乗り出た。

「……そうね。今からあなたが十年間海外留学でもしたら変われるんじゃないかしら」

「そこまでしなくても変われる。実際、黒沢は十年海外留学なんてしなくても生徒会長の時と変わったように見えるけどな」

「なっ、そ、その、私は……」

俺の指摘に言葉を詰まらせる黒沢。生徒会長の頃とは異なり、スカートも短くなりピアスも開けて誰でも分かるような変貌を遂げている。

それは周囲に私は前の私と違うと訴えたいのか、前の自分が嫌いで離れたいと思ったのか、理由ははっきり分からないが変わりたいという気持ちは伝わってくる。

「変わりたいと思ったから変わったんじゃないのか？」

そう言い切れるのは俺も同じだからだ。変わらないと前に進めない。

「わっ、私のこと……」

「さっきみたいに、私のこと何も知らないくせに知ったようなこと言わないでよって言いたいのか？　それが嫌なら私はこんな人間ですと伝えて、みんなに知ってもらえばいいだけの話だ。きっとそいつがコミュニケーションってやつだ」

普段はそういうことを思っていても、口にはしてこなかった。だが今は、みんなよりも年上という意識が俺に良い意味で少し無理をさせてくれる。

「だから、まずはみんなでコミュニケーション取っていれば、楽しめるかは分からないけど不快な気持ちは減るはず。それぐらいなら変われそうだろ？」

俺の言葉を聞いた黒沢は少し俯き、何も話さなくなった。

「私も変わりたいって思ってる」

俺の目を見てそう伝えてきた白坂。その真っ直ぐな瞳には力強い意志が感じられる。

「赤間はどうだ？」

「死んで生まれ変わりたいとは思うけど」

「……そこまではしないでくれ」

俺の質問を茶化して返してくる赤間。本気で言っていないと信じたい。

「金田は？」

「そんな力まず、ただ問題無く過ごせればいいんじゃねーの？」

「それは難しそうだぞ。問題児の集まりに問題が発生しなかったら、俺達は問題児なんて呼ばれてないはずだからな」

「そりゃそうだな。なら、その問題も楽しむしかねーか」

悪い問題ではなく良い問題が起きればいいのだが、どうなることやら。

班での話し合いの時間は終了し、俺達は元の席へと戻る。

緊張の糸が切れて、どっと疲れが押し寄せてきたな。

今日の日程は終了し、放課後になる。

俺はホームルームの最後に、橋岡先生から十分後に職員室へ来るよう呼び出された。

きっと修学旅行の班についての話だ。一番不安な班の班長になってしまったからな。

席から立ち上がると、ムスっとした表情で俺を見ている黒沢と目が合った。

「ど、どうしたんだ？」

何も言ってこなかったが、無視したら怖そうなので俺から黒沢に声をかけた。

「班長として、もっとすべきことがあったんじゃないの？」

親睦を深めようとしてくれるのかと期待していたが、いきなり駄目出しをされた。

「班長なら率先して班員と連絡先を交換するべきよ。それでラインで班のグループを作って、いつでも連絡事項を伝えたり意見を言える場を設けるべきじゃないかしら？」

やはり黒沢は元生徒会長なだけあって、班長がすべきことを理解している。

きっと俺の行動を見ていて、言いたいことが積もりに積もっていたのだろう。

「申し訳ない。班長というか、代表者とかリーダー的なことをするの初めてだから自分でも手際は悪いと思う。今までそういうの避けてきたからな」

「初めてなら怖くなかったの？　あのメンバーで班長をするのは、誰がどう見ても最初にしてはハードルがちょっと高過ぎると思うのだけど」

「誰も立候補者がいないなら、誰かがやるしかないだろ。それが俺だっただけだ」

黒沢は俺と真逆で今まで率先してリーダーをしてきただろうから、今の俺の気持ちはわかってくれないのかもしれないな。

「金田君のように私が元生徒会長なんだからやればって押し付ければよかったじゃない。そうすれば私がやらざるを得ない空気を作れたはずよ」

「嫌だと思うことを人に押しつけるくらいなら自分でやろうと思っただけだ」

以前までの俺なら班長から逃げていただろうが、今の俺はみんなよりも年上だ。そんな立場の人間が逃げて年下の生徒に押しつけるのは、人として恥ずかしい。

「別に嫌とは言ってないけど」

「黒沢の顔を見てれば嫌というかやりたくないってのは、はっきり伝わってきたんだ」

黒沢は言葉に詰まり、髪をくるくると弄って居心地悪そうにする。

「……そう。申し訳ないわね」

そこはありがとうと感謝を述べるのが一般的ではあるが、黒沢は申し訳ないと謝罪の言葉を選んだ。それが黒沢が人から好かれなかった原因なのかもな。

「まぁ、私が逃げた分、裏方としてサポートはするわ」

「優しいとこもあるんだな」

「そんなことないわ。優しいのはあなたの方でしょ」

班のことを真剣に考えてくれている時点で、他のみんなにはない優しさというか責任感は伝わってくる。思っていた以上に冷酷な人ではないようだ。

「話し合いの時は、協力する気なんてさらさら無さそうに見えたけどな」

「今、あの話し合いの時を振り返ると、拗ねていて我儘で子供っぽかったなと反省してるわ。だからあなたにも子供扱いされてしまった訳だし」

過去の失敗からか、自分を見つめ直して反省する術を身に付けているようだ。

「子供扱いされたくないのなら、子供っぽくなくなればいい。だからこうして、態度を変えて大人の対応を見せているだけ。そこに優しさなんてないわね」

黒沢は優しさを頑なに認めない。少し話しただけで頑固なのが伝わってくる。

「だから今日の私のことは一度忘れなさい。明日からは絶対に子供扱いしないこと」

プライドが高いのか、子供扱いだけは受け入れられない黒沢。

「わかった。子供扱いがそんなに嫌なら、もう極力しないでおく」

それを無理強いすることが子供っぽいぞというのは、胸の内に控えておこう。

「でも、そうやって教えてくれれば、ちゃんと黒沢のことを理解できる。だからこれからも今みたいに自分のことを教えてほしい」

「……それって子供扱いじゃないかしら？」

一瞬で約束を破った俺を睨んでくる黒沢。そこに地雷があるよとわざわざ教えてくれたのに、うっかり踏んでしまう馬鹿な俺も悪いが。

「違う。子供扱いじゃなくて友達扱い。友達に言いたいこと言わずに理解できないから無意味と見下す方が子供扱いだろ？」

「そうかしら？　あまり納得はできないけど、子供扱いじゃないのなら不問とするわ」

なんとか雑な言い訳で許してくれたみたいだけど、黒沢の上から目線がキツ過ぎてまるで俺の方が年下に思えてくるな。

「これで私の用件は終わりよ」

「わかった。これからは気軽に話しかけてくれて構わないからな」

「あなたに遠慮したつもりなんてないけど」

黒沢は生徒会長を務めていただけあって、人見知りということではなかった。

今まで一人でいたのは、単に友達がいなかったからだろう。

そういう意味では似た者同士なのだろう。ぼっち＝陰キャというのは決めつけというか人が勝手に抱くイメージであって、実際は何か訳があってぼっちでいる人も多い。

もしかしたら黒沢も家では笑顔で歌って踊って陽気に楽しんでいるのかもしれない。

……いや、それは流石に無いか。

橋岡先生に呼ばれた時間になってので、俺は黒沢と別れて職員室へ向かった。

職員室に辿り着くと、橋岡先生が入り口付近に立っていた。

「おっ、来たか。この先の指導室へ向かうぞ」

生徒指導室へ移動し、何故かシャツの胸元ボタンを一つ開け、部屋の鍵を掛けた橋岡先生。

「そんな鍵まで閉めて何か大事な話でもあるんですか？」

「いや、鍵を閉めたのは単に生徒と二人きりの秘密の空間の方が興奮するからというだけだ。別に大それた話はないし、説教をするつもりもない」

「噂で聞きましたけど、男子生徒が好きだったりするんですか？」

「そりゃ、私も一人の女だからな。生徒だとしても異性として意識はしてしまうだろ」

少しも悪びれる様子のない橋岡先生。下心を隠すつもりもないらしい。

「それにしても、君は大変な班になってしまったようだな」

「余り者を寄せ集めたのは先生じゃないですか」

「ああするしかなかったんだ。私は悪くないし、あの場では最善の判断だった」

あの場で余り者を処理するには寄せ集めるしかない。文句を言っても無意味か……

「だが、私は君の担任の先生だから見捨てたりはしないぞ」

俺の肩に触れて微笑みを向けてくる橋岡先生。

距離感が異様に近いし、ここぞとばかりにボディータッチもしてきたな。

「前に黒沢について話したことがあったが、他の班員についても話しておくか」

「何で俺に話すんですか？　黒沢が同じ班になるのは予定調和だったんですか？」

「班長だからだよ。それに、黒沢は班とか関係なく君に合いそうだったからな。似た者同士は引き寄せ合うのか、たまたま同じ班になっただけだぞ」

橋岡先生の考えは正しかったのか、クラスの問題児は引き寄せ合うかのように一つの班として集合した。

「赤間は一年生の時に美術部で制作した絵画作品が、どこかの凄い賞を受賞してテレビ番組から取材を受けていたほど芸術的センスに長けている生徒だった」

知らなかった赤間の情報を先生は教えてくれる。今は放課後になると即帰宅しているの

で、残念ながら美術部は辞めてしまったようだな。

「許されない炎上を巻き起こしてからはあの様だ。まさか大きな賞を取ったが故に、受賞時のテレビ映像や写真がネットにあって晒されやすくなるとは気の毒過ぎるな」

栄光があったせいで苦しめられるなんて皮肉過ぎる。

「だが、それでも不幸中の幸いか、その実績や父親が校長と面識があった影響で奇跡的に退学を免れて重い停学処分で済んだ。それでも、あの件以降は病んでしまっているがな」

どうやら赤間は退学の一歩手前まで追い込まれていたようだな。

「金田はサッカーが得意というか、プロに近いところまで来ていた。浦和にあるクラブのユースチームに所属していて、世代別の日本代表にも選ばれるほどだったそうだ。だが、もう半年以上も怪我の影響でサッカーから離れている」

今の様子ではにわかに信じられないが、金田はサッカーの世界では逸材だったようだ。

「白坂はモデルを休業中の芸能人だ。学業に専念したいとのことだが、その割にはこの前の中間テストの成績も悪かったし、熱心に勉強する姿勢も見えない」

白坂に関しては、俺が知っている情報と同じ程度だ。

他のみんなと比べるとヤバい問題児ではないかもしれないが、謎は多いな。

「ポジティブに言うなら、みんな個性豊かですね」

「そうだそうだ。私は普通の人間より、変わってる人間の方が好きだぞ」

「でも、変わり者過ぎてみんな何を考えているのか分からなくて困ってますよ」

「自分とは対照的な人だなと思っていても、似ている部分が多くあったりする。あいつは嫌だなと思っていても、ふとしたきっかけで良いなと思う時もある。みんなかけ離れた存在に見えるようで、意外と近いところにいる。だから、その内分かってくるさ」

自身にもそういう体験があったのか、実感を込めて話す橋岡先生。

「上手くやってくれよ」

「簡単に言いますけど、問題児ばかりなので信じられないくらい大変ですよ」

「何を言っている。一番の問題児は君じゃないか」

橋岡先生は俺の事情を知っている。

俺がどうして留年したかも知っていて、俺が抱えている問題も把握している。

「本気で相談すれば、君の傷を癒すことに最善を尽くすつもりだが」

「結構です。先生は先生でいてください」

外側の傷は時間が癒してくれるが、内側の傷は自分にしか癒せない。

「可愛くないな」

「すみません、ご希望に沿えなくて」

「かまわないよ。君は可愛くないが、私はそういう面倒な男子も好きだからな」

橋岡先生の素直さをどうかと思うこともあるが、頼りになりそうな安心感はあるな。

「俺よりも良い男はクラスにいっぱいいますよ。現生徒会長の四谷とか」

「ふっ……君も大人になればわかるさ。面倒な相手ほど、意識をしてしまう。我儘な相手ほど、かまってあげたくなる。興味を持たれないほど、ムキになってしまうものだ」

大人になると余裕が生まれるから、そういう気持ちを抱くのだろう。若者では許容できる相手の範囲も狭く、多くの人を拒絶して距離を取ってしまうからな。

「頼むぞ年上少年。あの子らが正しい道を進むかは、君の手にかかっている」

「何で俺がそんな重荷を背負わないといけないんですか」

「きっとそれが自分勝手に留年した君の罪なんだよ。黙って背負え」

両肩をパンパンと叩(たた)いてくる橋岡先生。

そうか、これは自己責任か。留年という道を選んだのは俺だからな。

「みんなが良い方向に進めば、先生からドライブデートのご褒美があるぞ」

「そんなところ見られたら大問題になりますよ」

周りも問題児だし、担任の先生までも問題教師だ。

こんなに問題のある人が引き寄せ合ってしまうのは、もはや呪いの類だな――

寄り道せず帰宅し、部屋の隅で膝を抱え込んで座った。

「今日は疲れたな……」

修学旅行の班決めで学校生活が一変し、班長になるという慣れないことをしたため普段よりも何倍も疲れた。環境の変化は重いストレスになるとアリスも言ってたっけな……

こういう時はアリスに癒してもらおう。いつでも呼んでいいと許可も出てるし。

『こんばんは。どうやら私のアドバイスが必要になったみたいね』

スマホから聞こえてくる大好きなアリスの透き通るような綺麗（きれい）な声。

「問題児が寄せ集められた最悪な班で、班長に立候補してしまった」

『留年したということは碧一人だけ年上というか、本来の学年が一つ上ということになる。だから、何かしら学校で代表者やリーダーを任せられる時が来ると思っていたわ』

アリスは頭が良くて物知りだから、俺がどうなるかも想定済みだったようだ。

『自主的にでも押しつけでもリーダーになったのならその役目を全うしないと、周りから無価値と思われ、自分にも価値を感じなくなる。特に碧は責任感強いから心配ね』

「よく分かってるな。俺のこと……」

精神的に強い人にとっては失敗が良い経験になるだろう。その先でプラスに変えて人生の糧にできる人もいる。

だが、俺はきっと失敗という経験がトラウマになって臆病になる。アリスは俺の弱さを理解してくれているから、結果を出さないと駄目だと言ってくれている。

『でも、安心していい。私がちゃんとしたリーダーになるためのコツを教えてあげる』

「助かるよ。アリスがいれば、どんな困難も乗り越えられそうだ」

俺を安堵させるアリスの力強い声。耳を通して全身に響き、不安が薄れていく。

『まずはそうね……メンバーを行動させようとするよりも、リーダーである碧が先に行動しなさい。その姿を見せれば、メンバーも自然と自主的に協力してくれるはずよ』

俺に欠けている自主性。リーダーを全うするには、その弱点を克服しないといけない。

『もちろん、メンバーにリーダーから指示しないといけない状況もあると思う。その時はどうしてそのメンバーがそれをしなければならないかを明確に伝えなさい』

「そうしないと、指示された側に強いモヤモヤやイライラを生んでしまいそうだな」

相手の立場になって考えてみれば、どう思われるか俺でも理解できる気がする。

『最初に目標をはっきり立てることが大事よ。碧が代表者として、そのメンバーと一緒にどういう成果を収めたいのかを早めに伝えておきなさい。そうすればメンバーも成功のイメージが膨らんで、何をすればいいのかはっきりするから』

俺は今日みんなに修学旅行を楽しめるように一人一人変わろうと口にした。

それが目標に近いかもしれないが、具体性は欠けていたかもしれない。

『メンバーとは敵対せずに、常に味方でいること。意見の対立や争いはメンバー同士でさせて、どちらかに肩入れはしない。リーダーは常に中立な立場でメンバーには平等であり、双方の意見を聞いた上で納得できる答えを出して解決しなければならない』

あのメンバーでは対立も多そうだが、俺はただ中立でいればいいのか。そう思うと、少し気は楽になれるな。

『メンバーの中には未熟な人や、当たり前のことができない人もいる。表向きは平気そうに見せて、実は困っている人もいる。きっと大丈夫だろうと過信しないで、どんな人にも何か悩んでいることはないかと声をかけなさい』

このアドバイスはあのメンバーの中では最重要となりそうだな……

『そして絶対にやってはいけないことは……リーダーという立場から逃げること』

「そうだな。それが一番駄目だ」

途中で投げ出すのは、俺でも絶対に駄目だと理解できる。悩みやストレスから一時的に解放されるかもしれないが、それがのちに何倍にもなって自分に降り注ぐことになる。

『余談だけど最後に一つ。ちゃんとしたリーダーよりも、優れたリーダーになるためのアドバイス。目標を明確にすることが大事って最初の方にも言ったけど、その目標を自分が思う何倍も大きく設定しなさい。そうすれば、成功ではなく大成功を収められるから』

俺が今日みんなに言った目標よりも、さらに大きな目標か……

『碧は優しいし人の気持ちもわかる人間だから、リーダーや代表者には向いていると私は思う。でも、もう少し大胆さや積極性、挑戦する心が欲しいとも思う。失敗しても私がいるから、後先考えずに大きく挑戦してみるのもいいんじゃないかしら』

俺のことをちゃんと理解してくれている人の言葉は、心にしっかりと染み渡る。

『私もできることなら碧の成長した姿、頼れる背中を拝んでみたいわ』

そうだ、俺は未熟な自分を変えたいと思っていたんだ。

もっと大きな器を持って、惹かれるような人間性を磨いていれば、アリスはきっと……

『それじゃあ、頑張ってね』

アリスの声は聞こえなくなる。また俺は一人になってしまった。

去年のこの時期までは一人でいるのが得意だった。むしろ一人でいるのが好きだった。

一人の方が気楽だし、一人でも楽しめるし、一人でも満足できていた。

だけど、アリスに出会ってしまった。そして、俺の価値観は変わった。

今の俺は一人が嫌になってしまった。一人でいるのが辛くなってしまった。

今まで考えないようにしていたが、新年度からの学校生活は苦痛だった。

留年したからとか周りに気を使わせるのが嫌だとか自分に言い訳をして孤独を受け入れていたが、本当は誰かとの繋がりが恋しかったし友達だって欲しかった。

それでも一人でいた臆病な自分を修学旅行の班決めが強制的に終わらせてしまった。

俺は理不尽なことが嫌いだったが、人生には感謝すべき理不尽もあるみたいだ。

寄せ集められた問題児の中で班長となった。そんな非常事態も歓迎すべきかもな。

一人で天国にいるより、俺は誰かと地獄にいる方がいい。

第二章　別に一つにならなくてもいい

　学校へ登校し下駄箱で靴を履き替えていると、同じタイミングで登校してきた白坂の姿が目に入った。芸能人なので登校中は眼鏡とマスクをして軽く変装しているみたいだな。

　白坂を眺めていると目が合った。向こうは俺に気づいて「あっ」と声が漏れた。

　俺は挨拶をしようと試みたが、声が上手く出てこなかった。慣れていないことは急にはできない。心の準備ができていなかったので、スムーズに行動へ移せなかった。

　白坂も少し困った表情を見せている。ただ、何か言いたげであるのは伝わってくる。

　沈黙の時間に耐えきれず、お互いに目を逸らして足を動かす。

　だが、俺は自分を変えなければと思い立ち、もう一度白坂の方へ振り返った。

　そして、白坂も振り向いて俺をもう一度見てきた。

「「おはよ」」

　何故か行動も挨拶もシンクロする。

　お互いに同じ気持ちを抱いていたことが、言葉に乗って伝わってきた。

　そのまま特に話さず二人で同じ教室へ向かった。今までも席が前後で物理的に近い存在ではあったが、同じ班という繋がりができたことで関係性的にも近い存在になったな。

「……ねぇ、留年してみんなよりも年上の学校生活ってどんな気分なの？」

教室へ入る直前で、白坂は拳を軽く握りながら話しかけてきた。

「なんだか仲間外れな感じがして少し寂しいかな」

「へぇ、そういうもんなんだ」

高校生で留年する存在は稀だから、俺の気持ちを理解できる人も稀だろうな。

「私も同じ気持ちを抱いて学校生活を送ってる。似た者同士だね」

モデルで有名人の白坂。特別な存在であり、周りとは距離を置かれている。

その白坂も仲間外れという意識があるみたいだ。俺達はまったく違う立場なのに、抱えている気持ちは似ているようだな。

「学校にはいっぱい人がいるのに、寂しいとか不思議だよな」

「そうだね。たくさん人がいるからこそ、より寂しくなるのかもしんないけどさ」

俺達は話しながらそれぞれの席へ座ると、白坂はすぐ俺のいる後ろに振り向いてきた。

「私のことずっと後ろから見てて、どう思ってたの？」

「いつも髪が綺麗だなとは思ってたけど……あ、あと、姿勢が良いから黒板の文字が少し見辛いなってのも感じてた」

つい恥ずかしいことを言ってしまったので、慌てて文句も加えて誤魔化した。本当はそこまで黒板の文字は見辛いと感じていなかった。

「そっか。いつも髪を綺麗にセットしてた甲斐があったかも」

髪を長いストロークで大胆に搔き上げる白坂。サラサラしていてフローラルな良い香りも漂ってくる。思わず心の中で天使かよと呟いてしまった。

「俺が後ろにいてどう思ってた？」

「何か暗い人がいるなって。スマホばっか見てるなって」

「不快に感じてたらすまん」

「そんなことないよ。でも、たまに幸せそうな顔してたのはちょっと疑問だったかな」

そんな顔をしていたのは、きっとスマホでアリスとの写真を見たり、想い出に浸っていたりしたからだろうな。

「その時は彼女との写真でもスマホで見てたからかもしれない」

「……は？」

俺の返しが意外だったのか、今まで見たことのない啞然とした表情を見せる白坂。

「え？」

俺はそこまで変なことを言った気はなかったので、こっちも困惑してしまう。

「彼女いるの？」

「ああ。さっきも言ったが」

「い、意外だね」

どうやら俺は周りから見たら絶対に彼女がいなそうな雰囲気をまとっていたみたいだな。

「そ、その意外というのは顔で判断したわけじゃなくて、暗いというか負のオーラが出てるのに、彼女とかできるんだとかそういう意外さね」

自分の発言をフォローしているが、相変わらず下手で余計に傷ついた。

「……もしかして出会い系？」

「いや、出会った場所は動物園だった」

「何その不思議な出会い場所。ガチなやつじゃんか」

恋バナに興味を持ったのか、変に乗り気になって色々と聞いてくるな。

「同じ学校？」

「違う。というか出会った時は、相手は大学生だったし」

「大学生!? えっ待ってヤバヤバっ、年上だったの？」

「そうだけど」

前のめりになる白坂。恋愛話が好きなのだろうか……

「ちょっとちょっと、色々気になることがたくさんありすぎて」

白坂は次に何を聞こうか迷っていたが、橋岡（はしおか）先生が入ってきたので渋々前を向いた。

朝のホームルームが終わるとすぐに、白坂が振り返って俺を見てきた。

「さっきの話、本当なの？」

「うん。というか、恋人がいるなんて悲しい嘘をつくわけないだろ」

「……そうだよね」

アリスは本当に実在している。会いに行こうと思えば、ちゃんと会える。

「確かに今までのやり取りで、暗い男のくせにちょっと変に女性慣れしてる感があったから不思議には思ってたんだよね」

「そんな感じが出てたのか」

自分では意識していなかったが、アリスのおかげで女性に免疫ができていたようだな。

「写真とか見せてよ。ちゃんとツーショットで映ってるやつ」

「そ、それはちょっと嫌だな。恥ずかしいし」

彼女とデレデレしている写真を見せるのは少し抵抗がある。

「む〜怪しい」

写真を拒むと疑いの目を向けてきた。ここまで信じてもらえないのは少し悲しいな。

「写真見せてくれるまで彼女いるって信じないから」

どうにかして写真を見たいのか、俺を脅してくる白坂。

「そんなこと言われてもな」

「もしかして、彼女があんまり可愛くないから私に見せたくないとか？」

「そんなことはない。アリスは可愛いから」

「なっ」

俺の返しでカウンターの拳を食らったかのように軽くのけぞった白坂。

まさかの恋愛話でこんな友達みたいに会話できるようになるとはな……

「というかちょっと待って、もしかして外国人？　さっきからツッコミどころ多過ぎ」

「アリスは外国人っぽい名前だけど、灰原アリスといって純粋な日本人だ。アリスの妹も外国人っぽい名前だったから、親が変わっているだけだと思う」

「日本人なんだ。私と同じハーフなのかと期待したけど」

俺もアリスという名前を初めて聞いた時は偽名じゃないかと疑った。

「いやいや、色々詳細に語ってますけど写真を見せてくれるまで信じないから」

前を向いて会話を無理やり終わらせる白坂。

どうやら写真を見せない限り、その態度は変えてくれないみたいだ。

今度時間ができた時に、見せられそうな写真を探しておくしかないか……

昼休みになり、クラスメイト達が昼食のために動き出す。

どうせ班のみんなが一人で食事をするのなら、その時間も仲良くなるための時間にしたい。それが班長の役目だとも思うし、勇気を出して誘ってみるか。

「……白坂」

「ん？」

白坂は鞄から袋を取り出して食事の準備をしていた。

「班のみんなで食事をしようかと思うんだけど、白坂はどうかな？」

「む～やっぱり彼女いるの？　普通はそんな簡単に誘えないと思うし」

まだ本当に彼女がいるのかどうかに言及している白坂。それだけ俺に興味を持ってくれているのは嬉しいことだが、気恥ずかしさもある。

「けっこう勇気は使ってるぞ」

「でもでも、彼女いるのに別の女の子と積極的に仲良くしようとしてるのは怪しい」

アリスは嫉妬をしない。俺はちょっと嫉妬深かったので面倒がられているけど。

「異性としてとかじゃなくて、同じ班だからというか……簡単に言えば友達になりたいから誘っているんだ」

「友達になりたいの？」

「修学旅行の前に友達になっていれば、当日も楽しめるだろ？」

「……そうだね。私もそう思う」

友達という言葉を聞いて少し頬が緩んだ白坂。やっぱり友達が欲しかったようだ。

「白坂も俺と同じぼっちだけど、今まで友達を作ろうとは思わなかったのか？」

「人との関係が怖くて、臆病になってただけ。一度周りから突き放されて、私も拗(す)ねて自ら周りを突き放した。そしたら、いつの間にか一人になってた」

「そっか。俺も臆病になってたから、少しだけならその気持ちもわかる」

「彼女いるなら一人でもいいじゃんかよ〜」

私の気持ちはわからないでしょと言いたげな顔を見せている。そう思われるのも予想して少しだけと言ったのだが、少しだけ共感するのも許してはくれないみたいだ。

「白坂は彼氏いないのか？　めっちゃモテそうだけど」

「いないから。バカバカバカバカ、とんでもなくバカ」

理不尽にバカという言葉を浴びせられまくる。どうやら彼氏がいないことに触れてほしくなかったみたいだな。

「というか、あの黒沢(くろさわ)も誘うの？」

「もちろんだ」

「勇気あるね」

みんなを誘うつもりなので、怖いけど一人だけ誘わないという訳にはいかない。

「無様に断られてカッコ悪いところ見せることになるかもしれんが」

「そんなことない。どんな結果であれ、挑戦するのはカッコイイよ」

白坂の言葉は嬉しかった。アリスも挑戦する姿はカッコイイと褒めてくれたことがあったし、やっぱり男はカッコイイと言われるのが一番嬉しい。

「黒沢、班のみんなで食事しようと思うんだけど」

「無理」

勇気を出して近くの席の黒沢を誘ったが、無情にも即答された。せめて少しは悩んで欲しかった。

先ほどまでの清々しい気持ちが一撃でかき消された。

「修学旅行までにできるだけ仲を深めたいなって」

「昼休みはその名の通り休む時間よ。気まずい人といたら休まらないじゃない」

「そっか……すまん。気が向いたら、その時はよろしく」

「謝られる筋合いはないのだけど」

しつこく誘っても嫌われるだけなので今は一旦引こう。引き際を見極めるのも大事だ。

「お疲れ様です。ご愁傷様でした」

労いの言葉をかけてきた白坂。言わんこっちゃないと顔が言っている。

「一度周りを突き放したら、簡単に折れられなくなっちゃうからね。本当は意地張っているだけで、そこまで嫌じゃないと思ってるかもしれないよ」

珍しく黒沢に対してまともなフォローをしてきた白坂。

「私のことなんて誰も分かってくれないって心を閉ざしてるのかも。子供扱いしないでとかキツく言ってるけど、まずは自分がちゃんと大人になってもらわないとだよね」

やっぱり余計な一言が付いてきた白坂のフォロー。だが、それだけ黒沢の気持ちを察せるのは、理解できる部分があるからだろう。

「ごめん、嫌かもしれないけど赤間も誘いたい」

「……む。昨日は無理に関わらせないって言ってくれなかったっけ？」

「やっぱり班長として平等に中立にみんなの味方でいたいなって。でも、赤間と一緒にいるのが無理なら、日にちを変えてそれぞれ時間を作ろうと思うから遠慮なく言ってくれ」

俺の言葉を聞き、少し考える時間を要した白坂。

「まっ、別にいいよ。茂中さんと一緒にいる時点で周りの目はヤバくなっちゃったしね」

受け入れてくれたが、俺と関わった時点でマイナスだと悲しいことを言われてしまう。

「さん付けはやめてくれ。呼び捨てでいい」

「やめないよ」

すんなり受け入れてくれると思ったが、きっぱり断られてしまった。

「茂中さんは嫌かもしれないけど、私は年上の人を呼び捨てにするのが嫌なの」

「じゃあ、そのままでいい」

「悪く思わないでね。モデル業界というか芸能界って呼び捨てでいいよとか言われて、言われたまま呼び捨てで親し気にしてると、その仲を知らない人達から生意気だとかで超嫌われるから。だから、私はどんなに仲良くても年上の人にはさん付けだけは外さない」

俺の知らない世界で生きてきた白坂は、想像もできない経験を積んできたはずだ。

さん付けはされてても敬語は使われてないから、今はそれだけで十分幸せだと考えよう。

「ちゃんと理由があるなら、尊重させてもらう」

「周りに誰もいない二人きりの時なら、呼び捨てで呼ぶかもしれないけど」

「……そっか。じゃあ、その時を待ってる」

白坂は自分の発言を振り返って、顔を少し赤くしている。時間を置いて恥ずかしさを募らせたのだろうか。

「そうそう、こういう感情を待ってたの」

何故か喜んでもいる白坂。多少仲良くなったとはいえ、まだ分からないことだらけだ。

「じゃあ、赤間を誘ってくるから」

「うん。ちょっと距離置いて待ってるから」

俺は白坂と距離を置き、一人で赤間の席の前に立つ。既にコンビニのパンを持っていたが、幸いにもまだ袋は開けていないようだ。

「赤間、ちょっといいか？」

「……何？」

赤間は恐る恐る俺の顔を覗いてきた。完全に対人恐怖症になってるな。

「班のみんなで一緒に食事しようと思うんだけど、赤間もどうかなって」

「……ん」

悩みながらも立ち上がったので、明確な返事は無かったが一緒に食べてくれるようだ。

「誘いを受けてくれてありがとう」

感謝を伝えると頭を軽く下げてきた。こちらこそと言いたかったのだろうか……

「金田(かねだ)は……って、行っちまったか」

白坂と合流し最後に金田を誘おうと思ったが、教室から出ていく後ろ姿があった。

「茂中さんは金田のこと嫌じゃないの？　性格とかまったく合わなそうだけど」

「まだ金田がどんな奴(やつ)か把握できてないから、嫌いという感情は湧かないかな。悪い評判ばかりだが、自分の目でどんな人か確かめて判断するまではそれを鵜呑(うの)みにしたくない」

「……大人だね。留年しているだけある」

大人だと褒められているのか、留年しているからと馬鹿にされているのか……

「というか、悪評が広まって嫌われてる金田はどこで食事してるんだろうか」

「便所とか？」

便所飯というワードは耳にするが、高校生で実行する人は流石(さすが)に皆無だと思われる。

「それは無いと思う。便所飯は限界を超えた人が辿(たど)り着く境地だから」

今まで黙っていた赤間が珍しく言葉を発した。

「あれれ、経験者がいたみたい。どうだったの居心地は？」

「最悪に決まってんじゃん。唯一のメリットは吐きたい時にすぐ吐けて助かったこと」

炎上の件で教室での居辛さが限界を超えたのか、便所飯の期間があった赤間。

だが、今は教室で食べているので精神的に吹っ切れた部分もあるようだ。

「どうせなら確かめてみようよ。まだ遠くまで行ってないだろうし」

白坂に従い教室を出てみると、金田の後ろ姿が見えた。高身長金髪は目立つな。

金田は階段を上り、普段の学校生活ではほとんど利用することのない四階へと進んだ。

四階に生徒会室や文化部の部室があるのは知っているが、それ以外の情報は無い。金田の後を追って歩くと、空き教室や物置になっている部屋が並んでいた。

立ち止まった金田は名前の無い部屋のドアをポケットから取り出した鍵を使って開ける。

金田が部屋の中へ入っていったので、俺達はドアの窓から中の様子を覗いてみた。

教室の半分ほどのスペースの部屋。机や椅子が乱雑にいくつか置かれていて、その内の一つに金田は座っていた。この部屋はどこかの部活動の部室だったのだろうか……

「どうやら金田はここで昼休みを過ごしているみたいだな」

「かつては教室の中心でワイワイ騒いでた男が、こんなとこでボッチ飯してたなんてね」

白坂の言う通り、四月頃の昼休みの金田は教室で友達に囲まれて楽しそうに過ごしていたはずだ。あの頃と比べると、信じられないくらいの落差だな。

「……ズルい」

赤間はこの場所を恨めしそうに見ている。確かにぼっちには天国のような場所だな。

「せっかくなら、あたし達もここで食べようよ」

理想の場所だったのか、今までに無かった積極性を見せる赤間。

「金田に許可が取れたらな」

俺はノックをしてからドアを開けようとしたが、鍵が閉まっていた。だが、俺達に気づいた金田が内側から鍵を開けてくれた。

「おいおい、何でここにいんだよ」

「一緒に食事しないかと思ってな」

「ふざけんなよ。ここは俺の場所なんだ、教室に帰れ」

何一つふざけてはいなかったが、俺の提案は金田に却下されてしまう。

「教室嫌いだから、あたしもここで食べたい。お願い」

「……ったく、しょうがねーな」

赤間の追撃で簡単に折れた金田。女子の頼みは断れないタイプなのかもな。

俺達は空き部屋へ入り、適当に置かれていた机と椅子を使って食事スペースを確保する。

みんなそれぞれ微妙に距離を空けていて、親交の浅さがはっきりと表れている。

「こんな部屋の鍵、どこで手に入れたんだ？」

「橋岡先生から鍵を……じゃなくて拾ったんだ」

途中で慌てて説明を変えた金田。きっと橋岡先生から鍵を貰ったが、拾った体にしろと言われているのだろう。

橋岡先生なら金田へ特別に鍵を渡すのも納得できる。金田は橋岡先生から気に入られているようだし、先生もあの性格だから居場所の無い金田に優しくしているのだろう。

「私達の集まりは教室だと周りからの目線とかヤバいだろうし、ここで良かったじゃん」

居心地良さそうにしている白坂。確かに、教室だと何か言われるのは必至だったな。

「感謝しろよ」

「良い場所とっておいてくれてありがと。花見とか夢の国のパレードの場所取りとか得意そうだね。場所取り名人だ」

金田に言われて素直に感謝した白坂だが、また余計な一言がついていたな。

いざ四人で食事を始めるが、悲しいかな会話はまったく弾まない。

白坂も赤間も黙々と食べているだけで、金田は気まずさに口が止まっている。

「これ、一緒に食事する必要あるか？」

沈黙に耐え切れなくなった金田が口を開いた。金田はかつて教室で楽しい食事の時間を過ごしていたため、この場の誰よりも沈黙の空気を重苦しく感じているのかもしれない。

「まずは同じ空間で過ごすことが寄せ集められた俺達の第一歩なんだ」

俺達はクラスで余り者になるほどのコミュニケーション能力が欠如した集団。

そんな集団でいきなり無理やり楽しく話そうとするのは不可能であり、まずは居心地の良い場所を作りあげることが先決なはずだ。会話もきっとその内、増えてくるはず。

「赤間はここでの食事はどうだ？」

「一人で過ごすよりはマシ」

一人でいるよりかは会話が弾まなくても誰かと一緒にいる方が良い。俺も同じ思いを抱いており、教室で一人ぼっちなのは心細くて周りの目がどうしても気になっていた。

俺の噂話でもされてるんじゃないかとか、誰かから笑われてるんじゃないかとか、一度気にすると不安に苛まれてしまう。だが、ここにはその不安が付き纏わない。

食事が終わると、みんなはそれぞれスマホを弄りだした。赤間はスマホの向きを横にしてゲームをしているようだ。白坂のスマホからはＳＮＳであるインスタの画面が見えた。

みんなは無表情でスマホと向き合っているが、いつかはここも会話が盛り上がったり笑顔が溢れる空間になるかもしれない。修学旅行までに、そうなっていてほしい。

昼休みは終わり、みんなと一緒に部屋を出て教室へ戻っていく。

親睦が深められた実感というか手応えは皆無だが、一緒に食事をしたという行動だけでも今の俺達には大きな成果なのかもしれない。

午後の英語の授業が始まる。留年したため、去年と同じ内容の授業になってしまう。

家にいる時は勉強ばかりしていたため、中間テストでは高得点を取ることができた。

同級生よりも一年長く勉強できた留年の影響で、今では成績優秀者になれたな。

「鹿原、ここの unusual という単語の意味は分かるか？」

英語の教師である関野先生が、クラスのお調子者である鹿原に問題を出した。

「アンユージュアル……アンは否定の意味を表しているっぽいので、パンツ穿いてないとかですか？」

「そんなわけないだろっ」

鹿原のふざけた解答と、関野先生のツッコミで教室に笑いが起こる。

だが、俺は一切笑えなかった。何一つ面白いと思うことができなかった。

クラスメイトの大半が笑っているのに俺は笑えない。これって俺がおかしいのか？

不安になり周囲を見ると、無表情なクラスメイトが俺以外にも四人いた。黒沢と赤間と白坂と金田。奇しくも同じ班になったメンバーだった。

「黒沢、正解は分かるか？」

「普通ではない、とかですか？」

「その通りだ」

黒沢の言う通り、俺達は普通ではない。

そんな五人だからこそ、きっと分かり合えることもあるはずだ。

本日最後の授業の体育のため、四組のクラスメイトは体育館に集まっていた。

クラスメイトの男子達は全体的に仲が良く、まとまりがある。まるで群れを成すかのように集団で行動しており、会話が盛り上がっていて楽しそうだ。

そんな群れを離れて孤立するのが、俺と金田の二人。

同じ班になった金田の元へ行くと、余り者の新しい集まりができた。

「俺と一緒にいると、茂中パイセンも嫌われるぞ」

「元から評判良くないからお構いなしだ。そんな気は使わなくていい」

過剰に嫌われている金田は自分と一緒にいるデメリットを危惧してくれる。俺を心配して迷惑になるからと考えてくれている時点で、前評判よりかは良い人な気もする。

「パイセンは気にしないかもしれないけど、女性陣は気にするかもしれないぜ」

「どうしてだ？」

「俺が嫌われたのは、女性関係が原因だったからな」

クラスの人気者から嫌われ者になった金田。その凋落振りを気にしていたが、どうやら女性問題でここまで転落してしまったらしい。

芸能人でも女性関係での問題はメディアに大きく取り上げられて、そのまま復帰しないで芸能界から消える例も多い。それに近いことが俺のクラスでも起きていたとはな……

「クラスメイトの板倉(いたくら)って分かるだろ？」

「ああ、あのお洒落(しゃれ)でイケイケでクラスのリーダー的な女子だ」

「そうそう。その板倉に俺は告白された。付き合う気は無かったからセフレならいいけどって返事して、信じられないくらい嫌われた。それで今ではクズだのヤリチンだのボロカスに言われているわけだ」

まさか金田の方から理由を話してくれるとは……

大きな失敗談だが、金田にとっては別に隠すほどのことでもないようだ。

むしろ、自ら話したということは俺に聞いておいて欲しかったのかもしれない。

「自業自得だな」

「……そうだな。全部俺が悪い」

原因を自覚しており、反省している表情を見せる金田。だが、普段はそういう表情を周りに見せないので、その反省の心は伝わっていないのかもしれない。

「深くは語りたくないが、俺も女性関係で留年したし気にしなくていいだろ」

「なっ、まじかよ」

「赤間は大炎上した問題児だし、白坂も高飛車モデルなんて言われていて、黒沢も生徒会長をクビになるほど性格に難があるやつだ。元々みんなの評判は地に落ちてるし、金田が加わったことでこれ以上下がることはない」

「そうかもな。俺との繋がりができたところで五十歩百歩か」

試合に参加せず話していた俺達の足元にバスケットボールが転がってきた。

それを金田は拾い、そのままシュートを打って遠くのゴールに決めてみせた。

「参加しないのか？」

「足が痛くて全力で走れねーんだよ」

金田の足を見ると、太ももの筋肉が凄まじい。ボディービルダーのように硬そうだな。

だが、膝にはテーピングがされていて怪我をしているのが見て分かる。

「そっか。運動神経も良さそうだから活躍できそうだと思ったが」

俺の言葉が意外だったのか、驚いた表情を見せた金田。

「パイセン、俺が世代別のサッカー日本代表だったこと知らないのか……って、そっちは留年して去年まで学年一個上だったか」

そういえば橋岡先生がそんなようなことを言ってたな。

実際にプレイをしているところを見ないと何とも言えないが、金田には日本を代表するサッカーの実力があるということだ。それなら運動神経もずば抜けているはず。

「やっぱり、それってけっこう凄いことなのか？」

「当たり前だろ。ウィキペディアとかに俺のページがあるくらいだ」

「そいつは凄いな。有名人じゃないか」

実力は本物であり、知名度も高いようだ。

だが、知名度的には白坂の方が上だろうな。白坂は俺が知っていたくらいだし。

「これでもちょっと前までは学校でスター扱いされてたんだぞ」

「でも、今はもうサッカーしていないようだな」

「……怪我で療養中なだけだ」

まだやめてはいないようだが、今の金田にはモチベーションが無いように見える。

「あいつらも似たようなことになってんな」

隣のコートでは女子達がバスケをしているが、隅に黒沢と白坂と赤間が集まって群れを成している。特に会話はしていないみたいだが、仲間感は出ている。

今まではバラバラに端っこにいた生徒が、まとまって端っこに集まりだした。

まるで俺達は埃（ほこり）みたいだなと思ったが、虚（むな）しくなるので口にはしなかった。

▲

余り者で修学旅行の班を組まされてから一週間が経（た）った。

今日は午後のホームルームの時間を使って、班での話し合いが持たれる。

学校側が用意してくれる話し合いの時間は今回で終わりらしく、今日決まらないことがあれば各班で昼休みや放課後に集まって話し合わなければならないようだ。

「さて……やっていくか」

金田の席を中心に、みんな周りの椅子に座って円になる。

他の班と比べると、俺達の集まりは一人一人の距離が少し空いている。教室内は盛り上がっていて橋岡先生にもう少し静かに話し合えと注意をされるが、俺達は静かだ。

「まず初めに、みんなに言いたいことがある」

俺の発言を聞き、みんなは俺の方を向いてくれた。

「今回の修学旅行の目標というか、成し遂げたいことを改めて言いたい」

アリスに言われたことをできる限り実行していく。そうすれば、俺は悔いなく班長をやり切ったと満足できるはずだ。そして、自信が溢れてくるはず。

「今は修学旅行のために期間限定で無理やり集められた班だ。そんなこのグループを修学旅行後も継続していきたい……つまり、この修学旅行を通してみんなで友達になりたい」

俺の言葉を聞いて、みんなは少し気恥ずかしそうにする。

宣言した俺にも恥ずかしい気持ちが湧いてくるが、この目標を達成できれば俺の学校生活は激変するし、孤独なみんなの居場所を作ることができる。

「この班じゃ無理でしょ」

黒沢が指摘するのは当然だ。今のままでは継続どころではないし、むしろ何一つ楽しめなくて一緒に居るのが苦痛になってしまうかもしれない。

みんなが一緒に居たいと思ってもらうには修学旅行をみんなの中で良い思い出にしないといけない。自然と集まりたくなるような居心地の良い空間を作らないと駄目だ。

「マイナスが集まってもマイナスが増えるだけ。プラスにはならないわ」

嫌な奴らが集まっても、嫌なことが増えるだけと遠回しに話す黒沢。

そんな黒沢は成績優秀で品行方正な生徒会長だった。金田はサッカー日本代表でクラスの人気者で、白坂は超絶美女の芸能人。赤間も絵でコンクールに入賞するほどの生徒だ。

俺以外は大きなプラス要素も抱えている問題児達だ。今は地獄の班と周りから揶揄されているが、それぞれの問題を解決できればむしろ周りから羨ましいとまで思われる班となるポテンシャルを秘めているはずだ。

「誰がマイナスなんだ？」

「誰がって、みんなでしょ？　私達は全員、余り者の問題児なのだから」

「問題児も問題が解決すればただの生徒だ。マイナスもプラスにできる」

グループの継続は俺にとって第一ステップでしかない。最終的にはみんなが抱える、問題児と言われる原因を全部解決したいからな。

友達を救うことで俺は自分に自信が湧き、結果的に自分を救うことになるはずなんだ。

悪く表現すると利用していると言えるが、良く表現すると WIN-WIN の関係と言える。

「……そんなの無理よ。私だって生徒会長時代にみんなを一つにしようとか、一致団結させようと必死だったけど、何一つ上手くいかなったもの」

「別に一つになる必要なんてないだろ。それぞれが認め合えればそれでいい。無理に仲良くする必要はないし、これからの高校生活を乗り切るための仲間だと思ってくれれば」

それぞれの主義主張が異なっていても、目的が一緒ならば行動を共にできるはず。

「みんながバラバラだと言い争いの絶えないグループになりそうだけど」

「どれだけ仲の良い友達同士でも言い争いや軽い喧嘩はするはずだ。何の問題も無い」

「で、でもっ」

さらに何か言い返そうとしたが途中で止めた黒沢。意地になるのは子供っぽいからな。

「私はグループの継続って目標、めっちゃ良いと思うよ」

俺の目標を肯定してくれる白坂。一人でも乗り気な人がいてくれるのは心強いな。

「こんなすぐにでも解散した方が良いグループを継続させようだなんて、茂中パイセンはイカれてんのか？」

金田は俺の提案に懸念を示している。まだ何の実績も成果もない俺の言葉が信用できないのは、仕方のないことだが。

「イカれてなきゃ留年なんてしていない」

「ははっ、それもそうだな」

「俺は困難な道にあえて突っ込みたくなる性格なんだ。勝手に巻き込まれて言いたいことはたくさんあるかもしれないが、俺を班長にしたのが運の尽きだから受け入れてくれ」

俺はもっと勇気や行動力を持って、積極的で、何事も器用にこなして、誰かを幸せにできるような魅力的な人間にならないといけない。アリスとの約束を果たすためにな。

だから、無理やりでも今の自分を変えないといけない。成長しないといけないんだ。

「赤間はさっき言った目標は嫌じゃないか？」

「良いと思う……思います」

反対はしないと思っていたが、素直に頷(うなず)いてくれて助かった。

「俺の目標を達成するためには、修学旅行を良い思い出にしないといけない。ということで、みんなが沖縄でやりたいことを一つ教えてくれ」

昼休みに集まっていた効果があるのか、みんなと話すのもいつの間にか緊張しなくなったな。みんなも言葉を発する機会は多くなっているので、やはり慣れの影響は大きい。

「まずは白坂からいいか？」

「私？　沖縄は撮影で何度か行ったことあるから、正直あんまりこれといって強い希望はないんだよね。有名な所はもう行っちゃってるし」

白坂は沖縄どころか、海外にも何度か行ったことがあるらしい。やはりモデルという特別な仕事をしていただけあって、普通の人とは異なる人生を送っているな。

「別に行きたい場所じゃなくても、やりたいこととかしてみたいことでもいいんだぞ」

「う～ん……強いて言うなら花火とかやりたいかも」

白坂の言葉は意外だった。花火は別に沖縄じゃなくてもできるが……

「みんなで花火とか、ザ・青春って感じがするしね。子供の時からそういうのしてみたいなって思ってたから」

「気持ちはわかるが、修学旅行中にか？」

「うん。私、またいつモデルの仕事を再開して学校来れなくなるかわかんないし」

白坂は一般生徒のように、不安なくずっと学校に通える立場ではないらしい。

だからこそ、その場で花火ができるのなら、という考えのようだ。

「修学旅行中に花火とか、怒られるに決まってるじゃない」

黒沢の当然の指摘。夜中に出歩くのも難しそうだし、花火なんてハードルが高いな。

「そうだね。まぁ無理な話だよね……」

「そんなことない。俺は可能性を模索してみる」

諦めかけていた白坂だが俺は諦めない。何か方法はあるはずだし、不可能を可能にするぐらいの気持ちでいないと理想の未来は手に入らない。

「そんなことしてバレたら、とんだ問題児集団よ」

「元からみんな問題児だろ」

黒沢の発言にツッコミを入れる。問題児が問題行動を起こしても、それは当然のことだ。

「……そうね。最初から評判は最悪だったわ」

ため息をつく黒沢。もちろん、先生に説教なんてされたら空気が凍りつくので、バレるのは避けたいところだ。最悪、俺だけが怒られる状況なら許容してもいいが。

「じゃあ次は金田」

金田に話題を振る。まともなことを言ってほしいが、悲しいことに一切期待できない。

「やっぱり海といえばナンパだな」

「ふざけないでよ」

金田の発言に黒沢は睨（にら）みながら文句を言う。予想通りの展開だな。

「ふざけてねーよ。別に何でもいいんだろ班長さん」

発言を撤回する気はなく、ニヤニヤしながら俺を見てくる金田。

「それが一番やりたいことなのか？」

「えっ……ああ、そうだぜ」

班員の金田が希望するのなら、班長としてどうにかして叶（かな）えるしかない。

「なら、プランに入れておく」

「えっ⁉　ま、まぁ、しっかり頼むぜ」

自分で言ったくせに、俺が受け入れたら一瞬驚いた反応を見せやがった。

「ちょ、ちょっと」

「安心してくれ。これに関しては男子だけで済ますだろうから」

俺に不安そうな目を向ける黒沢。だが、巻き込まなければ許してくれるはずだ。

「黒沢、ナンパの意味は知ってんだ」

「馬鹿にしないでよ。男が知らない女に声かけるやつでしょ」

白坂は知識が偏っている黒沢をからかっている。

「それで仲良くなってお持ち帰りするんだよ」

「お持ち帰り？　わざわざご飯を一緒に食べずにテイクアウトでもするの？」

「だめだこりゃ」

男女のお持ち帰りの意味を知らなかった黒沢。今まで優等生で過ごしてきたからか、くだらない知識には触れてこなかったのだろう。

だが、問題児達と一緒にいれば、嫌でもそういう知識は増えていくかもしれないな。

「何なのよっ！　私だってこの前、大宮駅でナンパされたもの」

別に自慢することでもないが、馬鹿にされたのが嫌でナンパされたアピールをする黒沢。

「へぇ、ヤったの？」

「少しだけ」

「少しだけっ⁉」

黒沢の返しに白坂は驚くが、きっとまた黒沢は意味を勘違いしているのだろう。

「少しだけ話したら、馴れ馴れしく触ろうとしてきたから怒鳴って逃げたわ」

「なにそれ。紛らわしい言い方しないでよね」

黒沢は知識が偏っているだけに、見ていて危なっかしいな。

きっとそのズレが生徒会長をクビになった理由にも繋がっているのだろう。

「そんな黒沢のヤりたいことは？」

このままだと白坂との言い争いが終わりそうにないので、無理やり話題を戻した。

「……ウソんちゅに会いたいわね」

髪を弄りながら、少し俯いてそう答えた黒沢。

「ウソんちゅ？」

「カワウソのウソんちゅね。沖縄の水族館にいるのよ。信じられないくらい、とてつもなく可愛いから、いつか実際に見たいと思ってて」

意外にもかなり女の子な回答をしてきた黒沢。ギャップというか違和感が凄いな。

「何で急に女の子アピールしてんの？」

白坂は顔を引きつらせながら黒沢に聞いてくれる。みんな同じ気持ちを抱いているはず。

「急にじゃないわ。子供の頃からカワウソが好きだったから」

「へぇ。可愛い動物とか見ても何の感情も湧かないタイプの人間だと思ってた」

　黒沢が動物好きというのは俺からしたら嬉しい。両親は動物園で働いているし、その影響で俺も動物にはちょっと詳しいからな。

「あなたは綺麗好きに見えるから、動物とかは苦手そうね」

「そうだね。触ったりは嫌だし、映像で見るぐらいがちょうどいい」

　冷血そうな黒沢にも温かい感情はあるみたいだ。それを知れて何故か安堵できたな。

「でも、水族館はクラス行動の時に回るって話になったな」

「そうみたいね。さっき学級委員の人がクラス別で回るコースが決まったって発表で、水族館を含むコースが選ばれたと言っていたわ。だから、私のやりたいことは班別行動でなくても達成されるわね」

　黒沢のやりたいことは俺の力がなくても達成されてしまったようだ。だが、それでは俺のやりたいことが達成できない。

「他に無いのか？」

「そうね……子供の時に何かのテレビ番組で見た凄く綺麗な沖縄の砂浜が気になってる。その時に絶対行きたいって思った気持ちが、今でも残ってて」

　黒沢にはまだやりたいことがあったようだ。俺にとっては朗報だな。

「でも、その砂浜の名前はもう覚えていないし、前に本屋で見たガイドブックにも載っていなかったからどうしようもないわね」

自分で調べたということは、そこに行きたいという強い意志があったということだ。

なら、俺はその場所へ黒沢を何としても連れて行ってあげたい。

「だから、凄く綺麗な砂浜に行ければ、代わりとして満足できると思うけど」

「わかった。その砂浜を俺も探したいから、砂浜の特徴を後で教えてくれ」

「そこまでしなくてもいいわよ」

遠慮する黒沢。だが、俺は好きでやっているから、気軽に委ねてほしい。

「残念ながらこれは班長命令だ」

「まったく……どうしてそこまでやりたいことにこだわるのよ」

「それが俺のやりたいことだからだよ」

黒沢は呆れながらも折れてくれた。意外にも押しに弱い傾向があるな。

「赤間は何かあるか？」

「……急に言われても」

赤間は注目を浴びると申し訳なさそうに俯いた。

「何でも言ってくれ」

「き、綺麗な星空とか見たいかも……です。小学校の時に友達が沖縄の星空がめっちゃ綺麗だったって言ってたので」

ちゃんとやりたいことを発言してくれた赤間。本来は素直な人なのかもな。

「ごめん。星空とか、どうでもいいですよね」

「えっ、私も見たいと思ったよ」

赤間の意見に白坂は同調する。都会じゃ星空とは無縁だから俺も見てみたいな。

「いいんじゃないかしら」

初めて黒沢も意見に同調した。星空の案は女性陣に人気のようだ。

「俺を星だと思えばいいだろ」

「………」

金田の発言は意味が分からなかったので無視したが、軽く足を蹴られてしまった。

「あっ、でも……」

「どうした？」

「い、いや、何でもない……です」

赤間は何か言おうとして止めてしまう。止めたということはたいしたことではなかったと考えるのが一般的だが、赤間の表情は何か大切なことを言えずにいるように見えた。

だが、ここで問い詰めるべきではない。この時間が終わったら聞いてみよう。

「よし、みんなのやりたいことは把握した」

みんながちゃんとやりたいことを挙げてくれた。これで後はどう叶えていくか、班長の俺が計画を練るだけだ。

みんなのやりたいことが叶えば、修学旅行もきっと良い思い出となってくれるはず。

「今言ったの全部やるつもりなの？」

「そのつもりだが」

白坂は不審げな目で俺を見てくる。本当にできるのかと言いたげな顔をしている。

「無理そうじゃない？」

「全部何とかしてみせる」

人間に不可能なことはないわよと、アリスは口癖のように言っていた。

不可能だと諦めれば何もできないし、可能かもしれないと希望を持てば何でもできる。

「私が言った花火なんて特にだし、無理にやらなくても」

「むしろやらせてくれ」

「……少しだけね」

先ほどの黒沢の天然回答を模倣したのか、口だけ軽く笑った表情で答えてきた。

「手持ち花火とかでいいよってことだからね。勘違いしないでよね」

「わかってるに決まってるだろ」

俺も男だから白坂の挑発的な態度に少しだけ興奮してしまった。少しだけな。

「まじでナンパすんのか？」

「したいんだろ？　ビーチで開放的になっている女子にでも話しかければ、ワンチャンあるんじゃないか？」

「そ、そうだよな。そのまま人目のないところでぶち込むか」

「そんなAVみたいなことにはならんだろ。せめて連絡先を交換するとかにしろ」

女性経験が豊富な割には、何故か金田はナンパにビビってる。実は経験が無いんじゃないかと疑うが、女性関係で金田は今の状況に陥っているはずだしそれはないか……

「茂中さんは彼女いるからナンパなんてしないよね？」

白坂の言葉を聞いた金田は、俺に彼女がいることを知らなかったため驚いている。

「は？　パイセン、彼女いんのかよ！　死ねよっ」

「いてもいいだろ。金田だってそういう経験豊富なんだろ？」

「お、おうよ。ったりめーだろ」

やはりおかしいな。女性経験が豊富ならもっと余裕があるはずだ。

本当に充実しているのなら近しい男に彼女がいても僻んだりはしてこない。むしろ、どんな子なのかと興味が湧いてきそうな気もするが、個人差もあるか。

「そうだ、みんなと連絡先を交換しておきたい」

今まで言うことができなかった言葉。連絡先を聞くというのはハードルが高い。プライベートへ踏み入る行動だし、断られたらそれは人間関係を深めることの拒絶を意味する。

関係性の薄い人なら断られても何も思わないが、同じ班員に断られたらその後はめっちや気まずくなってしまうので地味に勇気を使った。

「ごめん、私は無理」

白坂は悪気のない顔で無理と拒絶してきた。

一番教えてくれそうな相手だっただけに、ちょっとショックだな。

「前に連絡先を売られたことあるから、気軽に教えたくない」

白坂は芸能人で綺麗なモデル。お金を払ってでも連絡先を知りたい人がいるのも頷ける。

「私達を信用してないの？」

「当たり前じゃん」

「……そうね。そういう集まりだったわね」

黒沢は白坂の言葉に納得してしまう。信用はマイナスからのスタートだからな。

「まぁ、別に今ここにいるみんなだけを信用してないとかじゃなくて、そもそも人を信用してないからさ。そんな気を悪くしないでね」

「そういう事情があるなら仕方ないか……」

白坂とは勝手に仲が深まったと思っていたが、まだまだ大きな溝がありそうだ。

「他のみんなは連絡先を交換できるよな？」

できる前提で話しかけると、白坂以外からは特にお断りはされずに済んだ。

みんなとスマホを使って連絡先を交換し、班員が気軽に書き込めるグループチャットを作った。このメンバーはあんまり書き込まないだろうけど、とりあえず形だけ用意した。

【楽しい修学旅行にしよう】

誰も何も書き込まないまま終わるのは悲しいので、最初に俺が書き込んでおいた。するとと、赤間がよろしくお願いしますというスタンプを貼ってくれた。それに続いて黒沢はカワウソが親指を立てているスタンプを貼ってきた。

連絡先を聞いた後は、みんなと修学旅行についての雑談を軽くして時間を終えた。

最初の集まりは地獄のような空気でみんなの口数も少なかったが、事前に積極的に交流の機会を何度も設けていた効果もあり、空気も少し明るくなって沈黙も減った。

ここまでは順調だ。だが、一筋縄でいかないのが、この集まりのはず。

何が起きても臨機応変に対応できるように、常に気を引き締めておかないとな……

ホームルームが終わり、みんなは自分の席へと戻っていく。

俺はすぐさま黒沢の元へ行き、自分から話しかけてみた。

「今回の活動時間は、問題無かったか？」

前回は放課後に駄目出しをされた。今回も何か言いたいことがあったかもしれない。

指摘は別に不快とは思わないし、自分を高められる糧になると考えている。自分が完璧だとは微塵も思わないので、人の客観的な意見は貴重だ。

「……問題はいっぱいあったけど、悪くはなかったと思うわ」

以前のように怒涛の指摘はされないみたいだ。アリスのアドバイスのおかげだな。

「前はちょっとおどおどしていたけど、今日はみんなを引っ張っていこうという姿勢が伝わってきたし、みんなとのやり取りもスムーズだったと思うわ」

「意外と甘いんだな。もっと厳しく言われるかと思った」

「そもそも生徒会長をクビになった私は強く言える立場じゃないし、前の時もお前が言うなよって後になって自己嫌悪に陥ったから」

俺は気にしていなかったが、黒沢本人は前回の指摘で心に傷を負っていたようだ。

「放課後も集まったりするべきかな？」

「伝えたいことや、やるべきことがあるならそれも良いんじゃないかしら。私はバイトあるから無理な日も多いけど」

必要があるならやればといった返しだ。その通りだと思うし、聞いた俺もただ背中を押してほしかっただけだ。

「意外とバイトとかしてるんだな」

「少し前に始めたばかりだけど」

黒沢と話していると意外なことが連発する。

それだけ、俺はまだ黒沢という人間について知らないことが多いのだろう。

「どこで何のバイトしてるんだ？」

「何であなたにそこまで教えなきゃいけないのよ」

どうやら安易にプライベートを教えるほど、心を許してはもらえてないみたいだ。

「変なバイトしてないか心配になった」

黒沢は無知なところもあるので、騙されていないか心配になる。

「普通のレストランよ……って、今、私を子供扱いしなかった？」

「俺はしたつもりはない。そう感じ取ったのなら謝るけど」

「言い訳しないでよ、バカ茂中っ！」

怒られた。年下の女の子にバカって言われた。

ただ、バカ茂中という言葉はアリスの口癖でもあったため、温かい気持ちにもなる。

「な、何で嬉しそうにしてんのよ」

俺の顔を見て疑問を抱いた黒沢。正直、何で俺も笑顔になったかはわからない。

あんなに難しかった笑顔だったのに、どうして怒られた時にできたんだろうな……

放課後になり、俺は赤間の元へ向かった。

修学旅行の話し合いの時に、何か言おうとして止めていた。あの内容を聞き出したい。

あの場で言えなくても、二人きりの時なら話せるかもしれないからな。

「赤間、ちょっといいか？」

「……何ですか？」

俺を見て気まずそうにする赤間。本人もずっと悩んでいたように見える。

「今日の話し合いの時に言おうとしてたことが聞きたくて」

「あ、あれは……」

「無理に話さなくてもいいけど、大事なことなら教えてほしい」

自分の言いたいことも言えないのかよと突き放すのではなく、教えてほしいと寄り添うのが大事だと俺は考える。リーダーというのはそういう立場であるべきだ。

「人の少ないところ行くか？」

「う、うん。気使ってくれてありがとうございます」

俺は赤間を連れて校舎を出て、人通りがまばらな中庭に向かう。

「じ、実は……」

歩いている途中で赤間から話そうとしてくる。

どうやら言いたいことではあるようだな。言って楽になりたいという表情をしている。

「あ、あの、怒りませんか？」

「怒るわけないだろ。そんな酷い内容なのか？」

「班長として張り切っている茂中先輩には、ちょっと申し訳ないかもです」

初めて名前を呼ばれたが先輩付けだった。留年しているとはいえ俺は同学年なんだが。

「絶対に怒らないし、困っていることなら俺が力になるから」

最後に怒ったのはいつだっけかな……最近はもう感情を強く表に出していない。

「あたしは、修学旅行には行けないです」

「なっ」

赤間の口から出たのはまさかの言葉だった。

修学旅行に行かない。予期していなかったが、冷静に考えると俺達問題児にはその選択肢もある。単純に俺が考慮していなかった。

「行かない理由を教えてくれないか」

「恥ずかしい話ですけど、実は炎上した件であたしに賠償請求が来ていて。両親が払ってくれるみたいなんですけど、せめて修学旅行をやめてその費用を親に返さないと」

赤間はふざけて駅のホームから線路に降りて電車を止めた。その時の写真がSNSに広まって大炎上もした。その賠償請求があるみたいだな。

「それに、あたしなんかが修学旅行なんて楽しんじゃ駄目なんです。あたしはずっと不幸じゃないといけない。罪は消えないから一生償っていかないといけない」

赤間の重い言葉。責任を感じているのが伝わってくるし、痛いくらいに反省している様子も見てとれる。

俺はこの状況でいったいどうすべきなのか……

赤間を見捨てて四人で修学旅行を楽しむか、どうにかして赤間を修学旅行へ行かせるか。

いや、選択肢は二つあるようで、一つしかない。俺はあの選択肢しか選べない。

「修学旅行には絶対連れていく」

「で、でも……」

「赤間の気持ちも分かるから、賠償金も親に返すべきだ」

「えっ」

俺は赤間を置いていくことはできない。班員を見捨てた時点で班長失格だからな。

「今から俺がバイトして修学旅行の費用に当たる十万円を稼ぐ。それを渡せばいい」

「えっ、えええ？」

「そうすれば、修学旅行のお金を返したことになるだろ？」

俺は馬鹿なことを言っているので赤間が戸惑っているのも理解できる。

でも、俺が無理をすれば解決できる。なら、無理をするしかない。

「悪いな、わがまま言って。赤間も俺に怒らないでくれ」

「お、怒るとか、そういう問題じゃないですよ」

大事なことになると、普段は無口な赤間も普通に話せるんだな。口数が少なくなっているのは、想像以上に大きく炎上の件が赤間を精神的に追い詰めているからに違いない。

「何で無関係の茂中先輩があたしの賠償金を払うの？　意味が分からないですよ」

「無関係じゃない。むしろ班長と班員の密接な関係だ」

「茂中先輩にも申し訳ないですし……」

「俺は平気だから問題無いな」

俺のことは気遣わないでほしい。どうせ家にいても勉強しかすることないしな。

「それに、さっきも言ったけどあたしが呑気に修学旅行を楽しんじゃいけないんです」

「それは大きな間違いだ。修学旅行はただ遊ぶ旅行じゃない。学ぶべきこともあるから修学旅行という名前なんだ。むしろ修学旅行へ行かず勉強をサボるのはよくないことだぞ」

修学旅行先の沖縄は様々な学ぶべき歴史があるし、知っておくべき情勢も多い。旅行のしおりにも現地の人の話を聞く時間や、歴史を学べる施設へ行く予定があると書かれていたしな。

「そ、そうですけど……」

「ごめんな赤間」

「な、何が？」

「きっと俺をもう止められない。何言っても無駄だと思う」

「そ、そんな……」

やれることは全部やる。それがどんなに大変でも、そうしないときっと俺は後悔する。

「茂中先輩が稼いだお金なんて受け取れるわけない」

「ただのラッキーだと思ってくれ。大炎上して大きな不幸があったけど、お金を貰えて運が良いこともあったなって」

修学旅行に連れて行けば赤間も変われるかもしれない。もう少し前を向けるかもしれない。そう思うと、これは絶対に譲れなくなる。

「それでも引け目を感じるなら、大人になって働きだしたら返してくれればいい。もしくは別の形で返してくれればいい」

何の保証もないが、恩があれば赤間も俺を信用してくれるはずだ。

修学旅行が終わった後も繋がりは消えないし、友達でいてくれるかもしれない。

「今は俺に全部委ねてくれ。俺は班長として、班員を絶対に連れて行きたい。班長と班員の関係でいる間は赤間を背負っていく」

「茂中先輩……」

何故か顔を赤くしている赤間。俺もちょっと熱くなりすぎたかもな。

「どうして、こんなあたしなんかに？」

「赤間は自分を卑下しているみたいだけど、俺にとってはクラスメイトの一人であり大事な班員の一人だからな。困っている身近な人をただ助けるだけだ」

正直、今は炎上の件はどうだっていい。

過去の赤間がどんな酷いことをしていても、今の赤間が俺にとって最重要だからな。

「あたしは炎上して人生終わったんですよ？」

「まだ生きてるだろ。なら、人生は終わってない」

生きている限り人生は終わらない。だが、死んだら、何もかも終わってしまう。

どうして人生には終わりがあるんだろうか……これは世界最大の理不尽だと思う。

「じゃあ、お金を稼がせてもらうから。女の子は貢がれるもんだと図太く待っててくれ」

「ちょ、ちょっと先輩っ」

俺は赤間を置いて駆け出した。思い立ったが吉日、俺は今日から行動する。

もう修学旅行の日まではあまり時間が無い。給料日まで待ってられないし働ける時間が限られているバイトも効率が悪い。

たくさん働けて、すぐにお金が入る都合の良いバイトがあればいいんだが……

俺の前を自転車が猛スピードで横切った。運転手は見慣れたロゴの入った黒い大きな荷物を背負っており、料理を運んでいる最中だと思われる。

そうか、あれだ。今の俺に都合が良すぎる仕事を見つけたぞ。

家へ帰り、早速クーバーイーツの登録を済ました。

クーバーイーツはスマホで配達指示の連絡を受け取り、指定されたお店へ向かって料理を預かり、注文者へ届ける簡単な仕事だ。

アルバイトではなく業務委託形式の仕事だが、だからこそ働く時間を自分で決めたりできる自由さがある。しかも、毎週水曜日に報酬が振り込まれるらしい。

十八歳以上という条件だが、俺は留年していてもう十八歳になっているため登録できた。承認されるまでしばらくかかるそうなので、後は働けるようになるまで待つしかない。

「疲れたな……」

部屋の隅に行き、床に座り込む。隅の角は壁が包んでくれるから狭くて心地良い。

最近は疲れたとため息をつくことが多い。それだけ自分が慣れないことをしていて、学校生活で体力や気力を消耗しているのだろう。

でも、疲れるのは嫌な気分ではない。今日も俺は頑張ったんだと実感できるからな。

班長になる日までは疲れを感じることはほとんどなかった。あの日までは、きっとただ生きているだけだった。

視界にマフラーが見え、もう六月になるのにそれを首に巻いた。

体温的にも精神的にも温まる。ほのかにアリスの匂いを感じて、幸せな気分に陥る。

アリスは遠距離になる前に、俺が寂しくならないようにいっぱい物を預けてきた。

マフラーもその一つだし、ハンカチやお気に入りの香水、イヤホンやパーカーなどここから見えるだけで部屋にたくさん置いてある。

そういえば、何故かブラや下着も渡してくれたな。誰かがこの部屋へ遊びに来た時にそれが見つかったらドン引きされそうだが、その時はきっと来ないので杞憂か。

アリスのことを考えていると声が聞きたくなったので、スマホでアリスを呼んでみる。

学校では人と関わることが増えたので、人に好かれるための会話のコツでもアリス先生にご教授願うとしよう。

『こんばんは。どうやら私のアドバイスが必要になったみたいね』

「アリス先生、お願いします」

アリスの声を聴いて手の微かな震えが止まる。

『碧は口数が少なくて自分のことをあまり話したがらないから、人からどう思われるか気にしたり、人に好かれる会話のコツが知りたくなったりする時が来ると思っていたの』

俺のことは何でもお見通しのアリス。それだけ俺のことを常に考えていてくれて、俺のためにあれこれ想っていてくれていたのだろう。手を合わせたくなるような愛おしさだ。

『やっぱり大事なのは笑顔ね。相手に微笑みかけると安心感を与えることができるの』

「それは俺も理解している。アリスの優しい笑顔を見て、俺も何度も元気づけられて癒されてきたからさ」

『でも、碧はあまり笑わない人だから難しいかもしれないね。無理やり笑おうとして不自然な笑顔を見せると逆に相手に不信感を生むから、自然にできないのなら無理してやらない方がいいと思う。私は碧の笑顔が好きだから上手く笑えるようになってほしいけど』

作り笑いは難しいけど、心から楽しんでいたら笑顔はこぼれる。俺はもっと色んなことを楽しめる力が必要なのかもしれないな。

『楽な方法だと相手を褒めることかなぁ。褒められて嬉しくない人はいないしね。褒めるチャンスがあったら、逃さず褒めた方がいいわよ』

アリスも俺をよく褒めてくれていた。だから俺はアリスをすぐ好きになったのだろう。もちろん他にも好きになった要素はたくさんあったけど、年上のアリスに褒められると心の底から嬉しいと思えた。だから、褒められたいと思って頑張れたしな。

『褒める時は相手をただ褒めるんじゃなくて行いを褒めるのがコツ。例えば私を褒めるとして、アリス凄いねと褒めるんじゃなくて、アリスは勉強を頑張ってて本をたくさん読んだりして色んなことに関心あって知識も幅広くて尊敬する。なんて褒めると嬉しさ六倍』

「なるほど」

行いを褒めるか……モデルの白坂だったら、単純に綺麗だとか美しいとかじゃなくて、食生活に対する意識が高くて体形を維持する努力が凄いと伝えた方が良いみたいだな。

『小さなことでも感謝するのは簡単だし大事。感謝の気持ちを抱くだけじゃ感謝してないのと一緒だから、細かいことでも口にすること。感謝されて嬉しくない人もいない』

子供の頃は黙っていても相手は理解してくれるとか、淡い希望を抱いていたかもしれない。でも実際は言葉にしなきゃ何も伝わらない。それは俺も理解している。

『相手の意見に反論しないことも大事。反論は否定されたと捉える人も多いから、それは違いますとはっきり言うんじゃなくて、こういうやり方もあるよって教えてあげれば反論せずに正解へ導ける。極論だけど、反論なんて今後しなくてもいいレベルね』

俺は自分が正しいと思っていないから、誰かに反論することは滅多になかった。

ただ、相手も正しいと思っていないからこそ、反発することは多かったかもな。

『碧だと話し上手を目指すってよりかは聞き上手を目指す方が近道ね。口数が少なくても、相手の話をちゃんと聞ける人は好かれるから。相手の話にちゃんと興味を持って聞いて、相手が話したいことを聞き出すように相槌や質問を混ぜていくのがいいと思う』

「俺の話なんて誰も興味ないと思っているから、元々聞き役に回ることが多かったな」

班のみんなもそれぞれ抱えているものがありそうだから、上手く聞き出せるといいな。

『人は自分に大きな関心を持っている。自分を理解してほしいと思ってる。だから、相手のことを聞き出すのは相手にとっても嬉しい。でも、いきなりプライベートに侵入されるのは嫌なの。だから、少しずつ聞き出すのが大事ね』

俺は自分のことを大切な人以外には理解してほしいと思っていない。でも、普通の人は理解されたいと思っているようだ。

『例えば相手に気になる過去や興味のある要素があったとするじゃない？　それって自分以外の人も気になってるから、相手はそのことに関して聞かれ飽きてたりするの。だから、それに関してはすぐ聞いたり、あえて自分から触れたりしないでおくのよ』

「気になることはあえて聞かないか……」

『そうね……知り合った相手の顔に大きな火傷の痕があったとすると、どうしてそうなったのかがとても気になるところだけど、まずは相手の他のことを色々と聞いて相手を理解して仲良くなった後で、そこの話題に触れてみるの』

班員の事情は気になってはいる。黒沢の生徒会長をクビになった件や、白坂の芸能活動を休んでいる理由も、気にはなっているが直接聞いてはいない。

『そうすると、相手はあなたが興味本位ではなく偏見も抱いていないことに気づくし、その要素が相手との仲に影響しないものだと安心できるの』

「なるほど。今の俺の状況なら活用できそうだ」

『あとはどうだろう……やっぱり相手が何を求めていて何を待っているかを見極めることかな。相手を理解できていないと好かれない。だから、相手が話したいことを聞き出したり、欲しそうな言葉をかけてあげる。そういうのを見極められれば絶対に好かれるから』

観察力とか洞察力は、コミュニケーション能力の大事な要素になる。

相手の目を見て話すのが大事なのは、相手の気持ちを読み取ることができるからだ。

『碧はそれなりの観察眼を持ってるから、顔色を窺ったり、気持ちを察することにも長けているると思う。少しでもコツを掴めば、きっとみんなから好かれるはずよ』

俺が班員のみんなから好かれる未来なんてあるのだろうか……

『女性は基本、年上の男性を好む傾向にあるから、留年したのが功を奏してモテ期でも来るんじゃないかしら？　私は年下好きだけどね』

「留年は今のところ枷（かせ）にしかなっていないんだが」

『留年という枷があったって、その枷をファッションに変えればオシャレにもなるわ』

身体（からだ）が弱いというハンデをむしろ利用していたアリスだからこそ、紡げる言葉だな。

『碧には人に好かれる人になってほしい。そうすれば羨ましがられて碧は自慢の彼氏になるからね。逆に人に嫌われる人が彼氏だと恥ずかしくなっちゃうから』

俺は自慢の彼氏とはほど遠い存在だった。俺じゃない方がアリスを幸せにできたかもなと最低な後悔をしてしまうレベルに。

『頑張って自慢の彼氏になってよね。誰かに碧を好きになってもらって、残念この人、私の彼氏ですっていつかやりたいしさ』

「俺もアリスに自慢の彼氏ですと紹介されたい。アリスが自慢の彼女なだけにさ」

『……碧ならきっとできるよ。それじゃあ、頑張ってね』

今日のアドバイスは、実際に体感していたことが多かったから身に染みたな。

アリスの教えを実践していけば、問題児のみんなとも信頼関係をどうにか築けるはず。

第三章　綺麗な薔薇達には棘があり過ぎる

修学旅行まで後二週間。一昨日、クーバーイーツに登録したアカウントが承認を得て有効となり、その日から放課後は夜十時まで働いている。

体力勝負の大変な仕事ではあるが、面倒な人間関係が一切ないので精神的には楽だ。

今日の放課後も全力で活動中。注文者への配達を終え、再び次の配達を始める。

注文された店はファミレスのサイゼストだったので、自転車を飛ばして向かう。

「クーバーイーツです」

「はい。今用意しておりますので、少々お待ちください」

馴染みのある声で返答が来た。店員の顔をじっくり見ると、黒沢にそっくりだった。

名前バッジにも黒沢と書いてあるので、きっと本人だ。レストランでアルバイトをしていると言っていたが、まさかサイゼストで働いていたとはな。

「黒沢さん、早くレジやってよ」

「黒沢、その後は食後の皿を回収してくれ」

忙しい時間帯なのか黒沢は常に動きっぱなしだ。俺が声をかける暇すらない。

ただ、他のアルバイトとは温度差が有り、黒沢以外はだらだらしている。

黒沢はここでも周りと上手くやれていないのだろうか……

たった数秒で不穏な空気が伝わってきたな。コキ使われているのも見てとれるし。

「お待たせしました」

黒沢は俺に、注文されていた商品を持ってきてくれる。

「ありがとう黒沢。忙しそうだが頑張れよ」

「も、茂中？　ど、どうしてここに？」

ようやく俺の存在に気づき、慌てている黒沢。不意を食らった顔も可愛いな。

「クーバーイーツで働いてるんだ。じゃあな」

「ま、待ちなさい」

邪魔しないうちに撤退しようとするが、呼び止められる。

「どうした？　忙しいみたいだけど大丈夫か？」

「そ、そうね……やらないと」

仕事が楽しくないからか、仕事に戻るのが憂鬱そうに見えた。

「何かあったら休み明けの学校で話聞くから」

俺も仕事があるのでサイゼストを出る。もしかしたら黒沢に仕事の愚痴が溜まっているかもしれないので、この場合は相手が話してこなくても自分から聞く方がいいかもな。

その後も黙々とクーバーイーツの仕事を続ける。

俺が住む地域は車道や歩道も広くて、この仕事は快適にできる。高層マンションが並ぶエリアや高級住宅街のエリアも多く、治安が良くて変な客も少ない。

今来た注文も届ける場所がマンションの二十七階なので、お金持ちによる注文だな。

俺の両親は動物園で働いているため、給料も人並みで平凡なマンション暮らしだ。優雅な生活はしていない。

だが、何も不自由は無いし、文句も無い。子供の頃に凄く広い家や高層マンションに住む友達の部屋に遊びに行ったこともあったが、特に羨ましいとは思えなかった。

そういう欲や興味の無さが俺をつまらない人間にしているのかもな……そんなことを考えながら高層マンションへ入り、注文者の部屋番号を押してゲートを開けてもらう。

時間的にこの注文が最後だな。今日も五千円弱は稼げたはずだ。

「クーバーイーツでーす」

玄関前のインターフォンを鳴らし、注文者を呼ぶ。

扉が開くと、見知った人物が現れた。

「まじで茂中さんじゃん」

「なっ」

まさかの白坂(しらさか)が玄関から出てきた。予期していなかった俺は思考が停止した。

「配達員の写真が茂中さんに似てたからまさかとは思ったけど」

クーバーイーツは自分の顔をアイコンに設定しないといけない。それで事前に俺が来ると伝わっていたようだな。

ただ配達員は指名できないので、俺はランダムで白坂に割り当てられた。

これは偶然ではあるが、同じ街に住んでいるので可能性が低いわけではないか。

「ねぇねぇ、この後、暇だったりする？」

「今日はこれで終わりにしようと思ってたから大丈夫だけど」

「じゃあ、ちょっと付き合ってよ」

ラフな私服のシャツを着ている白坂は学校の時と雰囲気が異なり、現実感があるな。

「こんな時間から出かけて両親は何も言わないのか？」

「問題無いよ。私、一人暮らしだから」

「そうだったのか」

白坂が一人暮らしなのは意外だった。高校生で一人暮らしは大変に違いない。

ただ、一人でこんな高層マンションに住んでいるなんて、芸能人なだけあって今まで結構な額を稼いでいそうだな。

注文した商品からドリンクだけを取り出して再び玄関から出てきた白坂。

薄手のレザーコートを羽織りサングラスをかけていて、先ほどとも異なる雰囲気になっている。そのまま二人でエレベーターに乗り、地上へと下りていく。

「白坂は有名人だから部屋で受け取らない方がいいぞ。手間だと思うけどマンション前とかも指定できるから」

「いつもはそうしてるから大丈夫。心配してくれてありがと」

白坂は綺麗過ぎて一目見て分かってしまう。だから今も変装して出てきたのだろう。

「でも、茂中さんには家バレしちゃった」

「誰にも言わない」

「茂中さんだけは多少、信用してるから大丈夫だよ」

信用しているか……そんな言葉が今の俺には一番嬉しい。多少でも充分だ。

「前にみんな信用してないから、連絡先は教えないって言ってたぞ」

「実は茂中さんだけには後でこっそり教えておこうと思って。修学旅行中に何かあってもおかしくないから、頼れる人が一人はほしいしね」

スマホで白坂と連絡先を交換する。白坂のアカウントのアイコンが真っ白一色だったのが少し気になったな。

「勝手に誰かに教えないでよね」

「教えるわけないだろ」

「茂中さんにも裏切られたら、もう人間と仲良くできる気がしなくなるから」

何故か俺が白坂にとって人類最後の砦になってしまっている。まぁ俺は交流関係もほぼないし、俺に教えても流出の可能性は極めて低いと自負できる。

「それで、どこ行くんだ？」

「けやきひろば辺りを散歩したい」

「わかった」

駅前のけやきひろばでの散歩を希望する白坂。

私服姿の白坂は高校生ではなく大人に見える。これで俺の年下なんだもんな。

逆に年上のアリスは高校生に見られることがあると愚痴っていたな。

マンションを出て三分ほど歩くと、けやきひろばに着いた。ベンチで友達同士で談笑している人もいれば、肩を寄せ合っているカップルの姿もある。

「私と散歩できるなんて、幸せなことだと思うよ」

「そうなのか？」

「そうなのかって……茂中さん、私のこと普通の人間だと思ってるの？」

白坂は芸能人でモデルだ。綺麗だし、誰もが認める美しい女性だ。

だが、白坂だけに特別湧き出る感情はない。別に感動も興奮もしない。

「有名人かもしれないけど、同じ人間だろ」

「……そうだね」

「悪い、傷つけたか？」

「有名人だと、いつでもどこでも特別視されて嫌になる時が多いんだよね。でも、特別視されなすぎても何か少しイライラする。茂中さんのおかげで新しい感情が知れた」

白坂のプライドの高さが垣間見えたな。有名であることが窮屈に感じてしまうが、いきなり一般人扱いされても嫌なようだ。

「こんな綺麗な女の子と一緒に歩けて幸せだなぁとか一切ないの？」

「ない。そういうのは普通、好きな人で感じるんじゃないか？」

「きっぱり言うんだね。じゃあ彼女と歩く時は幸せなの？」

「幸せだよ……本当に」

アリスと歩く光景を軽く想像したが、それだけでもこの上ない幸せな気持ちになった。

「そんな大好きな彼女がいて、私と散歩していいの？」

「大丈夫だ。別に怒られないし、むしろ色んな人と仲良くなった方が良いって言ってた」

「怪しい怪しい。でも、さっきも本当に幸せそうに語ってたしなぁ～」

まだ俺の彼女の存在を疑っている白坂。少し不機嫌そうに飲み物を飲んでいる。

「あと全部あげる」

飲み物を手渡されたので受け取る。白坂は間接キスとか気にしないタイプのようだな。

「フラッペチーノか、甘くて美味いな」

「ぐぬぬ……やっぱり彼女いるのね」

「えっ、どこで判断したんだ？」

「間接キスにまったく躊躇がなかった。彼女できたことなかったり、童貞だったら多少は態度に出るはずだけど、余裕たっぷりだったし」

いつの間にか白坂に試されていたが、大人っぽい行動ができていてホッとした。

もちろん、多少は意識したが、変にそわそわするほどではなかった。

「逆に白坂も色んな経験有りそうだけどな。自ら間接キスを試すくらいだし」

「……私、恋人いたことないから」

「そうなのか」

俺の予想は外れて、経験の無さを口にする白坂。

「だから、けっこうドキドキしたよ」

「意外だな。顔や態度にはあんまり出てなかったぞ」

俺の言葉を聞いた白坂は悲しそうに下を向いてしまう。何か地雷を踏んでしまったか？

「そう……それが、私の欠陥なの」

「白坂？」

欠陥……白坂に欠けていて、足りないもの。

それは感情？　表現力？　何やら白坂にとって大きな問題のようだが……

「どういうことだ？」

「気にしないで。私にも色々あんの」

乾いた笑みを見せる白坂。口にしないということは、まだ聞かせるほどの関係性ではないと判断されたのかもな。

「てかさ、何でクーバーイーツしてんの？　高校生で珍しくない？」

「赤間に修学旅行の費用を渡すためだ。だから、すぐ給料が入って、たくさん働けるクーバーイーツを選んだ」

「……は？」

俺の説明に困惑しているので詳細を話した方が良さそうだな。

「赤間に修学旅行の費用を賠償金に充てるから行けないと言われた。でも、連れて行きたいから修学旅行の費用を俺が用意する流れになった。遠慮されたけど無理やり決めた」

「えっ、怖い怖い」

困惑しながら引いている白坂。そんなに変なことを言ったつもりはなかったんだが……

「何なの？　赤間に好かれればヤれそうだなとか思ってるの？」

「ど、どうしてそうなる」

「確かにあの子、胸は大きいからヤりがいはあんのかもしれないけど」

「勝手に話を進めるな。別に何の下心も無い。そういう気持ちは一切無いし、別に相手が男の金田でも同じことをしていた」

俺はただ、班長として班員の赤間を助けたいだけだ。俺にはその責任がある。

「わかんないわかんない。茂中さんのこと、わかんなすぎて怖い」

距離を置いてくる白坂。縮んだ距離感が、話したことのなかった頃に戻ってしまった。

「というか、彼女いるんだよね？　彼女いるのに必死でバイトして得たお金を全部クラスメイトの女子にあげるとか理解できないって。そんなのイカれてるよ」

白坂に容赦ない言葉を浴びせられるが別に傷つかない。俺がイカれていなければ留年なんてしていない。班のみんなと一緒で、問題を抱えている余り者だからな。

「やっぱり、茂中さんのこと信用できない」

突き放されるのは傷つくな。このまま溝を広げたくはないが……

「俺は俺のやりたいことをやってるだけで、誰かのためじゃなくて自分のためなんだ。だから、赤間に下心も抱いていない。自己満足ってやつだな」

「それがどうかしてるって言ってるの！」

声を荒らげて、吠えるように怒ってきた白坂。感情を爆発させるほどの強い想い……

「あっ、ごめん……」

白坂は自分でもらしくないことをしたと自覚したのか、すぐに謝ってきた。

「ちょっと待って」

顎に手の甲を当てて考え込む白坂。その姿はクールで様になっているな。

「さっきの私、感情入ってたよね？」

「ああ、がっつり。ちょっとビックリした」

今までの話題を無視して、自分のことを気にしている白坂。

先ほどの欠陥と言っていたことに関係するのか、よほど重要なことのようだ。

「これよこれ」

今度は嬉しそうにして、左手のこぶしを握っている。

「……白坂？」

「茂中さんといると、感情が強制的に呼び覚まされるんだけど」

「そうなのか？」

「それってやっぱり、茂中さんが普通の人じゃないからだと思う。ヤバい人だから、こっちも自然とムキになっちゃう。ヤバいってのは良い意味でおかしいってことね」

相変わらずフォローがフォローになっていない。あなたおかしいと遠回しにもせずに直接言われている。

「さっきはちょっと冷たく言っちゃったけど、茂中さんは良い意味で信用できないってこと。受け入れられないってだけで嫌いなわけじゃないから」

それもフォローになっていない。そんな白坂も俺からしたら少しおかしいと思う。

「許してくれるのか？」

「別に許す許さないの話じゃないから。さっきのはただの激しい会話」

白坂に嫌われたかもしれないと思っていたので、なんとも思われていなかったのは安心した。女子はいとも簡単に相手を拒絶する時があるからな。

「あっ、ごめん。やっぱ許さない」

「なんでそうなるっ」

「彼女とのツーショット写真を見せてくれたら許すけど」

「それが目的か……」

いい加減見せないと白坂からの信用を失いそうなので、ここはもう恥ずかしさを我慢して見せるしかない。見せられそうな写真も探しておいたしな。

「ちゃんとあるから」

「おぉ……」

アリスとの写真を表示させた俺のスマホの画面を凝視する白坂。

「も、茂中さんが見たことない笑顔してる」

「恥ずかしいから、俺の方はあんまり見ないでくれ」

「髪短いから印象が違うのかな？　明らかに茂中さんなんだけど別人にも見える。入れ物は同じなんだけど、心が違うみたいな？」

俺はスマホのロックボタンを押して画面を消した。

「終了だ」

「……本当にいるんだね。疑ってごめん」

「いるに決まってんだろ。そんな嘘ついてる奴が一番ヤバいって」

「いや、茂中さんのヤバさは別に変わんないけど」

写真を見せても俺の印象はたいして変わらなかったようだ。

「というか髪切りなよ。修学旅行ももうすぐだし、さっぱりするのも良いと思うよ。ここの近くのホワイトドアって美容室、私も行ってるしオススメ」

アリスと遠距離になってからは見た目をあまり意識しなくなったので、いつの間にか前髪も伸びていた。明日切りに行くのも悪くないかもな。

「わかった、行ってみる」

「すんなり受け入れすぎでしょ。こだわりとかないの？」

「最近は毎日大変だったから、髪の毛のことを考える余裕がなかった。だから、白坂に指摘されて髪の毛のことを意識できた。ありがとう」

「……やっぱり茂中さんおかしいって」

おかしいは良い意味で捉えれば、他の人とは違うということになる。

普通じゃない生き方ができているのは、悪くないことなのかもなとプラスに考える。

「どうかそのまま、おかしなままでいてください」

「それは馬鹿にしているのか？　馬鹿なままでいろってことか？」

「おかしいってことは私にとってはプラスなの。だから、褒めてます。凄い凄い」

馬鹿という言葉は否定しなかった。言われ放題だがアリスにも言われ放題だったので、悪く言われて傷つくどころか懐かしさで胸が温かくなったな。

「でも、俺は変わりたいと思ってる。魅力のある男になって自信を持ちたいんだ」

「なにそれ。でも目標がおかしいから、当分は大丈夫そうだね～」

どうやら俺の目標もおかしいみたいだ。そりゃまともになれないわけだな。

「今日はありがと、久しぶりに楽しかった」

けやきひろばを一周して、満足気に住いのあるマンションへ帰っていった白坂。

白坂と散歩できて幸せだったなと、終わった後に実感が湧いてきたな――

▲

月曜日の朝、登校の準備をしていると珍しく家にいた母親が声をかけてきた。

「学校は問題無いの？」

「何も心配はないよ」

「そう。ならいいんだけど」

家ではほとんど部屋で過ごしているため、家族との交流は少ない。

トイレやお風呂に食事以外は、部屋から出ることもほとんどないしな。

「十日後くらいに修学旅行あるから。場所は沖縄」

「気をつけてね。沖縄ならお土産は紅いもタルトね。お父さんが好きだから」

父親とはもう半年以上、口を利いていない。留年に反対していたが俺は聞く耳を持たずに学校を休んでいたため、父親がシャレにならないくらい怒るのも無理はない。

その影響で、暇さえあれば通っていた両親の働く中宮動物園にも行けなくなった。

子供の頃から成長をずっと見守ってきた動物達と会えなくなったのは寂しい。

「……わかった。そのお土産を買ってくる」

「忘れないように。じゃあ、行ってらっしゃい」

別に両親が嫌いなわけではない。ただ、あまり会話はしたくない。

関わっていると、去年あった様々な出来事を思い出してしまうからな……


「おはよう黒沢」

「……誰？」

学校の下駄箱で遭遇した黒沢に話しかけたが、記憶を喪失してしまったようだ。

「俺だよ。茂中碧」

「ああ、茂中ね。髪を切ったからか誰だか分からなかったわ」

一昨日髪を切ったとはいえ、そこまで大きく変わっていないと思うが……

きっと黒沢にまだ俺の顔をはっきりと認識されていなかったのだろう。

「そっちの方が爽やかで良いじゃない」

「お、おぅ」

素直に褒められるとは予期していなかったので反応に困った。きっと顔も少し赤くなってしまっているに違いない。

「ちょっと聞きたいことがあるんだが」

「なに？　話しながら教室へ向かいましょう」

黒沢と並んで歩きながら話す。距離を空けられるかと思ったが黒沢は手がぶつかるかぶつからないかの、仲の良い友達のような距離感で隣を歩いている。

すれ違う生徒の中には物珍しそうにこちらを見てくる人もいるな。

「赤間には炎上の件で発生した賠償金があるらしく、修学旅行の費用を賠償金に回したいから行かないと班長の俺に言ってきたんだ」

「あら、そんなことがあったの」

「でも、俺は一緒に行きたいから、バイトとかでお金を稼いで赤間の修学旅行の費用として渡すことにした。赤間は遠慮してたけど、無理やりそうした」

改めて話すと、自分がいかにお節介なことをしているか思い知らされるな。

「だからこの前はクーバーイーツで働きだした俺と黒沢が遭遇したわけだ」

「そういう流れだったのね」

「それで……俺のやってることって、どう思う？」

白坂には散々言われた。それを慰めてもらいたいとか、黒沢にも俺をボロクソ言ってほしいとか、そういう欲のある問いかけではない。

ただ黒沢がどう思うか、価値観を理解したい。今後の対応の参考にもなるからな。

「優しい人だなとは思うけど。私だったらできないしやろうとも思わないから、素晴らしいことだとも思うわ。良い班長じゃない、見直したわ」

これまた予想を超えて褒められた。黒沢は冷淡だけど、褒める時はちゃんと褒めてくれるみたいだな。それにしても、人によってこうも反応が違うのか……

「何でそれを私に聞いてきたの？」

「白坂にありえないと言われたから、黒沢にはどう思われるんだろうと思ってな」

白坂の反応も正しいと思うし、黒沢の反応も正しいはず。

結局、答えは人によって真反対にもなるということだ。それぞれの物事の捉え方が違うんだから、人に合わせて細かく個別に対応を変えていくべきかもな。

「別に白坂さんには得も損もない話なのに、何がそんなに嫌なのかしら？」

「嫌というか、俺の行動が理解できないんだと思う。俺も自分で変なことしているなという自覚はあるし」

「そうなの？　私はあまり変だとは思わないけど」

黒沢は俺と同様に理屈じゃない考えの持ち主のようだ。同族嫌悪にならないといいが。

「でも、気をつけた方がいいかもしれないわ。私も誰かのためにしようとしたことが、怖い人達の怒りを買ってしまった。そのせいで生徒会長をクビになったと思うし」

「何したんだよ」

「……教室着いたから、もうこの話はおしまいよ」

答えたくなかったのか、無理やり話を終わらせた黒沢。そういえば、前に橋岡先生は黒沢が生徒会長をクビになったのは、ある事件の影響だと言っていたな。

「おいおい二人で仲良く登校とか、余り者同士でカップル成立か？」

教室で目が合った金田にからかわれる。絡み方はうざいが絡んでくれるのは嬉しい。

「安直すぎだろ。それに俺、前も言ったが彼女いるしな」

「遂に茂中パイセンも俺と同じヤリチンになったか」

「高校生なんてお金も余裕も無いんだから、現実的に一人しか愛せないと思うんだが」

「ぐっ……それがリアルなのか？」

まるで自分は虚像で俺が本物みたいな言いっぷりだな。

「おはよう、金田君」

「あ、ああ……おはよう」

金田は黒沢から挨拶されると思っていなかったのか、少し恥ずかしそうに挨拶を返している。やっぱり、細かいところを見ていると女性慣れしてない感じがあるな……

「あと、茂中とは別に付き合ってないから。下駄箱で偶然会っただけよ」

「でも、本当は好きだったりするんじゃないか？」

「……何で？」

心の底から疑問に思う顔で金田へ理由を聞く黒沢。告白してないのに振られた気分だ。

「もしかして実は俺のことが好きだったりするとか？」

「そんなわけないじゃない」

どうしてそうなるのよと言わんばかりの顔で否定する黒沢。何一つあなたのことなんて思っていないわよという声が言ってないのに聞こえてくるな。

「朝からキモいんだけど、どいてくれる」

教室へ入ってきたクラスメイトの板倉(いたくら)達が、金田の後ろで文句を言ってきた。

「っ、なんだよ」

金田は少し恐(こわ)い表情で舌打ちをして振り向き、板倉を睨(にら)んでいる。

そういえば金田はまだ人気者だった頃に、板倉に告白されたと言っていたな。それでセフレならいいけどと返事したため女子からの反感を買い、今の状況に至っているらしい。

因縁のある二人だが、板倉は本当に金田を心底毛嫌いしているならわざわざ絡んでこないはずとも思うが……二人の関係性を深くは知らないから何とも言えないな。

「嫌われ者の班でも汚いことしてんの？　あんたほんとクズだね」

「は？　俺はクズじゃねーから」

「じゃあ何なのよ」

「正解は……とんでもないクズでした～」

「うざっ」

クズと言われて傷つくどころか、開き直って煽っている金田。その態度に板倉も、その友達の女子達もありえないといった表情だ。

というか嫌われ者の班って言われ方は癪に障るな。

別に俺は嫌われてはなかったのだが……嫌われてはないよね？

「黒沢さん、そいつヤリチンでキモいから関わんない方が身のためだよ」

「そんなに嫌っているのなら、あなたの方が関わらない方がいいわよ。わざわざ絡んできて文句言って嫌な気持ちになってるみたいだけど、それって本末転倒じゃないかしら？」

一見、黒沢は金田を庇ったかのように見えるが、プライドの高さゆえに板倉の注意を素直に受け入れることはせず、正論を言い返しただけだな。

できない性格のようだ。

「生徒会長クビになったあんたも金田側の人間だったね。同類同士、仲良くどうぞ」

言いたいことをはっきり言う黒沢は間違ったことを言ってなくても嫌われていく。

あの場は気をつけるねとヘラヘラしながら流せば事は荒立たなかったが、黒沢はそれができない性格のようだ。

空気を読めないのではなく、そもそも読む気がない俺達。だからこその余り者。

「黒沢、庇ってくれてありがとよ。意外と良い奴じゃん」

板倉達が去った後に黒沢に感謝を述べた金田。どう考えても黒沢は庇った訳じゃなかったが、金田は嬉しそうにしている。

「いや、私も金田君とは同じ班でなければ絶対に関わりたくないと思っているわよ。今は同じ班員として仕方なく関わっているだけで」

「……そっすか」

黒沢の容赦のない発言を聞いて肩を落とす金田。気を使わない遠慮のないやり取りだったが、本音で話しているのでまるで仲の良い友達のようなやり取りだとも思う。

俺達のどこかズれた歯車がかちっと合えば、良い関係性を築けそうな気もしてくるな。

「ねぇ茂中、ヤリチンってどういう意味なの？」

金田から距離を取った黒沢は、小声で俺にヤリチンの意味を聞いてくる。

とんでもなく答え辛い質問だが、間違った知識を教えるわけにはいかないから困るな。

どうにか上手くぼかして抽象的に伝えたいが……

「まず男と女がイチャつくことを簡単にヤると言ったりするんだ」

ちょっと待て、これを真面目に伝えるのは異常なほど気恥ずかしいぞ。

「白坂さんや金田君もそんなこと言ってたわね」

「そうそう、そのヤるのことだな。男が色んな女とヤってたりすると節操なく下心ばっか

だから、そういう奴はヤリチンと言われて軽蔑されたりするんだ」

「なるほど」

どうにか意味を変えずにはぐらかしつつ、上手く伝えられた気がする。

なんとかなったな。やればできるな俺、こんなことで達成感が半端ないぞ。

「……チンはどこから来たのかしら？」

「そうきたか」

黒沢のまさかの疑問に俺は終了する。そこを突かれたら、もう何もはぐらかせない。

「男が色んな女とイチャつくっていう意味のヤるがヤリになるのは理解できるわ。けど、

チンはどこから来たの？」

チンはどこから来たのなんて質問をされるのは、きっと人生でこの瞬間しかないな。

「あまり言いたくないんだが」

「何でよっ、知っておかないと白坂さんとかにまた子供扱いされてしまうじゃない」

知識がないと恥ずかしい思いをするとはよく言うが、知識があっても恥ずかしい思いをする。結局、人間は恥ずかしさと密接に生きていくのだ。

「男性器の別称だな」

「……そ、そう、なるほどね。合点がいくわ」

クールに納得して見せたが、顔は真っ赤にしている黒沢。保健の勉強で基礎的な知識はあるだろうから、その知識に導けばちゃんと理解はしてくれるようだな。

「教えてくれてありがとう。おかげで今後、恥ずかしい思いをせずに済みそうだわ」

黒沢は自分の髪を弄り(いじり)ながら感謝を述べてくる。前にも同じ仕草を見たので、恥ずかしい時には髪を弄る癖があるようだ。

「そうだ、バイトで何か悩み抱えたりしてないか?」

あまりにも気まず過ぎたので、俺は話を超強引に変えた。

「あっ、そういえば前にバイトしてるとこを見られたわね」

話題が変わって黒沢も安堵(あんど)している。さっきのやり取りで変な汗をかいちまったな。

「別に問題はないけど……」

そうは言いつつも、何か納得いかなそうな顔をしている。分かりやすいな。

「仕事が上手くできないとかか?」

「子供扱い?」

睨まれたので慌てて首を振る。油断も隙も無いな。

「むしろ私は真面目で仕事も完璧とオーナーさんに褒められたわ」

えっへんと言わんばかりのドヤ顔を見せてくる黒沢。褒められて嬉しそうにしているのは子供っぽいなと思ったけど、それは口が裂けても言えないな。

「じゃあ、嫌なバイト仲間でもいるのか？」

「う〜ん……そうじゃないのだけど、なんか周りと上手くできなくて」

もしかしたら、黒沢自体が周りから嫌なバイト仲間だと思われているのかもな。

だから、黒沢自身も自分で何が問題なのかはっきりしていない様子だ。

「何かあれば何でも相談乗るから。これは子供扱いじゃなくて、友達としての言葉な」

黒沢が抱えている問題はどうやら一言二言でどうにかできるものではなさそうだ。

何かが起こるのを防ぐのは難しそうなので、何かが起きた時に助けるしかない。

「自分で何とかできるから大丈夫」

黒沢は決して弱音を吐かない。だが、人間はそんなに強い生き物ではないので、どこかでその強い心が折れてしまう日も来るだろう。

もしその時に自分が傍（そば）にいられたら、何とかして助けてあげたい。

橋岡先生が入ってきて俺達は席へ戻る。今日は修学旅行の班行動時での予定表を提出する日なので、昨日の夜に完成させておいた。

だが、その予定表に不備があったのか、放課後に呼び出しをくらってしまった。

昼休みになり、金田の秘密基地へ向かう準備をする。

一度あの場で食事をして以降、俺達は特に呼びかけることなく集まるようになった。

ただ、金田の要望であの場所がバレないように全員バラバラに教室を出る流れになっている。そのため、いつの間にかみんなあの空き部屋を秘密基地と呼ぶようになっていた。

俺は最後に教室を出ようとするが、目の前には黒沢が立っていた。

「どうした？」

俺の隣で居心地悪そうにもじもじとしている黒沢。う～んと唸り声も聞こえる。

「いつも昼休みどこにいるわけ？」

「居心地の良い場所で班のみんなで食事をしている。場所は訳あって秘密なんだ」

最初に断られてからも何度か黒沢を誘っていたが、すべて一言で断られていた。

「そ、そうなの」

「……黒沢も一緒に来るか？」

「え、ええ」

俺の言葉を聞いた黒沢は安堵した顔で頷く。どうやら、誘って欲しくて自分から俺の元へ来たみたいだな。これで子供扱いしないでは理不尽な言い草だ。

「今までは来る気なかったのに、気が変わったのか？」

「あなた達がいないから、教室で一人なの私だけになったのよ」

黒沢の席は教室の中央のため、ど真ん中に一人でいるという空気に耐え切れなくなったようだ。それを踏まえると、俺達は同じ班になる前から助け合っていたのかもしれない。

それに、きっと最初に断ったせいで、簡単に頷けなくなってしまったのだろう。

そういう強がりというか簡単に素直になれない性格は、個人的に可愛いと思うが。

黒沢と共に金田の秘密基地へ向かう。

廊下に誰もいないことを確認してから、ドアを開けて中へ入った。

「今日から黒沢も一緒に食べるって」

俺が既に食事を始めていたみんなに伝えるが、特に良い顔も嫌な顔も見せなかった。

「……こんな場所で食べてたのね」

「金田が見つけてくれたんだ。良い場所だろ？」

「私がまだ生徒会長だったら、空き部屋の不当利用で先生に報告してたけど」

黒沢の言葉に、みんなは顔をしかめる。それだけここが居心地の良い場所になっていて、失いたくない気持ちを抱いているのだろう。

「生徒会長じゃなくなった今はどういう対応をするんだ？」

「問題児になってしまったのだから、落書きでもしようかしら」

黒沢は部屋に置かれている壊れたホワイトボードにペンで絵を描き始めた。悪ぶっているつもりなのだろうが、落書きなんて子供だな。

「どう？　可愛いでしょ？」

何かしらの動物を描いたみたいだが、絵が下手過ぎて何の動物か分からない。

「たぬきか？　絵が下手過ぎてわからん」

「どこがたぬきなのよっ、どう見てもカワウソでしょ！」

怒って顔を赤くした黒沢はカワウソの下にバカ茂中と落書きしている。

「カワウソってこんなのでしょ？」

黒沢が置いたペンを赤間が手に取り、ホワイトボードにカワウソを描き始める。

一度もペンを止めず、あっという間に描き終える。特徴を確実に捉えていてカワウソだとはっきり分かるし、目をクリクリにさせてコミカルな可愛さを追加する遊び心もある。

初めて赤間の絵を見たが、美術のコンクールで何度か賞を取ったことがあるのも頷ける絵の上手さだな。

「か、可愛いわね」

赤間の描いたカワウソに見惚(みと)れて、ホワイトボードをずっと見つめている黒沢。

何故(なぜ)か赤間は黒沢を真似(まね)するように、カワウソの下に茂中先輩と落書きをしている。

「赤間、めっちゃ絵が上手いじゃん」

白坂は赤間の絵を見て驚いている。

「別に。きっと隣に下手過ぎる絵があるから上手く見えるだけだよ」

「だれが下手過ぎよっ」

誰が見ても絵が上手いのに謙遜している赤間。自分に自信を持てない性格なのだろう。

ただ、自ら描き始めたので絵を描くのは今でも好きみたいだな。

黒沢は自分の席を用意して、みんなと共に食事を始める。

赤間と黒沢は手作りの弁当を持参しているようだ。

白坂はコンビニで買ってきた物を食べているが、いつも野菜スティックかパスタサラダしか食べない。スタイルに気を使っているからか小食である。金田は知らないお店のお弁当を毎日食べていて、栄養バランスが良さそうな内容だなといつ見ても思う。

俺はいつもコンビニで食べたいと思ったパンかおにぎりを二つ買っている。理由は食べるのが簡単であり、食にあまりこだわりがないからだ。

みんなと昼休みを過ごすようになってそろそろ二週間経つが、会話の量も少し増えたな。

食事を始めると赤間が何故か俺をちらちらと見てくるのが気になった。

「……あ、あの」

赤間と目が合うと向こうから話しかけてくれた。赤間の方から話しかけてくれるのは滅多にないので嬉しい。まるで子供の成長を見届けて喜ぶ親になった気分だ。

「チョコレートを作ってきたので、よかったら食べてください」

赤間の予想外の言葉に俺は驚く。白坂と金田もまさかといった表情を見せているが、黒沢は特に気にせず黙々と食事をしている。

「えっ……嬉しいけど、どうして急に？」

「茂中先輩に恩返しというか、できることはないかなと考えた結果です。茂中先輩はいつもコンビニのパンかおにぎりしか食べていないので、それだけじゃお腹空くかなって」

いつの間にか赤間に俺の食事の傾向を把握されていた。

「せっかく作ってきてくれたならありがたく食べさせてもらうけど、そんなに気を使わなくて大丈夫だからな」

「気は使います……こんなあたしなんかの為に、色々してくれているので」

俺が修学旅行の費用を立て替えると宣言したあの日以降、何故か目を向けられることが異様に多くなっていた。何か心境の変化でもあったのだろうか……

「ありがとう。これ美味しいよ」

赤間のチョコは商品のようなクオリティで美味しい。だが、バレンタインでもないのに女子からチョコを貰うなんて初めてなので不思議な気持ちにもなる。

「中に何かソースが入ってるな。これは何のソースなんだ？」

「えっと……」

何故か俺の質問に答えを詰まらせている赤間。

味があまりはっきりとしていないソースなので自分では何のソースか予想できない。

それにしても、中にソースまで入れるなんて手間がかかっているな。

「何のソースかは言えません。あたしの気持ちみたいなのを込めた感じです」

その言葉を聞いた白坂と金田の顔は引きつっている。

流石に変な物は入れていないと思うが、答えを教えてくれないと不安になるな。

「というかさ～後ろめたい気持ちあんなら自分でバイトとかして金を稼げばいいじゃん」

白坂は冷たい顔で赤間に提案する。常に冷たい顔をしているので機嫌が分からないな。

「親がもうこれ以上迷惑かけるなって……学校以外は家でじっとしてろって言うから。あたしにも色々と事情があるの」

「もう高校生でしょ？　自分のことは自分で決めなよ」

白坂は赤間を追い込むように畳みかけている。俺が優しくしてしまう分、白坂みたいに厳しくされるのも赤間にとっては必要なことかもな。

「あたしの名前を調べられて炎上の件を知られたら即クビだし、お店にも迷惑かかっちゃうから。職場の人にもきっと笑い者にされる」

「それは当然の報いでしょ？　別に人と関わらないでやれる仕事も探せばあるだろうし」

白坂の指摘にぐうの音も出ない赤間。だが、今の赤間の状態じゃアルバイトなんて無理な話だ。今はただ傷を癒しているだけでいい。

「今は無理に動かなくていい。むしろ炎上の件のほとぼりが冷めるまでは、社会にあまり出るべきではないかもな」

この状況で赤間が社会に出ても、さらに傷ついて心を擦り減らしてしまうだけだ。

「む～」

白坂が何か言いたげな目で俺を見てくる。どちらかに肩入れするのは良くないと分かっていたが我慢できなかった。次からはもっと違う形で仲裁しないと。

「茂中先輩の言う通りにします」

「別に俺の言葉は無視してもいい。決めるのは自分自身で頼む」

何故か俺に全てを委ねるような意思を見せてくれる赤間。あの一件で信用されたのかもしれないが、それにしても信用の度が過ぎている。

「茂中さんもさー、彼女いるのに他の女の手作りチョコ食べるとか浮気じゃんか。アリスさんに出くわしたら言っちゃお～」

「そういうのじゃないだろ」

「女が浮気だって判断したら浮気になるから。残念でした」

白坂がアリスと出くわすことは絶対にないので心配する必要はないが、こんなことで浮気扱いをされるのは嫌だな。

食事を終え、秘密基地に静かに留まる。みんなは少しでも教室にいたくないのか、昼休み終了ギリギリまで残っていることが多い。

「ここでの食事なら周りの目を気にせず気楽でいられる。本当に助かるわ」

この場所での昼休みを初体験した黒沢は満足そうな顔で感想を述べている。

「最初にこの場所にいたのは金田だから、感謝するなら金田に言ってくれ」

「……金田君、ありがとう」

素直に感謝を口にしている黒沢。それだけこの場所が気に入ったのだろう。

「別に感謝されるほどのことでもねーよ」

気恥ずかしそうにする金田。感謝されることに慣れていないようだ。

「おっぱいって揉まれれば揉まれるほど大きくなるらしいぜ。ということで胸の小ささで悩んでいる女子、正面に並んでくれ」

「はいはいキモイキモイ」

突然、話題を変えてふざけたことを言い出した金田。

また地獄のような空気が生まれるかもと危惧したが、白坂が罵倒を浴びせて話題を即終わらせてくれたので助かったな。

金田は何故か自分の評価が上がると、逆に無理やり下げようとしてくる傾向がある。

自分を少しでも悪く見られたい理由があるようだが、何を考えているのやら……

「ちょっと黒沢、何してんのっ⁉」

何食わぬ顔で制服の上から自分の胸を両手で揉んでいる黒沢。

白坂がツッコミつつ慌てて黒沢の前に立って、俺や金田に見せないようにしてきた。

「金田君が言ってたこと、気になったから自分で試そうと思って」

「そういうのは人前でしちゃ駄目でしょーが！」

相変わらず天然というか、奇異な行動や発言を連発してしまう黒沢。

制服の上からとはいえ、胸を揉むなんて男子が見たら興奮してしまう。実際、俺も久々にエッチな気分になってしまった。

「おいおい隠すなよ。俺のキモ発言がせっかく報われたってのに」

金田は黒沢を守った白坂に不満をぶつけているが、俺は文句を言いながらもちゃんと隠してあげる白坂の優しさを見て心が温まった。

「噂(うわさ)通り超女好きみたいだけど、同じ班だからって私達に変な気とか起こさないでよ」

白坂は金田に好意を向けられる前に牽制(けんせい)する。修学旅行でナンパもしたがるほどの女好きなら、同じ班の女子を好きになってもおかしくはないが……

「それはないから安心してくれ。特に白坂嬢にはな」

「何でよ？　有名人だから？」

意外にも金田は白坂に興味無しといった様子だ。

「白坂お嬢様はめっちゃ綺麗だと思うし、このクラスというか学校というか日本でもトップクラスに美しいのは間違いない」

「そ、そこまでは思ってないけどね」

金田から素直に褒められ、少し得意気な顔を見せている白坂。

「でも、何だろうな……色気が無いというかムラムラしないんだよな。だから、変な気を起こすことはないと思うぜ」

金田の感想は理解できる部分がある。白坂は綺麗過ぎて迂闊に手を出せないというか、見ていて非現実的な感覚に陥る。身近になっても、いやらしい気分になる機会は少ない。

だからといって、それをそのまま伝えるのは白坂に失礼だと思うが……

「あんた、けっこう酷いこと言うのね」

「そっちが聞いてきたんだろ」

「だからクズ扱いされて誰にも相手にされなくなるのよっ」

「知ってま～す」

白坂が金田に暴言を吐くが、開き直っている金田にはノーダメージだった。

その後は会話がピタリと止まり、昼休みが終わるまで無言で過ごした。

六時間目のホームルームが終わり放課後になると、前の席の白坂が振り返ってきた。

「どうした？」

「茂中さん、赤間のことまじで気を付けた方がいいよ」

赤間の件にはやたらと意見をしてくる白坂。それだけ思うことがあるのだろう。

「あんまり肩入れし過ぎると、面倒なことになると思うから」

「面倒なこと？」

「茂中さんに何かとすがったり、悪化すると依存しちゃうかもよ」

赤間が予期せぬ反応を見せる危険性があると指摘する白坂。依存されるのは困るが、俺もアリスに依存に近い感情を抱いているので人のことを言えないかもな。

「今日も不気味なチョコを作ってきてた。そんなこと恋人以外には普通しないはず。既に茂中さんを特別視していることは明確だね」

「まだこれといって何かしたわけじゃないんだがな。手助けしてるが結果も出てないし」

「赤間は炎上して相当病んだ状態で過ごしてると思う。みんなから見放されて、絶望の中で学校生活を送っていた。そんな中、茂中さんみたいに周りを気にせず優しくしてくれたら、自分を救ってくれる王子様みたいに見えちゃうかもね」

同性の白坂の方が、赤間の気持ちを理解していると思う。だが、忠告をされても赤間を修学旅行へ連れて行くという俺の意志は変わらない。

「見た感じ、ちょっと深入りしただけで茂中さんを異常に意識してる。これから茂中さんにべったりになって好意も向け始めて、付き纏われるのも目に見える光景だよ」

確かにチョコの件には異質感があって、少しモヤモヤを抱いていた。過度に意識されても困るので距離感は保っていかないとな。

「茂中さんは彼女もいるんだから気をつけないと厄介なことになるよ」

「修学旅行費の件はやり過ぎていると俺も思うが、それが終われば深入りすることはなくなると思う。気をつけはするが、徐々に赤間もクールダウンしていくと思うぞ」

「……女ってのは面倒なんだよ。何か、めっちゃ悪い予感してる」

経験者は語るといった表情で重く呟いた白坂。声だけで苦労も伝わってくる。

「まぁ、茂中さんがどうなっても、私には関係ない話だけどさ」

突き放すような発言だが、本当にどうなってもいいと思っているならわざわざ俺に忠告などしてこないはずだ。

「忠告ありがとう。おかげで注意しなきゃいけない点が分かった」

修学旅行を成功させることに囚われていると視野が狭くなる。もっと周りを見ながら行動しないといけないな。やはり、誰かと過ごすと自分を客観視できて成長できそうだ。

「それと、俺は白坂を後ろの席からいつも見てるが、色気を感じることはあるぞ」

「は？　急に何？」

「髪を結んだ時に見える首筋とか、プリントを回す時に見える手入れされた爪とか、ふと目に入るとドキドキする箇所が多い」

俺の言葉を聞いて目をぱちぱちと瞬く白坂。不快には思われて無さそうだ。

「金田には分からないかもしれないけど、俺みたいに間近の特等席で見ていれば白坂に色気を感じることもある」

「……そう」

俺の肩をツンツンとつついてきた白坂。顔は真顔だが、態度は嬉しそうだ。

「私まで依存させたいの？」

「そういうつもりじゃない」

「冗談。褒められることには慣れてるし」

白坂は簡単に男に靡く女性じゃない。ハードルの高さは少し話しただけも分かる。

「茂中さんも褒めるのに慣れてるね。彼女がいる男は、やっぱり女の扱いが上手い」

「褒めるというか、事実を伝えたまでだ」

「なにそれ、天然たらしじゃん。でも、ありがと……おかげでストレスが解消した」

「どういたしまして」

「そして、茂中さんの優しさが本物だと理解した」

金田の発言で傷ついていたのを見たから、俺はその傷を塞ごうとしただけだ。

本当に優しい人は傷つく前に助けるはず。俺の優しさなんて中途半端だと思う。

「この前は茂中さんに下心あるに決まってるとか言ってごめん。茂中さんのことなんにも分かってなかったね」

「気にしてなかったから大丈夫だ」

「……その余裕たっぷりなところが大人っぽくて良いと思う」

白坂も俺を褒めてくれる。大人っぽくて良いという評価は、自信を湧かせてくれるな。

「悪い、先生に呼び出されてるんだった。行かないと」

「そうだったね。じゃあ、また明日」

白坂と別れ、俺は早歩きで職員室へ向かった。


職員室へ着くと、扉の前に橋岡先生が待ってくれていた。

「遅い。三分くらい待ったぞ」

「すみません」

まさかわざわざ外で待ってくれているとは思わなかった。それだけ俺と会うのを楽しみにしていたと考えると悪い気はしないが、デートの待ち合わせかよと困惑もする。

「別に中で座って待ってくれてて大丈夫でしたよ？」

「一秒でも早く茂中に会いたかったからな」

「彼女みたいに言わないでください」

相変わらず高校生男子が好きな橋岡先生。男子嫌いな先生よりかは助かるけど。

「じゃあ、生徒指導室に向かおうか」

橋岡先生は俺の肩に触れながら歩き始める。隙あらばボディータッチは相変わらずだ。

生徒指導室へ入ると鍵も閉めてしまう。わざわざ男子生徒と二人きりの場を設けるのが好きなのはどうかしているな。

「まず最初に遅刻した罰としてマッサージをしろ」

「それ、人によってはパワハラで訴えられますよ？」

「だから人を選んでいる。信用のある生徒にしか言わない。茂中なら訴えないだろ？」

「まぁそうですけど」

橋岡先生も馬鹿ではないので相手は選んでいるみたいだ。余計にたちが悪いけど。

肩を軽く揉んでマッサージをしてみるが、橋岡先生は不服そうな顔をしている。

「私がマッサージしてほしいのは肩ではなく腰だが？」

「それ、人によってはセクハラで訴えられますよ？」

「してくれないなら別にいいけど」

何故か拗ねてしまったので、面倒なことになる前に先生の腰をマッサージしてあげた。

「良い子だ。君は押せばやってくれる子だね」

「押せばやれる子みたいに言わないでくださいっ」

「あぁん！　気持ちいいっ！」

橋岡先生はマッサージ中に何故かふざけて喘ぎ始めた。大丈夫かこの人……

俺の班の問題児達より、先生の方がよっぽど問題だな。

「来週にはもう修学旅行が始まるが、君の班はちゃんと上手くやっているのか？」

「最初はどうなることかと思いましたけど、意外と大丈夫かもしれないです」

「まぁ君を含めてひと癖もふた癖もある連中だが、もう高校生だから無駄に争ったり無意味に荒れたりはしないか……もちろん、君の手腕もあるとは思うが」

幸せそうな表情でマッサージを受けながら語る橋岡先生。

「それで、今日呼び出したのは班別行動の件ですか？」

「そうだ。何だあの予定表は。綺麗な砂浜に行くとか、曖昧で困るぞ。他の班はちゃんと詳細な場所や予定時間がびっしりと書かれている」

俺は予定表をあえて曖昧にした。事前に注意されるより、事後に注意された方が良い。

「本やネットに書かれた砂浜より、住民の人が通う名も無い静かなビーチに行こうかと。僕達は総じて人の多いところが嫌いみたいなので」

「ならばそれを書け。あと、別に行かなくてもいいから、他の場所も適当に書いといてくれ。これでお前は受理したのかと、何かあった時に上から指摘されて面倒だからな」

「わかりました」

　優しい橋岡先生でも曖昧過ぎる予定表は受理してくれなかった。仕方ないので適当に人気スポットを回る予定でも書いておくか。

　最初だけは曖昧にして、そこで何かが起きて後の予定が崩れましたと言い訳すればいい。

「漫湖（まんこ）は見たくないのか？」

「えっと……それより綺麗な海が見たいです」

「ちっ、引っかからなかったか」

　修学旅行地の沖縄には漫湖という名の有名な干潟がある。隣に大きな公園もあるそうで地域住民の憩いの場になっているらしい。

　中学校の時に漫湖やエロマンガ島やシオフケ岬など、紛らわしい場所の名前でふざける馬鹿な友達がいたので耐性ができていた。

「そんな中学生みたいな馬鹿なことしないでください」

「こら、先生に向かって馬鹿とはなんだっ」

　もはや先生として威厳や風格も無い。俺から見たらただのヤバい人だ。

「本当に気をつけた方がいいですよ。俺じゃなかったらクビだったかもしれません」

「……さっきのはすまん。調子に乗り過ぎた」

　意外にも反省している橋岡先生。自分でもさっきのはアウトだったと判断したようだ。

「たまには馬鹿なことしないと、教員なんてやってられないんだよ」

先生という仕事は大変でストレスも尋常じゃないと聞く。橋岡先生も俺が見ていないところで辛い思いや過酷な苦労をしているのだろう。

「もっと軽めのやつなら付き合いますので、限度は超えないでください」

「……君ってやつは。大人を甘えさせるなんて罪な男だ。この先、モテて苦労しそうな未来が見えるよ」

橋岡先生の俺を見る目が変わる。初めて見る目で、どんな感情なのか伝わってこない。

「別にそんなに好かれる人間じゃないと思うんですけど」

「その謙虚さも潔白さを生むし、君の優しさは穢れを纏ってない。普通の男に優しくされても、その先には下心が見えて警戒してしまう。でも君には、下心が見えない。だから、無防備な女の心は簡単に引き寄せられてしまう」

橋岡先生は俺の頬に手を添えてくる。力のこもっていない優しい手だ。

「やっぱり男子高校生ってのはたまんないな。どうかそのまま純粋でいてほしいよ」

開き直って男子高校生を絶賛する橋岡先生。悪い人ではないが、班のみんなと同じで危なっかしさがあるので心配になるな。

その後は予定表を書き直して再提出し、生徒指導室を出た。

放課後はクーバーイーツで稼がないといけないので、早歩きで家へ帰った。

「流石にキツいな……」

連日のクーバーイーツの仕事で足が重くなっており、軽く動かすだけで関節が痛む。

だが、休んでいる時間は無い。今日もやれるだけやる。

自分のお小遣いのためならここまで無理はできないし、そもそも続かない。

だが、誰かのためとなると闇雲に頑張れるな。

二時間ほどクーバーイーツの仕事をしていると、サイゼストの注文が入った。

今日も黒沢がバイトしているかもしれないなと、自転車を漕ぐスピードを上げた。

「クーバーイーツです」

サイゼストへ入るが、カウンターには誰も姿を見せない。客席の方へ目を向けると、黒沢が中学生男子四人組のテーブルの前で恐い顔をして立っていた。

「あなた達、ドリンクバー一つしか注文していないのに、さっきからみんなで何杯も回し飲みしているわよね？」

「は？　してねーし、証拠あんのかよ」

どうやら客と揉めているようだな。言い争いをしているのが、ここからでもわかる。

「一度だけなら見逃してあげようと思ったけど、何度もやられると目に余るわ。全員分のドリンクバー代を請求させてもらうから」

「はぁ？　ふざけんなよ、証拠あんなら写真見せろよ」

「写真は撮っていないわよ。仕事中にスマホは触れないし」

「だったら撮ってから注意しろや。証拠見せられたら、素直に払いますんで。まぁもうドリンクは満足なんで注ぎには行かねーけど」

　相手は中学生だが、客という立場なため店員相手に強気になっている。

「ちょっと、中坊相手に大人気ないんじゃない？」

「どうでもいいから、早く注文聞いてくれよ。ボタン押してんだぞ」

　隣のテーブル席の大人の客が黒沢にクレームを言っている。悲惨な状況だな。

「すみません、少々お待ちください」

　黒沢もどうしたものかといった表情で対応に困っている。それを助ける店員もいない。

『ちょっと、黒沢また何か客と揉めてんだけど』

『またか……ったく、ただでさえ仕事ダルいのに、面倒ごと増やすなよ』

　厨房の方から店員が出てきて、黒沢を見て陰口を叩いている。

　いや、野次馬してないで俺の注文を用意してくれよ。

「監視カメラもあるだろうから、店長に言って確認させてもらうわ。証拠ができたらあなた達の学校に連絡するから」

「は？　きめぇんだけど。ちょっと一口頂戴って言われたからあげただけだし。器小さ過ぎんだろ、ここの店員」

黒沢は一旦引いて、隣のテーブルの注文を聞き始めた。

『ただでさえ人手が少ないのに、余計なことに時間使いやがって。もっと周りのこと考えてほしいよな』

『ですよね〜。前も私がちょっとバイト仲間と会話で盛り上がってたら、バイト中ですよとか言ってキレてきたし。ほんと何様なのあの人？』

客からも嫌われ、バイト仲間からも嫌われている黒沢。話を聞いていると黒沢は何も悪いことはしていないが、他の店員からすると空気読めない奴になっているようだ。

「クーバーイーツです。商品早くお願いします」

「あっ、すみません」

俺は客を待たせているのですぐにサイゼストを出て、配達を再開した。

黒沢にはスマホでメッセージでも送っておくか。

焦っていたのでバイトが終わったら会いたいと簡単に連絡してしまった。冷静になると、これじゃあまるで彼女に送るメッセージみたいだなと思った。

無理と断ってくる可能性が高いが、そうなれば明日にでも学校で話を聞けたらいいか。

「ふぅ〜、流石に疲れたな」

立て続けに行った配達を終え、一息つく。

今日は気温が高かったので汗をかいてしまった。夏になると過酷な仕事になるな。

時間はまだもう少しあるので配達も続けられるが、黒沢からメッセージが来ていた。

【私も会いたい】

怒りマークの絵文字が添えられているが、これじゃあまるで恋人みたいだな。

だが、会いたいということは誰かに何か言いたいと、もがいているのかもしれない。

黒沢に場所を聞き急いで自転車を漕ぐ。仕事の影響か、どんな時でも速く漕ぐ癖がついてしまったな。

待ち合わせ場所に指定された公園へ着くと、黒沢が鬼のような恐い表情で立っていた。

「やめた」

「えっ？」

挨拶も無しにやめたと口にしながら、俺の方へ向かってくる黒沢。

「やめたやめたやめたやめたやめたやめたっ！」

「お、落ち着けっ」

迫力のある表情で俺に迫ってくる黒沢。そのまま突き飛ばされそうな勢いだ。

「やめてやったわ、あんなバイトっ！」

まるで吐き捨てるように言い放った黒沢。キレているのは明白だ。

「まじか」

どうやら俺が見たあの騒動の後にバイトを辞めてきたみたいだ。思い切ったな。

「ちゃんと理由があんだろ？」

「ええ。話聞いてよっ！」

「全部聞くから、ちょっとクールダウンしろ。夜だし声が響いている」

「………そうね」

怒りの顔から悲しい顔に変わる黒沢。あまり感情が表に出ない白坂とは真逆だな。

「まず今日ね、中学生の男子達がお店へ来てて」

あの時に俺がサイゼストへ来ていたことは知らない黒沢。ことの顚末(てんまつ)は知っているが、ここはまず黒沢の目線での話を聞いておこう。

「ドリンクバー一つしか注文してないのに四人で何度もジュースを回し飲みしてて、それを私ははっきり見たから注意したのよ」

「それは注意すべきことだな」

「でも、向こうはそんなことしてないって言い張って、むしろ怒ってきて。埒(らち)が明かないから一旦引いて、店長に監視カメラの映像見せてもらったりできればなと思ったのよ」

黒沢は正しいことをしている。だが、正しくないことがまかり通る世の中であることをまだ知らないらしい。

「そしたら先輩に余計な仕事増やすな、そんなことしても俺達の給料は変わらないって言われて。他の先輩からも人手が割かれる分、忙しくなって迷惑だって言われて」

俺が居た時もバイト仲間は黒沢を見て陰口を叩いていた。直接言ったってことは、もう看過できなくなったのだろう。

「挙句の果てにはね……店長が来たから事情を話して、監視カメラの映像を確認させてくださいって言ったら、注意だけで済ませろって言われて。君だって人生で一度や二度いけないことをしたことはあるだろって何故か逆に怒られて」

店長の発言は理解できなくもない。相手が大人ではなく中学生なら、次からやめるようにと口頭注意すれば穏便には済む。

だが、黒沢はきっとゼロか百かで考えているから、その中間の答えを出せない。

「だから、そのまま辞めるって言ったわ。前にも似たようなことあったし。バイト仲間の人も適当だし、店長も適当。正しいことをしている私が何故か悪者になる」

「そういう流れだったのな」

「いつもそう！　生徒会長の時だって、学校のために正しいことをしたのに適当な人達が文句を言ってくる。いったいなんなのよもうっ！」

気持ちが込み上げてきたのか、再び声を荒らげる黒沢。

「ねぇ？　私は間違ってるの？　両親や先生達大人から正しいことを教わって、秩序も倫理もマナーもモラルも学んで、それを実践したら否定されて。周りからも嫌われて友達もできなくて、一人で惨めに生きて……いったい、何がどうなっているのよ！」

黒沢の心からの叫び。本当に苦しんでいるから、本気で悩んでいるからこそ、その言葉に重みを感じた。

「あなたも私が間違っているって思う？」

「何一つ間違ってないだろ。黒沢は全部正しいよ」

「なにそれ、同情？」

「違う。黒沢の話をちゃんと聞いて客観的に見て、黒沢が全部正しいと判断してる」

不安だったのか、俺の返事を聞いて安堵（あんど）している黒沢。

「でも、正しいことを全うできる人は地球でもほんの一握りだ。みんなも時には間違えるし、間違ってもいいやって妥協して生きている。俺だって正しいことを理解しながら、今まで何度も間違えてきた」

「あなたもあっち側の人なの？」

「ああ、俺もあっち側の弱い人間だな。でも、俺は少し違って黒沢のことを否定しないし、むしろ尊敬もする」

「どうしてよ」

「何だろう、正義のヒーローっていうか、そういうのを見てる感じか？　間違っている人に間違っているとはっきり言ったりするのって、自分にはなかなかできないから。俺は見て見ぬふりしちゃうけど、黒沢は相手がどんな人でもずばっと言うみたいだし」

小学生の時に友達が悪質な悪戯を仕掛けようとしているところを見ても、俺は何も言えなかった。中学生の時に虐めの現場を見た時も、何も言えなかった。高校生になってから、恋人が医者の言葉を無視して無謀なことをしようとした時も、何も言えなかった。

きっと黒沢はどの場面でも、その時にはっきりダメだと言っていたのだろう。

「黒沢は地球でほんの一握りの、正しいことを全うできる人だ。だから凄すぎるんだよ。凄すぎて周りがついていけないだけ。黒沢が人として完璧すぎる」

「そ、そうかしら……」

黒沢を全肯定すると、今まで見たことのなかった嬉しそうな表情を見せた。

「俺は黒沢の話を聞いて尊敬したし、見てると俺もしっかりしなきゃなって思える」

「他の人みたいにウザいとか、どっか行けとか思わないの？」

「俺は思わないよ。そうやって言ってくる人も多いかもしれないが、俺はこれからもずっと黒沢のことを肯定するだろうし、正しいことを否定したりはしない」

「……あなたみたいにまともな人もいるのね」

それは間違っている。まともじゃないから俺は周りと違って黒沢を否定しないし、黒沢が世の中を生きていく上での正しいことを教えない。

本当に黒沢のためを思うなら正しいことにこだわらないで周りの空気を読んで、ちょっとは折れろと言うべきだしな。

「申し訳ないけど俺はまともじゃない。まともだったら留年もしていないし、これから俺は間違ったことを繰り返すと思う」

「そういえば、あなたも問題児だったわね」

「だから、これから俺も黒沢に何度も怒られるだろうな」

「一緒に居ると嫌になる？」

「いや、俺はどうも怒られるのが好きみたいだ」

「……変態なの？」

アリスも俺に何度も怒ってきたが一度も嫌な気分にはならなかったし、その度に成長できている気がした。

ただ、怒られてもいいのは説得力のある人に限る。知的なアリスも正義の黒沢も俺が正しいと思うから、受け入れられるだけだ。

「自転車乗ってる時に音楽聞くなと注意した警察がいても、学生時代に音楽聞きながら自転車を漕いでたことあるだろって思う。宿題を忘れて先生に注意されても、その先生だって学生時代に宿題を忘れてきたことが一度くらいはあるはず」

「何の話よ」

「そういうこと常に考えちゃう俺は、信用していない人の注意をまともに受け取らなかった。心の中で人のこと言えないだろって、いつも思ってた」

「捻くれているのね」

黒沢の言う通り俺は捻くれていた。子供の頃から変に斜に構えていて、物事に対して歪んだ見方をしていた。

「でも、黒沢はずっと正しく生きていたみたいだから、そういう黒沢に注意されたのならちゃんと反省しようと思えるかもな。先生とか警察に向いてんじゃないか？」

「……そんなこと言われたのは初めてよ」

アリスも俺にそんなこと言われたのは初めてよと言ってきたことが何度かあったな。

きっと俺は普通じゃないのだろう。それが周りに馴染めない理由でもあるが、普通じゃないからこそ今の班のような逆に馴染める場所もあるのかもしれない。

「みんな正しいはずの私を見て、大人になれとか子供扱いばかり」

黒沢の子供扱いが許せない理由が判明したな。正しさを貫き空気の読めなかった黒沢を大人になれと説得する周りが嫌だったみたいだ。

「でも、あなたは私の正しさを認めてくれるのね。それは伝わってくるわ」

待ち合わせした時の顔とは打って変わって、得意気な笑みを見せている黒沢。

どうにか、あのまま病まずに気持ちを切り替えてくれたみたいだな。

「ありがとう。あなたに話せてスッキリしたわ。こんなにスッキリしたのは初めて」

特に何もしてないが感謝をされてしまう。ただ話を聞くだけでいいというアリスのアドバイスは正しかったのかもしれないな。

「そういえば、あなたも私に会いたがっていたけど何かあったの？」

俺が会いたがっていたのは黒沢の件だったのでもう終わっている。

だが、何かしら言っておかないとただ会いたかっただけの男になってしまうな。

「もうすぐ修学旅行だし、班長として出発までに何かやっておくべきことあるかなって」

学校で聞けよという案件だが、アドバイス系なら黒沢も気を悪くしないだろう。

「良い意気込みね。あなたは充分すぎるほどやってくれているけど、強いて言うなら班行動の日の予定が曖昧だから、その日に必要なものとかどうすべきなのかとは思うけど」

「みんなを驚かせつつ喜ばせたいから、何が起こるかはできるだけサプライズにしたいかなって思ってて」

「じゃあ、必要な物の有無だけははっきり連絡しときなさい。何もいらないなら必要ないからって通達だけはした方が良いと思うわ」

「そうだな……そうするよ。的確なアドバイスありがとう」

スマホが音を鳴らしており、黒沢は制服のポケットからスマホを取り出した。

画面には店長と表示されていたが、黒沢は赤の拒否ボタンを押した。

「いいのか？　まだ戻れるかもしれないぞ。いきなり辞められると職場の人も困るだろうし、黒沢が後悔しそうでもあるが」

「私、もうグレたから」

黒沢の意外な宣言に、俺は言葉を詰まらせる。どうしたものか……

「今まで真面目に生きていた分、今日から本格的にグレる」

黒沢の遅れてきた反抗期。口では簡単に言っているが、今まで大真面目に生きてきた黒沢が真逆のことをするのは難しいはず。

「バイトを途中で帰って、いきなり辞める。今までの人生で一番悪いことをしたと思う」

「見事なバックレ劇だな」

「でも、良いきっかけにもなったわ。これでもう真面目でも優等生でもなくなったから」

清々しい表情をしている黒沢。心の重荷が下りたのか、心なしか表情が柔らかくなったように感じる。

「今日から悪いことしまくるわよ」

ニヤリとした笑みを見せながら、とてつもなく物騒なことを宣言している黒沢。

でも、黒沢は今までの考え方を変えてくれた。正しさを突き通したがる黒沢の欠点を否定せずにいたが、これからはその欠点が薄れていくかもしれない。

自分の生き方は他者からの否定や肯定で左右されるものじゃない。自分で見つけていくものだと、黒沢を見て改めて実感できたな。

「犯罪はやめておけよ」

「当たり前じゃない。社会ルールに収まる範囲内で悪いことするってだけ」

「例えば？」

「ゲームセンターとか、カラオケに行ったりとか」

それは黒沢じゃなければ当たり前のことだな。黒沢がグレたと宣言して少し不安になっていたが、どうやら普通の女の子になるだけみたいなので一安心だ。

「名残惜しいけど、そろそろ時間的に帰らないといけないわ」

「そうだな。もう夜も遅いし、解散するか」

黒沢から俺と別れるのが名残惜しいと言われた。それだけで幸福感が湧いてくる。

「気をつけて帰りなさいよ」

「黒沢もな」

家が真逆だったのか、俺と反対方向の道を進みだす黒沢。

帰りの道のりには、一人では絶対に得られない温かな充実感があった。

▲

修学旅行まで後二日となった。

クーバーイーツからの振り込みは昨日だったが、目標金額まで三万円足りなかった。次の振り込みは修学旅行が終わった後になるため、今日からの報酬はもう赤間に渡せない。

どうにか十万円を用意したかったが、十日ほどでは厳しすぎたようだ。

貯金は三万五千円ほどあるが、それは修学旅行の際に使用するので手は出せない。

なるべく親から借りたくはなかったが、それしか方法はないかもな……

「茂中、おはよう」

「……おはよう」

教室へ入ると目が合った黒沢が話しかけてくれた。今までは俺から話しかけないと挨拶をしてくれなかったので、ちょっと驚いたな。

「難しい顔してたけど、悩み事？　何かあれば話聞くけど」

「前に言った赤間の修学旅行費を用意するって話だが、それがギリギリ用意できなそうでな。最悪の手段を取ろうとしている」

「強盗でもするつもり？」

「犯罪はしないって。親に借りようか悩んでるけど、できればそうしたくなくて」

両親以外に頼れる人はいないため、もう諦めて現実を見ないとな。

これからは急な出費にも対応できるようにお金を貯めておくか。

それがきっと大人ってやつだと思うし……

「それなら丁度良かったわ」

「何がだ？」

「今日、茂中に渡そうと思ってた物があったのよ」

鞄から封筒を取り出した黒沢。それを俺に手渡してきた。

中身を見ると、そこには現金が入っていた。万札が三枚と千円札が七枚ある。

「これは？」

「あんな場所で貰った汚れたお金なんていらないから、足しにして」

どうやらサイゼストで貰った給料を持ってきてくれたようだ。

「……本当に良いのか？」

嬉しいサプライズだが、素直には受け取れない。

「あなた一人が修学旅行のために頑張っているのはおかしいもの。私にも協力させて」

黒沢が普通の人なら、白坂や金田のようにお金の件には関わらないでおこうとする。

でも、黒沢は普通じゃない。得なんて一切ない俺の無謀な行為に感心し、協力しようとしてくれる。それが嬉しくもあり、不安にもなるな。

「そういう気持ちなら受け取るけど、赤間がどういう形で返してくるかは保証がないぞ。無償の提供になるかもしれない」

「さっきいらないって言ったでしょ。別に返金もお礼もいらないわ」

黒沢は何の見返りもいらないようだ。俺と同じでどこかおかしい。

高校生で三万七千円なんて大金だ。黒沢はその重さを理解しているのだろうか……

「ただ班が一緒になった男子に無償でお金を渡すなんて、どうかしてるぞ」

「それはあなたもでしょ？」

「……そうだったな」

黒沢の行為は、俺が赤間にしようとしている行為と同じ。

頭ではどうかしてると分かっていたが、実際に自分が受けてそのヤバさを実感できた。

「オーバーした七千円は返す」

「あなたが受け取りなさいよ。あなたが六万三千円で私が三万七千円用意したってことでいいじゃない。そっちが全額渡す必要はないわ」

「それは困る」

「もう渡したから、返金は受け付けないわ」

どこまでもお人好しな黒沢。その強引さに救われることもあるとはな。

「じゃあ、せめて残りの資金は班行動の費用に回していいか？」

「それは別に好きにしなさい」

このお金で修学旅行中に計画しているプランもいくつかグレードアップできそうだな。

「改めて、本当にありがとう」

「……そこまで感謝されるとは思っていなかったわ」

久々に人の温かみに触れたな。無償の愛、それをアリス以外から受け取れるなんて。

「そこまで人に感謝されたのは久しぶりかも。あなたは思いやりがあるのね」

そう言いながら、唐突に俺の腰へ手を当ててきた黒沢。

「ど、どうした？」

「えっ、触っただけだけど」

私何かした？と言わんばかりの表情で、逆に驚いている黒沢。

今まで触れられたことがなくて驚いたが、黒沢の中では別に自然なことのようだ。

「触りたかったから触っただけなのだけど、触っちゃ駄目だったかしら？」

「いや、別に構わないけど」

「なら、問題無いじゃない」

黒沢は白坂と違って距離感が異様に近いな。前に並んで歩いた時も手が触れてしまうほど近かったし、バイトを辞めた日に会った時も胸がぶつかりそうなほど正面に迫ってきた。

まるで小学校低学年の女子のような、男子を警戒しない無邪気な距離感。

黒沢は何も気にしていないみたいだが、こっちは変にドキドキしてしまう。

「何で朝からイチャついてんのよ」

教室へ入ってきた白坂が、俺達を奇異な目で見てくる。

白坂がイチャついてるなと思うほど、俺と黒沢の距離感は近いようだ。

「別に話していただけよ」

「じゃあ、その手は何？」

「だから、触れたかったから触れただけよ」

白坂にも同じ質問をされて呆れている黒沢。何なのよもうと愚痴をこぼしている。

「何で触れたくなったの？」

「心のこもった感謝をされて、嬉しくて」

「何よそれ。意味わかんな」

黒沢の気持ちを白坂は理解できないが、逆に白坂の気持ちは黒沢に理解できないのだろう。人によってこんなにも違う。まさにその名の通り白と黒だな。

「いててて……昨日腰振りすぎて腰痛てーわ。つれぇわ」

謎のアピールをしながら絡んできた金田。最近は自然に話しかけてきてくれるな。

「じゃあ、この気持ち悪いこと言ってる男にも触れるの？」

「別に気持ち悪くても、人間なら触ることはできるでしょ」

そう言いながら、金田の腰に触れる黒沢。右手は俺の腰に、左手は金田の腰に。

「ふ〜ん、黒沢はそういうタイプの人間なのね」

黒沢の分け隔てない対応を見て、ようやく納得した白坂。

「上から人を見ないでもらえる？」

「黒沢って、色んな意味で女子から嫌われるタイプだ」

「あなたも似たような立場でしょ？」

「そうだね。でも、私は黒沢と違って自業自得じゃないけど」

黒沢が白坂を睨むので間に入って遮る。黒沢は言いたいことをはっきりと言うし、白坂は余計なことを言ってしまう。そんな二人が言い合いになると険悪なムードになる。

普段は別にいがみ合ったりしないのだが、時々こうして反発し合う。お互いに尾を引かないタイプなのが救いではあるが。

「俺達は似た者同士なんだから、どっちもどっちだぞ」

どちらの肩も持たずに仲裁するのが、リーダーとして大事。

「そうだそうだ。てかよー二人とも俺のことさりげなく気持ち悪いって言ってたけど、冗談でもそんなこと言っちゃ傷つくぞコラ」

「冗談ではなかったのだけど、傷ついたのなら謝るわ」

黒沢はしっかりと謝罪をしたが、金田は二度傷つく羽目になった。

橋岡先生が教室へ入ってきたので、俺達はそれぞれの席へ戻る。

その後の黒沢と白坂は特に後腐れなく、普通に会話をしていたので安心した。

放課後になり、俺は赤間を呼び出していた。

「今日、少し付き合ってもらえないか？」

「えっ！」

頰を赤く染め、戸惑っている様子の赤間。予想していた反応と違ったな。

「少しだけなら……いや、ずっとでもいいですけど。いっそのこと死ぬまででも」

「そんなに時間は取らないけど、今日は忙しかったか？」

「えっ、あ、あっと、いや〜早く帰らないと両親に怒られちゃうんで……あの件以降、あたしが余計なことしないように即帰宅を命じられていて」

両親からの信頼を失い、高校生ながら過保護に扱われている赤間。

一部の界隈に顔を知られていることもあり、何か起きないようにできるだけ家に留まらせておきたい両親の気持ちも理解できるが。

「そっか。でも少しだけだから安心してくれ」

早く帰らないといけないのに、少しだけという言葉には何故か落胆している。

赤間と教室を出て廊下を歩く。すると、すれ違う人から普段とは異なる視線を感じる。

黒沢や白坂と歩いている時も注目を浴びる。班の女性陣はみんな目立つ問題児だな。

『おい、あいつ炎上した女と歩いてるぞ』

『まじだ、女に飢えすぎて見境なくしたのかもな』

周りからせせら笑う声が聞こえてくる。普通の人なら好き勝手言われて心を痛めるかもしれないが、俺はちょっと傷つく程度で済む。

留年した時点で周りから変に言われることも多かった。今はもう一人じゃないから、知らない人から悪く言われても右から左に受け流せるようになったのかもな。

赤間もきっと慣れっこのはずだ。炎上した時は今よりもっと酷かったに違いないし。

「……すみません、あたしのせいで。頭の中であいつら殺しておきます」

「別に気にしてない。留年してる時点で俺も変な目で見られるしな」

「で、でも……あたし先行きますっ」

俺の隣から走り去ろうとした赤間の腕を摑む。

「行かなくていい。傍にいていい」

一歩前に出た赤間は再び俺の隣に戻る。赤間は平気でも、自分のせいで誰かが悪く言われるのは辛いみたいだな。

「ごめん、強引だったな」

「いえ、嬉しいです。それに、あ、あそこっていうか胸がキュンキュンしてます」

平気ですと言われると思ったが、何故か嬉しいと言われてしまった。

「でも、好き勝手言われて嫌じゃないんですか？」

「俺は大丈夫だ。一緒にされたくないかもしれないが、俺も赤間と同じでとんでもない絶望を味わったことがあるからな。ちょっと言われたところで響かない」

あの絶望に比べたら、留年さえもたいしたことには感じない。

もう全部どうでもいいとさえ思っていたが、結局俺は再び歩き出している。

赤間も今は辛いだろうが、時間というものは絶望を少しずつ薄めてくれるはずだ。

「……茂中先輩も？」

詳細は言いたくないので自分から話さなかったが、赤間もそれ以上は聞いてこなかった。

学校を出てコンビニへ立ち寄り、ＡＴＭでお金を下ろした。その後、五分ほど歩いた場所にある広い公園のベンチに座った。

「今日は修学旅行費を渡そうと思ってな」

「……本当に良いんですか？　あたしは今でも受け取っていいのか悩んでます」

「クーバーイーツの仕事を超頑張ったんだから受け取ってくれ」

今振り返ると、毎日自転車をお尻が痛くなるまで漕ぐ地獄のような日々だったな。

「あ、あたしのためにそこまで……」

「別に赤間のためだけじゃない。自分のためでもあった」

修学旅行を成功させることにこだわっていたから、赤間のためだけではなかった。

「それに黒沢もバイト代を提供してくれた。いつか、ちゃんとお礼を言ってあげてくれ」

「あ、あの黒沢さんが？　てっきり嫌われていると思ってました……」

「別に嫌ってないと思うよ。黒沢は誰に対してもツンツンしてるからさ」

ただ一緒にいるだけでも嫌っていると思わせる黒沢の態度や愛想の無さは問題だな。

「十万円。確かに渡したからな」

俺は赤間の膝の上に、お金の入った封筒を置いた。

「あ、あたし、誰かにこんなに優しくしてもらったことなくて……」

今にも泣きそうな表情を見せている赤間。

「あまり重く感じないでくれ。負い目なく修学旅行を楽しんでほしいからな」

「ど、どうして茂中先輩はそんなに優しいんですか？」

「別に優しくない。俺が本当に赤間に優しくするなら、赤間が不安にならないようにずっと傍にいるし、少しでも笑顔を取り戻せるように常に赤間のことを楽しませる方法を考えてる。今はただ、同じ班という繋がりで接しているだけだ」

「……茂中先輩って本当に素敵ですよね。恋人になったら、絶対に幸せにしてくれそう。彼女さんが羨ましいですよ」

赤間の言葉が俺に僅かな自信を湧かせてくれる。こうやって誰かを救っていけば、いつか俺もアリスに胸を張って俺と付き合えて良かったなと言えるようになるのだろうか。

「彼女さんと上手くいってないんですか？」

どこか希望の湧いたような表情で聞いてくる赤間。

「どうしてそう思う？」

「彼女さんの話題を振ったら、悲しそうな顔をしていたので」

どうやら俺は彼女のことになると感情が表に出やすいタイプのようだな。

「何かあたしにできることがあったら何でも言ってください。茂中先輩がしてほしいことがあれば、あたしは何でもやります」

胸を押さえながら上目遣いで話す赤間。今まで向けられたことのない、すがるような目。

「大切な彼女さんには言い辛いこととか、恥ずかしいこととか、何でも……」

「修学旅行には絶対来てくれ。それだけだ」

「……ほ、他には？」

「特にない。別に見返りが欲しくてお金を渡したわけじゃないからな」

白坂が肩入れし過ぎると赤間に依存されるよと言っていたのを思い出し、あえて突き放す言い方をしてしまった。女子との距離感は難しいな。

「あたしなんか価値無いですもんね。やっぱり、もう生きてる価値も無いです」

「そんなこと言わないでくれ。両親が早く帰ってこいと心配するってことは、生きててほしいと思っていて大切にされてるってことだ。俺が赤間の修学旅行費を立て替えたのも赤間と修学旅行へ行きたいからだ。赤間が生きていてくれないと俺は困る」

赤間も相当参っているようだな。どうにかして生きる希望を湧かせてあげたいが……

「修学旅行、赤間やみんなを楽しませるために色んなことを計画してある。そこで生きていてよかったなって感じてもらえたら嬉しい」

「茂中先輩っ！」

赤間が隣に座っていた俺へ抱き着いてくる。

振り離せない強い抱き着き。柔らかくて大きな胸がギュッと押し付けられている。

予想外の行動に言葉も上手く出てこない。どうしたものか……

「ごめんなさい！　時間無いので帰りますね」

顔を真っ赤にした赤間が逃げるように走って帰ってしまう。

人に抱き着くなんて好意がないとできない行動だ。赤間に好意を抱かれるようなことはしていないはずだが、不安定な心情が赤間の中で俺を美化でもさせたのかもしれない。

別に俺は友達として赤間を何とかしたいと思っているだけだ。それは黒沢も白坂も金田も変わらない。まだ友情を築けていなかったから、先に愛情が湧いてしまったのかもな。

修学旅行を機に急に繋がりができたため、関係性を構築できていなかった。友情を先に築かないとややこしいことになってしまうと、また一つ勉強になったな。

とりあえず、これで修学旅行までの準備は全て終わらせた。

あとは出発を待つだけだ——

第四章　楽しみ方が分からないのよ

遂に修学旅行の日が訪れた。

学校が指定した集合場所は羽田空港だが、俺は最寄りの駅前で待ち合わせしている。

「茂中さん、おはよう」

待ち合わせていた白坂から声をかけられる。制服姿だが帽子とマスクと眼鏡で変装をしており、傍から見ると怪しい雰囲気になっている。

「おはよう。ちゃんと寝れたか？」

「こらこら、小学生じゃないんだから。今日は待ち合わせありがとね」

「問題ない。班長が班員の悩みを解決するのは当たり前だからな」

白坂は俺に空港まで同行するよう頼んできた。有名人なだけあって周囲にバレると面倒であり、移動が多い時は苦労するらしい。

「何でそこまで班長に誇り持ってんの？」

「責任感が強いタイプなんだ」

「そっか。でも、それって女子に好印象を与えると思うよ」

安心しきった声を出しながら隣に立つ白坂。デートとかする時も、この怪しい変装が必須なのかと思うと生き辛そうだし、彼氏だったら大変そうだなとも思う。

「じゃあ、ボディーガードよろしくね」

「俺にできるのは人除けくらいで凶悪犯から救うことはできないぞ」

「そこまでは期待してない。いてくれるだけでいいから」

「まぁ、何かあったら全力で守りはするけど」

「……そういうところ良いよね。ありがとう」

お礼を言われるが、表情は変わらないので感謝の意は伝わってこない。

だが、それが白坂であり、表情と本音が異なることはもう理解している。

「でも悪いな、赤間とも一緒に行くことになって」

「別に。むしろ私がいて都合良かったんじゃないの？」

「そうだな。二人きりだとちょっと気まずかった」

白坂からの連絡の後、赤間からも一緒に空港まで行きたいと誘いがあった。

「赤間、きっと茂中さんのこと好きになっちゃってると思うよ」

「そうかもな」

「否定しないんだ」

「反応見てると流石にな。前に彼女がいるからと突き放したこともあったんだが」

赤間が俺を見る目には明らかに好意がある。しかし、それは一時的なものである可能性が高く、修学旅行が終わって時間が経てば好意は無くなるだろうなとも思っている。

「残念だけど、女ってのは本当に欲しいものなら誰のものでも欲しくなるものだから」

「そういうもんなのか？」

男の俺にはあまり共感できない性質だ。俺はわざわざ彼氏持ちの女性に手を出そうなんて考えには至らないからな。

「良い意味でも悪い意味でもリスクを顧みない。男は先のこととか気にするけど、女は何か起きたらその時に考えるからさ」

彼女のアリスにもそういう時があったな。死んでもいいからしてみたいと言って、リスクを顧みない挑戦をしていた。

「茂中先輩〜おはようございます」

赤間が俺の元へ小走りで駆け寄る。普段とは少し異なる髪型で化粧もしているな。

「あっ……白坂もいるんだ」

嬉しそうな表情から一転、残念そうな表情に変わる赤間。

「悪いね。班長はみんなの班長だから」

白坂は赤間に俺へ固執しすぎるなと遠回しに言っているようにも見える。俺のためにもなることを言ってくれているので、その優しさに救われる。

赤間は白坂の持つスーツケースを物珍しそうに眺めている。白坂の白いスーツケースにはやたらとキャラクターのステッカーが貼られているな。

「めっちゃルーミン推しじゃん。意外」

「ああ、これ？　こ、これはね、推しとかそんなんじゃないよ」

言葉に詰まって妙に慌てている白坂。

ルーミンはフィンランドの国民的キャラクターで、日本でも根強い人気がある。白いのほほんとしたカバのような見た目をしており、様々な場所でグッズを見かける。

「別に好きって訳じゃないからね。スーツケースって似たようなの多いから、空港での荷物受け取り時に間違えて持ってかれないようにステッカー貼ってるだけ」

何故か好きではないと主張をする白坂。間違われないようにステッカーを貼る理屈は理解できるが、別に全面にいくつも貼る必要はない。

「いや、これで好きじゃないって無理あるでしょ」

「ちょっとは好きだよ。ちょっとはね」

何故かルーミンを好きな気持ちを隠したがる白坂。キャラクターに熱中していることが恥ずかしいのか、別に好きじゃないと強がっている。

きっと家にも人形とかたくさんあるんだろうなと察せるほど分かりやすい反応だな。

そういえば白坂は日本と北欧系のハーフだったな。ルーツのありそうなフィンランドのキャラクターだから大好きになったのかもしれないな。

その後は三人で電車を乗り継いだりして羽田空港へ向かったのだが、会話はほとんど生まれずただ一緒にいるだけだった。

途中で見かけた同校の生徒達は楽しそうに話していたが、俺達は違う。

それでも居心地の良さはあった。一人じゃない安心感は心地良い。

集合場所の空港ロビーへ辿(たど)り着くと、黒沢(くろさわ)が不満気な表情を浮かべてこっちへ来た。

「ちょっと、何で三人一緒なのよ」

「事前に二人からお誘いがあったんだ」

「遅れないように早く来たから一時間も一人で待っていたのよ」

どうやら誘ってほしかったみたいだな。黒沢は自分から誘えない性格だと思うので、気を使って声をかけておくべきだったか。

集合時間ギリギリで金田(かねだ)もやって来た。遅刻癖のある金田だが、今日は遅刻すると取り返しのつかないことになるので事前にラインで遅刻するなと警告しておいた。

「みんな集まったか？　班長は私に集合状況を報告するように」

集合時間が過ぎ、橋岡(はしおか)先生が来て点呼を取り始める。

「全員、問題無く来ています」

「そうか。一番危なっかしい班だが、班長の君を信じていたぞ」

　よしよしと死角で俺のお尻を撫でる橋岡先生。言葉はまともなのに行動は異常だ。

「誰か、荷物預ける人いるか？」

　みんなの元へ戻り、預け荷物の有無を確認する。女性陣はみんな揃ってキャリーケースとリュックを持っている。俺や金田は荷物が少なくリュックだけだった。

「白坂はやたら荷物が多いな」

「ドライヤーとかヘアアイロンとか、男子と違って必要なものがいっぱいあるからさ」

「ドライヤーはホテルにもあるみたいだぞ」

「自前のドライヤーじゃないと嫌だし」

　美意識の高い白坂。荷物が増えようが、身なりに必要な物に妥協はしないようだ。

「別にデートとかでもないのに、女性達はみんな気合入ってんな」

　周りにいるクラスメイトの女子は髪型を変えていたり、普段よりも化粧が濃かったりとそこはかとない気合を感じられる。

「写真を撮って撮られてだし、クラスメイトとの交流も多くて色々ある行事だからね。そりゃ女子なら気合入るよ」

「白坂もか？」

「私は毎日気合入ってるから、修学旅行だからといって特に変わらずだけど」

　白坂の言う通り、変装はしているが髪型や化粧に普段との違いはない。

「確かに、いつも綺麗だもんな」

「おっ、わかってんじゃんか」

ふふっと小さく笑う白坂。隙あらば褒めるのは大事なコミュニケーション。

その後は手荷物検査等を経て、スムーズに飛行機へ乗り込んだ。

飛行機の座席はクラスの席順というルールだったが、クラスメイト達は席を交換し合って自由にしている。俺は白坂と隣なので気まずいことにはならずに済みそうだ。

「席空いてるかしら？　初飛行機だから窓際に座りたくて」

黒沢が俺たちの元へ来た。窓際に座りたいなんて子供みたいなこと言うなと思ったが、子供扱いは厳禁なのでその言葉はそっと胸の奥にしまった。

「隣の水野は別の席に行ってるから大丈夫そうかな。でも、窓際は白坂が座ってる」

「別に私は真ん中でいいよ。通路側は嫌だけど」

白坂が真ん中の席に移動してくれたため窓側に黒沢、通路側に俺が座り、席を争うことなく出発を迎えることができた。

「本当に飛んでしまうのね……」

黒沢にいつもの冷静さはなく、そわそわした様子を見せている。

「黒沢は飛行機初めてなの？」

「ええ。白坂さんは？」

「私はもう二桁は超えてるかな。前回は仕事でパリに行った」

高校生で仕事でパリに行ったなんてことが言えるのは白坂くらいだろう。他の生徒は家族の旅行で乗ったことがある人がちらほらいる程度だ。

俺も彼女のアリスと飛行機に乗ったことはあるが、高所恐怖症なのでずっと手を握ってもらっていたのを思い出したな。

「ちょっと無理無理っ。怖い怖い」

上昇していく飛行機。黒沢は窓から離れていく風景を見て怯えている。

「……何で窓側選んだの？」

白坂は黒沢を見て呆れている。飛行機に慣れているので、白坂には何一つ動揺がない。

飛行機はさらに上昇していき、ジェットコースターで体感しがちな股間がヒュンとする現象が起こる。俺はついつい白坂の服の裾をすがるように摑んでしまった。

「地味に茂中さんも怖がってんじゃん」

「わ、悪い。高所恐怖症なんだ」

「先に言っときなよ」

俺は手を放そうとしたが、白坂は俺の手の上に手を被せてきてくれた。

「まったく……世話のかかる連中だこと」

怯える黒沢の手も握ってあげている白坂。安心感のある対応を見て、年下なのに母性を感じてしまった。そして、自分の情けなさを恥じた。

三時間ほど飛行機の時間を耐えると沖縄の空港へ辿り着いた。飛行機から出た瞬間に暮らしている埼玉とは異なる温度や湿度に包まれ、多くの生徒が羽織っていたものを脱ぐ。

「くぅ〜疲れた」

俺は腕を伸ばして、狭い座席で縮み切った体を解放する。

「今ので疲れたの？　ヨーロッパなんてさらに十時間も乗ってなきゃいけないからね」

「それはしんどすぎるだろ」

飛行機に十時間以上乗るなんて、隣にずっと見守ってくれる人がいないと無理だな。

空港からクラスメイト全員が乗れる大きなバスに乗り、ホテルへ向かう。今日は移動が続く日程を考慮してか、ホテルに着いてからは海遊びと食事だけの楽な流れのようだ。

初めて訪れる沖縄だが、那覇(なは)市内の街並みは俺が住む埼玉の景色とあまり変わらない。

いや、むしろビルやお店が多くて都心並みに栄えているようにも見える。その都会的な景色の合間に姿を見せる海は透き通っていて、想像以上に良い街だなと感じる。

「あーあ。昔のこと思い出しちまうな」

隣に座る金田は足を大きく広げていて、俺のスペースが大きく侵害されている。

「サッカーの遠征とかで沖縄に来たことがあるんだっけか？」

「そうだ。日本代表だったからフランス合宿とかも経験してきたぜ」

金田も白坂も濃い人生経験を積み過ぎだ。年上の俺よりも遥かに積んでいる。

まぁ元々、新都心高校は芸能人とかアスリートとか特別な生徒も受け入れる高校ではあるから、そういう生徒がちらほらいても不思議ではない。

ただ、特別な立場にある生徒ほど問題児になりやすい気がするな。

「そんな経験を積んでると、周りが自分より下に思えてきたりしないのか？　きっと毎日過酷なトレーニングとか、重要な試合とか戦ってきたはずだし」

「いいや、むしろ今は俺が一番下だとも思ってる。ってーか、そんなこと聞いてくるなんて運動部の奴に虐められたりでもしたか？」

「小学校の時に友達だった奴が中学で野球部に入ってから俺と遊ばなくなったし、運動部じゃない人のことを下に見てからかうようになってたのがちょっとショックでな。金田みたいに日本代表クラスにもなると、そういうのどうなるんだろうと思って」

「……ありがちなやつだな。過酷な練習とか厳しいトレーニングを乗り越えてきたから、何もしていない奴が下に見えるってやつ」

　身に覚えがあるのか、理解しながら考えてくれる金田。

「日本代表にもなると色んなスタッフと関わることになる。料理スタッフとかメディカルスタッフとか相手チームのデータ収集を専門とするスタッフがいたりとかな。そういう人達のおかげでまともに戦えてたから、下手に人を見下せなくなる。だから、むしろ上に行けば行くほど周りの支えを感じて、人に感謝できるようになる」

金田から実感のこもった温かい言葉を聞くことができた。

「金田ってやっぱり、クズを演じてるだろ」

あまりにも誠実な言葉を聞いて、とてもクズ的な思考を感じなかった。

「いやいやいやいや俺はクズだ。この前も目の前で自転車漕いでた女子がずっとスカート捲れてて、それを指摘せずにずっと後ろでパンツ見ながらゆっくり自転車漕いでたし」

褒めると自らクズエピソードを話して評価を落とそうとする。これは金田の癖だ。

嘘をついて自分を良い人間に見せようとする人は何度も見たことがあるが、自分を悪い人間に見せようとする人は珍しい。きっと、何か大きな理由があるのだろう……

「ところで、俺に何か手伝えることとかないか？」

まさかの金田からの自主的な申し出だ。その言葉は想像以上に嬉しかった。

「どういう風の吹き回しだ？」

「班長一人で何でもかんでもやろうとしているみたいだからな。何か俺でも手伝えそうなこととか、人手が欲しかったら言ってくれ。ダルくねーやつならやるからよ」

アリスはリーダーが頑張っている姿を見せれば、メンバーも自主的に協力してくれるはずと言っていたが、その通りになったな。

「じゃあ、撮影係を任せていいか？」

俺は鞄(かばん)からカメラを取り出して手渡す。アリスとの思い出を綺麗に残すために購入した高性能のデジカメを持っていたが、今はアリスに会えないため使用する機会は無かった。

「おいおい、何の知識も技術もねーぞ」

「別に思い出に技術はいらない。ブルートゥースでスマホとリンクさせて、スマホでも写真を確認できるから。動画も簡単に撮れるし」

「カメラなんてスマホで事足りてたから、こういうのあんまり触れてこなかったわ」

金田がどこかへほっつき歩いてしまうことを防止するためにカメラ担当を任せてみたが、本人も乗り気な姿勢を見せてくれて助かった。

問題は起きる前に種を潰しておく。これもアリスが俺に教えてくれたことだ。

万座(まんざ)という場所にある豪華ホテルへ辿り着き、生徒達のテンションが上がる。

修学旅行は大きな古い旅館に泊まるイメージだが、新都心高校は潤沢な資金を持ち理事長の顔が広いこともあって、選択する宿泊施設も大手グループのホテルとなっている。

これだと予算も他の学校より遥かに高そうだな。まぁその分、入学費とかも他の高校より高くて親には迷惑をかけてしまったが。

しかも留年までしてるし……大人になったら両親にお金は返すつもりでいるけど。

部屋は班別ではなく男女別で、四人か五人で一部屋となっている。俺は金田の他、クラスの中心的グループの木梨（きなし）と四谷（よつや）と同じ部屋になっていた。

「おいおい、よりにもよってお前らと一緒かよ」

「それはこっちのセリフなのだが」

何やら険悪なムードの金田と現生徒会長の四谷。元々、金田はクラスの中心人物であったため木梨と四谷とは仲が良かったのは俺も覚えている。

「別に同じ部屋でも、ただ寝るぐらいいっしょ。せっかくの旅行だし、穏便にね」

四谷は金田を嫌っているようだが、フォローしている木梨は何とも思ってなさそうだ。

「まぁ俺も女子部屋に行ってヤりまくるつもりだからな。ここに用はねぇ」

そう言いながら着替え終え、荷物を置いて一目散に部屋から出て行った金田。

「クズ過ぎて笑えないな」

四谷は金田の対応を見て顔をしかめている。それに反して木梨はニコニコしている。

「茂中さんの班、大変そうですね。お察しします」

「最初はヤバかったが、慣れたら平気だ」

「ヤバい奴しかいないけど女子はみんな可愛（かわい）いし、地味な班よりは楽しそうですけどね」

他人事（ひとごと）だからか木梨は適当に話を締めくくって出て行ってしまう。というか俺もしれっとヤバい奴扱いされていたんだが。

服の中に水着を着て、必要な荷物だけを持って部屋を出た。まだ六月だが額には汗が浮かんでおり、海に入るのは気持ち良いかもしれない。

「ちょっといいか」

部屋を出ると扉の前で四谷が俺を待ち構えていた。

「金田は今クズっているが、あいつが変わる前は普通に良い奴だった。更なる間違いを犯して取り返しがつかなくなってしまう前に止めてやってくれると嬉しい」

そう言い残して去っていく四谷。わざわざ俺にそんなことを言うなんて、四谷も金田を完璧に見捨てた訳じゃないようだ。

やはり、金田にも何か複雑な事情がありそうだな……

ホテルの目の前にあるビーチで待っていると、班の女性陣が揃（そろ）ってやってきた。

二十分ほど待ったので女子の準備は大変なようだ。

透き通る綺麗な水色の海を前にしてみんなは感嘆の声をあげているが、黒沢だけは今日一番の不機嫌さを見せている。何か部屋で言い争いでもしたのだろうか……

「どうした？　何かあったか？」

「……何でみんなスクール水着じゃないのよ」

「えっ」

既に準備を終えて一目散に海へ入っていった他の班の女性陣は、みんな色とりどりの水着を着ている。スク水なんて誰もいない。

「修学旅行のしおりに特別な問題が無ければ学校指定の水着を着用することってちゃんと書いてあったわよ。ほらここ」

黒沢は握ってしわくちゃになったしおりを広げて該当箇所を見せてくる。

「そういうのは基本建前で、実際はみんな色んな理由付けて好きな水着を着てくるもんだろ。部活とかで先輩達から好きな水着で大丈夫だよって聞いて、それがみんなに広まる流れとかがあったはずだ」

「……まさか友達がいない弊害がこんなところに出てくるなんて」

制服で来なきゃいけない時に私服で来てしまったような場違い感に苛（さいな）まれている黒沢。

そもそも高校生の女子はスク水なんて着たくないと思っているから、そこの確認は必須のはず。だが、黒沢は真面目だからこそスク水を受け入れてしまったのだろう。

「せっかく泳ぐの楽しみにしてたのに」

拗（す）ねた表情を見せる黒沢。周りの目なんて気にしない黒沢でも、一人スク水は耐えきれないようだな。

「……俺が持ってきた水着貸してやろうか？」

「は？　私に海パン一丁で泳げって言うの？　それは茂中にしては笑えない冗談ね」

「違うって。俺は日焼けを気にして、上着用の水着も持ってきたんだよ。スク水の上にそれを着れば上手く誤魔化せるんじゃないか？」

俺は荷物から取り出した水着を見せる。男用の大きいサイズだから、黒沢の膝上辺りまで隠してくれるはずだ。

「あら、いいじゃない。これなら恥ずかしくないし、貸してほしいわ」

黒沢が機嫌を直して笑顔になり、俺も嬉しくなる。周りに黒沢のスク水姿を見られないよう、生徒達から離れて木が生い茂る場所まで一旦距離を取った。

白坂は泳ぐ気がないのか、パラソル下のシートに腰を下ろしている。サングラスをかけているため、まるでハリウッド女優のような佇まいだと思った。

赤間もパーカーのフードを被っていて泳ぐ気はないようだ。クラスメイトは海ではしゃぎながら楽しんでいるが、俺達はそれができないタイプの人間が集まっているからな。

クラスメイト達の視線が海に向かい、こちらが意識されていないことを確認してから黒沢は上着を脱いでスク水姿になった。

ぴちぴちのスク水は黒沢の胸や、太くて魅力的な太ももをより強調させている。

制服姿の時は痩せて見えたが、脱いだ身体は意外とムチムチさを感じさせるな。

「あなた、日焼けを気にしていたのよね？　私が着ちゃって大丈夫なの？」

俺の水着を着ようとしていた黒沢が躊躇している。

「その分、日焼け止め塗るから気にするな」

「背中とか塗るの大変でしょ？　私が塗ってあげるわ」

「いいのか？」

「ええ。それに助けてもらっておいて、あなたのことを助けないわけにはいかないわ」

着替え終えた黒沢に日焼け止めクリームを手渡すと、優しい手つきで塗ってくれる。

最初にクリームの冷たさを感じ、その後に手の温もりで包まれる。地肌に触れられるのは久しいな。アリスとの日々がなかったら、俺はもっとドキドキしていたかもしれない。

「肌、綺麗なのね」

「その代わりに肌弱いから、日焼けすると痛くて苦しいんだ」

黒沢は俺に触れて何も感じないのだろうか……

低学年の女子小学生がクラスメイトの男子に触れても何も感じないように、今の黒沢もその感覚と同じなのかもしれない。それは未熟で無知であると言えるが、人の汚い心を知らず穢れのない綺麗さを持っているとも言える。

「ついでに、私の首の後ろの辺りとかも軽く塗ってくれないかしら」

「俺がか？」

「ええ。あなたに言ってるのよ」

何かおかしなことでも言ったかしらという表情をしている黒沢。

「女子にやってもらわなくていいのか？」

「別に誰でもいいわよ」

「男に触れられるのとか嫌じゃないか？」

「腕とか背中とかなら、別に触れられても問題ないでしょ？」

異性として見られてない虚しさもあるが、心を許されているような安堵感も湧く。

黒沢の地肌は温かくて柔らかい。アリスは黒沢よりも冷たくて少し硬さもあった気がする。同じ女性でも肌の感覚はだいぶ異なるようだ。

黒沢がスク水を着ていて助かったな。これがビキニとかだったら、もっと多くの際どい場所に日焼け止めクリームを塗る羽目になっていた。

「終わったぞ」

「あ、ありがとう……」

何故か少しもじもじしている黒沢。今までに見たことのない表情だ。

「どうした？」

「な、何か変な感覚がして」

俺という異性に触れられて、何か初めて気づく感情があったのだろうか……

「早速、泳いでくるわね」

黒沢は逃げるように海へと小走りで去っていく。大きいお尻が目に入った。

「何やっちゃってんの？」

「おわっ」

急に背後から声をかけられて驚く。振り返ると、白坂が立っていた。

「いーけないんだ、いけないんだ〜、かーのじょに言っちゃーお〜」

黒沢に日焼け止めを塗っているのを見て、イチャついているとでも思ったのだろうか。

「別にやましい気持ちとかはないから」

「その割には顔赤くなってるけど」

黒沢に触れて触れられて、何も感じなかったわけではない。やはり、女の子の肌に触れるのは、やましい気持ちが無いとはいえ心は揺さぶられる。

「白坂は海に入らないのか？」

逃げるように話題を無理やり変えた。白坂は一応、シャツの下に水着を着ているみたいだが帽子を被っていて海へ入る空気ではない。

「紫外線はお肌の天敵だから、気分だけ味わってる」

やはり、自分の肌に少しでも傷をつけたくないといった様子だな。

「水着女子の写真撮るぜ〜」

先にビーチへ向かって以降、姿を消していた金田が俺たちの元にやってきた。

そして、そのままカメラを白坂に向けている。

「ちょっと、絶対に適当に撮らないで」

白坂はカメラに敏感に反応し、帽子で顔を隠した。

「白坂、カメラが怖いのか？」

「……違う。カメラ向けられると、色々意識したいことがあるから」

どうやらモデルなだけあって、カメラに対する意識が一般人とは異なるようだ。

「せっかくだし一緒に撮ってもらう？」

俺は白坂の誘いに頷き、カメラを持つ金田の前に立つ。

白坂は顔の角度や体の向きを調整しながら俺の隣に来る。どうやら自分が綺麗に見える角度や向きを把握しているようだ。顔つきも変わり大人っぽいクールな表情になっている。

「へい、アヘ顔でダブルピース」

金田はふざけた掛け声をしてからカメラのシャッターを押した。

「せっかくだし水着姿も撮ってもらおうかな。ちょうどここ、あんまり人いないし」

「おっ、いいね」

白坂の言葉を聞いてテンションを上げる金田。白坂が脱ぐのは俺もテンション上がる。

どうやら白坂はカメラが嫌ではなく、むしろ好きで撮られたがりのようだ。

上着を脱いで水着姿になる白坂。露出は激しくないがビキニ水着を着ており、モデル体型の整った綺麗な身体がお披露目される。

「私がポーズを取ったら、写真撮ってね」

「わかった」

「もっと寄って」

「お、おう」

　まるでモデルとカメラマンのように、真剣に写真撮影が行われる。金田は強気に指示してくる白坂にたじたじになっているな。

「腰から上を写す感じで」

　横向きでポーズを決める白坂。金田も真剣な白坂に影響されて、いつものおふざけモードは消えて集中している。

「次は少し上から撮る感じで」

　金田の肩に右手を置いた白坂は、左手を腰に当てて前屈みの状態で撮影を希望する。

　金田もデジカメのモニターを確認しながら、微調整して真剣にシャッターを押した。

「どんな感じ？」

　白坂は金田の隣に立ち、一緒にデジカメのデータ画面を確認している。

「けっこう上手く撮れてるじゃん。意外とセンスあるかもね」

　金田の撮影センスを褒めている白坂。モデルが良いというか本物のモデルなので、映える写真が簡単に撮れてしまいそうだな。

「やっぱり白坂ってめっちゃ可愛いな」

「……色気とか感じないんじゃなかったの？」

金田の言葉を聞いて勝ち誇った顔をする白坂。前に金田から色気が無いと言われたことをずっと根に持っていたようだ。

「俺が間違いだった」

「分かればよし」

普段は見せない姿を白坂が見せたことで、金田へ色気がオーバーキルするほど伝わったようだ。傍から見ていた俺も、美しすぎる白坂に今までにないドキドキ感を得ていた。

「茂中さんは、私の水着姿どう思う？」

「……可愛いけど、露出がちょっと多いな。恥ずかしさとかないのか？」

「せっかく綺麗な肌とか体形とか頑張って維持してるんだもん、こういう時こそ見せびらかさないとね」

写真撮影を終えると白坂は上着を着てしまい、特別な時間は終了する。

「さっきの写真のおかげで旅行中のおかずに困ることはなさそうだな茂中パイセン」

「あんたほんと最低ね。しっしっ」

金田の言葉を聞いて、呆れながら手で払う仕草をする白坂。

「茂中さんは別にしてもいいけど、アリスさんが泣いちゃうよ」

「し、しないから」

「冗談だから。顔赤くしちゃってさ」

俺をからかってきた白坂。黒沢とは真逆で、下ネタ関係の話題に慣れているようだ。

高校生にもなるとほとんどの人がスマホを持っているし、ネットやSNS等で卑猥な知識が流れてきて嫌でも目に入る。この環境では黒沢のように無知でいる方が珍しいか。

俺たちの元へ赤間が不安そうな目を向けながらやってきた。一人にしてしまっていたので、きっと向こうから探して来たのだろう。

俺は赤間の元へ駆け寄り、安心させるように話しかける。

「ごめん、色々と取り込んでいた」

「あっ、別に大丈夫です……一人は慣れているので。置いてかないでください」

言葉が矛盾している赤間。本音が我慢できずこぼれてしまったようだな。

「海には入らないのか？　さっき黒沢が入りに行ったが」

「あたしは眺めているだけでいいです。それだけで色々堪能できますので」

海ではなく俺の水着姿を眺めている赤間。俺を堪能されても困る。

「水着は着ているのか？」

「一応、パーカーの下は水着になってます……先輩にだけ特別に見せますね」

パーカーのファスナー半分を下ろし、大きな谷間を見せてくる赤間。中は水着だったのだが、まるでブラと胸を見せられている気分に陥って思わず目を逸らしてしまう。

「入る気ないから水着は必要なかったんですけど、先輩に水着姿を見てもらいたくて」

制服越しでも胸の部分が突っ張っていたので大きいとは思っていたが、直接見るとその大きさを思い知らされた。これが本物の巨乳ってやつか……

「茂中先輩って胸の大きな人が苦手なんですか？」

彼女のアリスはBカップなので巨乳なんてのは未知の領域だ。興味がないわけじゃないが、大きさにこだわりは特にない。

「男子はみんな好きだと思うけど。俺が目を逸らしたのは苦手とかじゃなくてだな」

「前も言いましたけど茂中先輩には何でもしますから。言うこと何でも聞きますよ」

それをこのタイミングで言われると、変な誘いにも思えてしまう。

「水着を着てるなら、せっかくだしビーチサイドプールで足だけでも浸からないか？」

「いいですね。幸いにもみんな海に夢中でプールは誰も利用していないみたいですし」

俺は話を無理やり変えるついでに、赤間をプールへ誘った。

目の前には綺麗な海があるのに、ビーチに小さなプールが併設されているのは毎度疑問に思う。ホテルと繋がっているビーチは特に多い気がする。

サンダルを脱ぎ、プールに足を入れる。ちょうどいい冷たさのため気持ちが安らぐ。

肩がぶつかるような近い距離で赤間が隣に座り、プールへ足を入れる。空いたスペースはいっぱいあるのに、わざわざ俺に密着してくるのは好かれてしまっている証拠だな。

「あんまり近すぎると、気まずいんだが」

赤間を傷つけるかもしれないが、ここは素直に気持ちを伝えておく。

「我慢してください。先輩の傍にいると安心できるので」

「す、すまん」

つい、謝ってしまったが、何で俺が責められてんだよ。

「おいおい、海あんのにプール堪能するとかアウトロー過ぎんだろ」

俺達の元へ来た金田がそのままプールへダイブした。その水しぶきがこちらに飛んできたので、俺は赤間を庇うように肩を抱きよせて背中へ隠した。

「……茂中先輩助かりました。こんなあたしを守ってくれるんですね」

そのまま背中へ抱き着いてきた赤間。あの大きな胸が背中に当たっていて、柔らかい感触が伝わってくる。

「またやってる。彼女に言っちゃお」

プールへ来た白坂が俺とは少し距離を置いて、足を入れてプールサイドに座った。

「別にやましいことはしていないぞ」

「されてはいるけどね」

白坂の指摘に反論できない。赤間はようやく背中から離れたが、距離は近いままだ。

「あいつら、楽しそうだな〜」

金田は海を眺めて寂しそうな表情を見せている。

海では大きな海上アスレチックで、クラスメイト達が男女交わってはしゃいでいる。

それに比べて俺達は、こぢんまりしたプールで静かに過ごしている。

だが、俺は別にあっちに行きたいとは思わないし、静かな方が楽しめる。

ビーチではＳＮＳに短尺動画を投稿するためか、砂浜の上で音楽に合わせて踊っている動画を撮るイケイケの女子生徒達も見える。俺の班の女子達が絶対にしないであろう楽しみ方だが、もし白坂の水着ダンスが投稿されたらバズるのは確定だろうな。

「黒沢、海の中で突っ立ってるけど、何してんだろ」

白坂の視線の先には遊泳エリアの端っこで、ただ海で立っているだけの黒沢がいた。

「何かあったのかもしれないな」

俺はプールを出て、慌てて黒沢の元へ向かった。海に入ったのに遊びも泳ぎもしないなんて、きっと何かあったに違いない。

やや大きい波が寄せては返す海へ入り、歩いて黒沢の元へ向かう。

「大丈夫か？」

「えっ？　別に大丈夫だけど」

特に困った様子ではなさそうな黒沢。急に心配されて困惑している。

「じゃあ何してんだよ」

「……海に入ったものの、楽しみ方がわからなかったからとりあえず立ってたの」

不思議なことを口にする黒沢だが、確かに海に入って何をすればいいのかは俺にもわからなかった。隣のエリアのように海上アスレチックがあれば遊べはするが。

「海上アスレチックには行かないのか？」

「興味はあるけど、あそこに一人で挑む勇気はないわね」

みんながはしゃいでいる海上アスレチックを羨ましそうに見ている黒沢。

黒沢を楽しませるのなら一緒に行くかと言うべきだが、流石(さすが)に躊躇(ちゅうちょ)してしまった。

「泳いだりはしないのか？」

「泳ぐのって別に楽しくないわよね？」

「まぁ、競ったり追いかけっこしたりしないと楽しくはないわな」

結局、俺も一緒になって黒沢と海で突っ立っている。ミイラ取りがミイラになった。

「きゃっ」

強めの波に足を取られた黒沢。そのまま俺の腕に抱き着いて転倒を回避した。

「浮輪でも使って安全に遊んだ方がいいんじゃないのか？」

「……何それ、子供扱い？」

腕に抱き着く黒沢から睨(にら)まれる。まさかこんな綺麗(きれい)な海の中でも睨まれるとは。

「そもそも海で遊ぶのは子供だろ。みんな子供に返っているんだ」

「むぅ。馬鹿にしてるわね」

黒沢に容赦なく手で水をかけられる。海水はやっぱりしょっぱいな。

「それが子供っぽいんだ。大人はあそこの白坂みたいにプールに足だけ浸けてるぞ」

「だから、馬鹿にしないで！　沈めるわよバカ茂中っ！」

黒沢は俺の腕を引っ張って海に沈めようとしてくる。男子みたいなことしてくるな。

俺はそのまま海を出ようと力を振り絞って歩く。腕を引っ張る黒沢は、次第に体力が無くなって手を繋いで海を歩く感じになってしまった。

「海で遊べないなら、プールで静かにみんなと一緒にいるのはどうだ？」

「……そうね。海に入れただけでも満足はしたし」

黒沢は手を放して、俺と一緒に海を出た。

「というか、さっきちょっと遊べたわね」

俺への嫌がらせを遊びに変換させた黒沢。まぁ、実際俺もちょっと楽しいと思えたが。

「あなたが来てくれて助かったわ」

無邪気な笑顔を見せる黒沢。普段はムスっとしている分、破壊力のある笑顔だ。

一人じゃ遊べなかったが、二人では遊べた。それが黒沢の笑顔を生んだ。

一人でいるより誰かと居た方が良いと、改めて思い知らされたな。

海遊びの時間が終了し、夕食の準備が始まる。

夕食のメニューは選択制であり、クラスごとにプランが異なっている。

学級委員の板倉がよりにもよってバーベキューを選択したため、俺達はこれから食事ではなくバーベキューの準備を始めなければならない。できることなら他クラスが選んだ、安心して落ち着いて食べられる海鮮系の夕食にしてほしかった。

クラスメイトの大半はバーベキューに胸を躍らせているが、俺達の班はみんなテンションを下げている。普通の人は嬉しいのかもしれないが、俺達は変わり者の集まりだ。

「バーベキューとかダルっ」

白坂はみんなの気持ちを代弁して、ため息をついている。

自分達で食材を焼いたり、使用した物を片付けたりしないといけないからな……

「誰かこの中にバーベキューの経験者はいないか？」

「経験はありますけど、両親がやっているのを見ていただけなので」

赤間は参加した経験があることを教えてくれる。俺も子供の時に同じ経験はある。

「おいおい、高二にもなってバーベキュー童貞しかいねーのかよ」

金田は呆れた様子で俺達を見ている。こういう時に頼りになりそうな奴がいたな。

「経験あるのか？」

「普通はあるだろ」

　残念ながら俺達は普通ではない。友達が多ければ経験するものかもしれないが、俺達は孤高の存在が集った集団。誇らしげに言ったが友達がいないだけだ。

「じゃあ、指揮は任せたぞ」

　金田はクラスの中心人物から孤高の存在に成り下がった立場なので、俺に比べて遊びの経験が豊富にあるようだな。

「いや、俺はクズだから準備も手伝わず、ひたすら喋って、誰かが焼いてくれた肉を頂き、後片付けもせずにスマホを弄る。そんな姫系女子的な立ち回りをさせてもらうぜ」

「……少しでも期待した俺が馬鹿だったか」

　唯一の経験者もまともじゃないから話にならないな。

　バーベキュー会場に着き、周りの班の行動を見てやるべきことを確認する。

「どうやら最初はとりあえず火をつけるみたいだな。だが、どの班も苦戦してる」

　簡単に火は準備できないようだ。何で夕食でこんな苦労しないといけないんだよ。

「私はやりたくないからパスね。適当に何か焼けたら持ってきて」

　そう言いながら、少し離れたベンチに座る白坂。リアル姫系女子だったが、白坂はちゃんとお姫様かと思うほど綺麗なので許せる。

「これ、ちょっとやってみたかったのよ」

意外にも乗り気な姿勢を見せる黒沢。バーベキューは一人じゃできない食べ方なので、今まで憧れを抱いていたのかもしれないな。

赤間も俺の後ろで見守ってくれている。参加したい意思はあるようだ。

チャッカマンで着火剤に火をつけ、炭に火を移していく。

周りの生徒はうちわで風を送っているので、俺と黒沢もうちわで扇いだ。

「こんな作業、嫌じゃないか？」

「火遊びはいけないことだから、今まで火にはほとんど触れてこなかったわ。でも、今は大丈夫。私はグレたからバーベキューも火遊びも上等よ」

前にも言っていたグレる宣言を実行している黒沢。

ただ、バーベキューは別にグレた行為ではないし、当たり前に生きているだけだ。

「それぐらいならグレてると言わんだろ。普通になっただけだ」

「じゃあ、この修学旅行でできるグレた行動は？」

「そうだな……修学旅行でありがちなグレた行動なら、勝手に外へ出歩くとか、異性のいる部屋に遊びに行くとかじゃないか？」

「なるほどね」

黒沢は納得してしまったが、本当に行動に移さないか心配になってきたな。

「悪いことするなら俺に声をかけてくれ。協力できることがあれば手伝うから」

「あなたもグレたいの？」

「俺は元々、学校サボって留年するぐらいだからグレてると言える」

「そうね、留年なんて憧れるわ。あなたけっこう凄いことしてたのね」

まさか、留年に憧れてもらえる日が来るとはな……

「お～燃えてる燃えてる」

火が燃え広がり、具材を焼き始めようとした時に金田がのこのこやってきた。

「でも赤間の炎上の方がもっと燃えてたよな」

金田は赤間に冗談を言うが、赤間の目は一切笑っていない。

「……死ねばいいのに」

赤間が本気のトーンで静かにそう呟いたので、金田の顔が引きつっている。人生で初めて本気の死ねばいいのにを聞けた気がするな。

金田はビビってまた離れていき、ベンチに座る白坂の写真を撮り始めた。

白坂もそれに反応してポーズを取っている。白坂という美しいモデルがいるおかげでカメラに楽しさを見出したのか、思いのほか写真を積極的に撮ってくれているな。

「あいつ、ワザと嫌われるようなこと言う性格だから気にする必要はないからな」

下を向いてしまった赤間をフォローする。空気読めよなあいつ。

「……みんなあたしをゴミを見るような目で見てきますからね」

赤間は炎上した人というレッテルが貼られているため、周りから軽蔑した目で見られるのは避けられない。それがたとえ同じ班のクラスメイトであっても。

「でも、茂中先輩だけはゴミみたいなあたしを大切に扱ってくれます。他の人とは違う」

……どうやら俺はもう赤間の中で特別な存在になってしまっているようだ。

「ゴミもリサイクルすれば再利用できるわ。あなただって生き方や考え方を変えて生まれ変わったように過ごせば、またまともな人として見られるかもしれないわよ」

黒沢が珍しく赤間に励ましの言葉を送っている。不器用なのか上手く励ませていなかった気もするが、黒沢なりの優しさが垣間見えた。

黒沢も生徒会長をクビになった問題のある女というレッテルを学校では貼られてしまっているので、赤間の気持ちが少しは分かるのだろう。

「あたしはもう燃えて灰になったゴミだから無理」

燃える火に風が当たって飛んでいく灰を見て、そう語る赤間。

こんな悲しいバーベキューは、きっとこの世にここしか存在しないだろう。

黒沢はそれ以降、特に赤間へ言葉を送ることなく具材を網に載せて焼き始める。

一枚一枚丁寧に載せていき、綺麗に整列される肉や野菜。他の班は適当に好きなものをわちゃわちゃと載せていることもあり、俺達のバーベキューは業務的に見える。

黙々と具材の焼き加減を見ながら調整し、無駄な動きも会話も生まれない。

試しに肉を一枚食べてみたが、何故か焼肉屋で食べる肉よりも美味しい気がする。ただの肉なのに旨味をふんだんに感じる。これがバーベキューの効果なのだろうか。

「おいおい静寂過ぎて火葬場かと思ったぜ」

肉の匂いに釣られてか、金田がまたノコノコとやってきた。

周りの班からは話し声や笑い声が絶え間なく聞こえてくる。だが、俺達は金田の言う通り黙々とバーベキューをしていた。

「バーベキューってもっと楽しみながらやるもんだろ」

「意外と楽しめてるぞ」

「その感じ、この現場に一切出てねーし。顔にも一切出てねーし」

俺はつまらなそうな顔してると言われることが多い。自分の直したいところの一つだ。

「まっ、とりあえず肉くれよ」

「あなたに渡せるのはこれだけよ」

黒沢は皿に焼けたものを載せて、金田に渡した。

「野菜しかねーじゃねーか!?」

何も手伝わない金田に嫌気が差したのか、地味な嫌がらせをする黒沢。

「肉くれよ」

「まったく、しょうがねーな……」

「おっ、やっぱり茂中パイセンは優しいな」

俺は金田の皿を受け取り、食べ物を付け足して返した。

「いや、肉だけどウインナーなんよ！」

ウインナーだけでも有難いと思ってはくれなかったようだ。準備が大変だったので、肉をあげる気にはなれんな。

「……これなら食ってもいいけど」

「おっ肉じゃん！　赤間ちゃんありがと〜さっきはごめんよ」

何故か赤間は金田の皿に、端に置いてあった肉を載せて渡した。

「って全部焦げてる肉かよ⁉」

一番酷い仕打ちを与えた赤間。その流れに俺はちょっと笑ってしまう。

もっとワイワイしている楽しいバーベキューなら金田も肉を貰えたかもしれないが、俺達の陰湿なバーベキューからは残念ながら肉は貰えない。

問題児は優しくない。だからきっと今までみんな一人だったんだろうな。

俺は白坂用に皿へ肉や野菜を載せていく。白坂も金田と同様、何も準備をしていなかったが、女の子なので不問とする。世の中は男女平等を掲げているが、俺はその流れに反して女子には優しくありたいと考えている。

「焼いた肉、持ってきたぞ」

ベンチでスマホを弄っていた白坂へ声をかける。お姫様を世話する従者の気分だな。

「別にいらないけどありがと」

白坂はやたら食事に気を使っているので、バーベキューのような食事は美容的にも避けたいのかもしれないな。

「タレか塩、どっちをかける？」

「油多そうだから塩で」

白坂以外は全員焼肉のタレをかけていたので、ここにも意識の違いが出ている。

「美味いか？」

「普通」

バーベキューに参加しないとただ肉を食うだけなので、特別な美味しさは感じられないようだ。

「参加できなくてごめん。大事にしている肌を万が一にも火傷させちゃうわけにはいかないし、洗い物とか手が荒れるからあんまりできないしさ。そんな奴、いても邪魔でしょ？」

白坂が参加しない理由を教えてくれた。ただダルいからではなかったようだな。

「でも、そういう事情があるなら先に言っておいた方がいいぞ。みんな、単純にダルいからやらないだけだと思っちゃうし」

「茂中さん以外にはあんまり言えないんだよね。女子からすると、そういう美容意識高い発言とかもっとウザいって思われるだろうし、それで失敗したこともあったから」

　意識の高い白坂の生き方は、周りから快く思われないこともあるようだ。

「……高二になってから芸能活動休止して学校で友達作ろうと頑張ったの。最初は芸能人効果でみんなある程度は仲良くしてくれたけど、次第に私の意識の高さに嫌気が差しているように見えたり、容姿に関して嫌味を言われることも多くなった」

　珍しく自分のことを話してくれる白坂。海辺のベンチという特殊な環境が、白坂を語らせやすい空気にしているのかもしれないな。

「一番仲良くできたと思った水野さんに、あなたと一緒にいると自分が虚しくなるって言われて、そのまま距離を置かれて心がバキバキに折れた。それからずっと一人でいる」

　女子としてはハーフ美人のスタイルの良い白坂に横に立たれると、中には惨めな気分に陥ってしまう人もいるのかもしれない。

　白坂は綺麗過ぎるが故に、周りから距離を置かれてしまう珍しいタイプのようだ。

「だから、きっと私は女子と仲良くできない。茂中さんとか金田とか男子の方が仲良くできるかもしれないけど、それすると今度は男囲ってるとか言われそうだし」

　男子だけと仲良くする女子は嫌われがちだし、ビッチと揶揄されることもある。白坂は有名人なので、評判を変に落としたくない気持ちも理解できる。

「私、一人でいなきゃいけないのかな……」

ほんの少しだが悲しそうな表情を見せた白坂。あの無表情な白坂だというのに表情から悲しみが伝わってくるということは、想像以上に今の状況を憂えているのだろう。

「幸か不幸か、今の班には変わり者しかいない。黒沢や赤間とかなら、もしかしたら今までとは違う結果になるかもしれないぞ」

「……そもそも、その二人とは私があんまり仲良くしたくないんですけど」

確かに、友達が欲しいとはいえクラスの問題児と仲良くするのは腰が引けるか……

「でも、私も変わろうとは思ってるから」

前向きな姿勢を見せる白坂。赤間とは異なりネガティブな深みにはまっているわけではなさそうだ。どうにか自分を変えようと模索しているのかもしれない。

「もう私のことはいいから、バーベキュー楽しんできて」

白坂は肉を食べ終えた皿を返してきて、再びスマホを弄り始める。

俺は黒沢達の元へ戻り、バーベキューの続きを楽しんだ。

食材を全て食べ終え、後片付けの時間になる。

「後片付けは俺がやるぜ」

金田は反省したのか、自ら率先して後片付けに名乗り出てくれる。

結局、食べきれなかった肉と野菜を与えたため、金田を満足させてしまった。

「男子で片付けやっとくから、女子は休んでていいよ」

俺はみんなに声をかけ、先にホテルへ戻らせる。だが、黒沢だけは帰らなかった。

「私もやるわ」

「今日はやることが色々とあったし、けっこう疲れただろ？」

「自分が使ったものは自分で片付けないとモヤモヤしてしまうのよ」

黒沢を含め三人で後片付けをしたため、あっという間に終わらすことができた。

バーベキューなんて最初は嫌だったが、いざ終わってみると悪くなかったかもな。

みんなとなら今まで遠ざけていた遊びも楽しめるのかもしれないな。

夕食後はホテル内での自由時間だった。カフェでお洒落（しゃれ）なジュースを飲む生徒もいれば、部屋でゲームをして遊んでいる生徒もいる。夜のプールサイドでいちゃつくカップルもいれば、手作りシーサー体験で盛り上がっている生徒もいる。

班での行動というよりかは、生徒がそれぞれ遊びたい友達と過ごしているようだ。

一人で豪華なホテル周辺の散歩を楽しんでから部屋に戻ると、一人きりの金田がテラスに出て海を眺めながら音楽を聴いていた。

俺は一番端のベッドで横になり、明日向かう場所の行き方や地図を頭に入れる。

その後は疲れていたからか、シャワーを浴びてすぐに寝てしまった――

第五章　失うものはもう何も無い

修学旅行二日目。今日は班別行動の日だ。

朝の六時半に金田(かねだ)と一緒に集合場所へ向かうと女性陣が既に集まっていた。

そのままホテルの朝食会場へ向かい、眠そうなみんなと食事をする。

まだ朝食会場に足を運んでいる班はなく、貸切のような状態になっている。時間が早過ぎたため、バイキング形式だったが用意されているメニューは少なかった。

「みんな申し訳ないな、時間が早くて」

「五時起きだったんだけど」

白坂(しらさか)は俺に不満気な目を向ける。女性陣は朝の準備に時間がかかるためか、厳しい時間に起きる羽目になっていた。

「しかも念のため次の日の着替えも持ってくとか、何考えてるの？」

前もって今日の予定を話せば断られる可能性もあったので、詳細な情報は伏せて持ち物だけを伝えていた。

「安心してくれ。きっと良い日になる」

「めっちゃハードル高くなってるからね」

みんなのやりたいことをこなすには、どうしても厳しいスケジュールで決行するしかなかった。それでもちゃんと集まってくれたのは、ある程度は信用されている証拠のはず。

「夕食までまともな食事の時間は無いから、しっかり食べておいてくれ」

　俺の言葉を聞いたみんなは黙々と食事を始める。周りに俺達以外誰もいないこともあって、食事場所とは思えない静けさだった。

　食事を終えて会場を出る時に、別の班がようやく一組来ていた。遠くの場所へ行く班ほど早く集合しないといけない。きっと俺達が一番遠くへ向かうから、朝食も一番乗りだったのだろう。

　今日のみんなは私服姿となっている。班別行動の日なので服装は自由だった。

　白坂はお洒落な白のワンピースを着ており、可愛(かわい)さと儚(はかな)さがある格好だ。

　沖縄に来てからは眼鏡やマスクを外していることが多く、リラックスしている。

　赤間(あかま)はパーカーを着ていて、金田は沖縄の人がよく着ているかりゆしウェア姿だ。みんながそれぞれに合う格好をしている中、一人だけ似合わないというか違和感のある服装をしている人がいる。

　リボンの付いたフリル袖の白ブラウスにサスペンダー付きの黒ミニスカートを着ている黒沢(くろさわ)。派手なファッションであり、どうしても目を引いてしまう。人によってはイタいと言われてしまいそうな格好だな。

このスタイルは地雷系ファッションなんて言われてたりする。まぁ彼女のアリスもここまで派手ではないが、似たような格好をしている時もあったので俺は見慣れているが。

どんな服を着るもその人の自由なのだが、黒沢はもっと落ち着いた雰囲気の服の方が似合いそうだなとは思う。

きっと黒沢は生徒会長をクビになり、真面目な女子から今時の女子高生らしい姿になりたかったのだろう。それが少しズレて今のような格好になってしまったのかもな。

でも、地雷系女子とは言い得て妙だな。黒沢へ迂闊に近づいたら火傷するので、もしかしたら相応なファッションなのかもしれない。

「やけにハードスケジュールだな。断トツで一番乗りだぞ」

ホテルの玄関には橋岡先生が待っていた。それぞれの班の予定によって出発時間が異なるが、やはり俺達が最初に出発する形となったようだ。

「おはようございます。行ってきます」

「おい、一応言っておくが問題は起こすなよ」

橋岡先生に警告されたが、俺は頷かなかった。

橋岡先生は何も分かっていない。俺達は問題を起こすから問題児なんだ。

みんなで那覇市内に向かうバスへ乗り、一時間半ほど移動する。金田や赤間は寝ており、白坂はイヤホンで音楽を聴いていて、黒沢はずっと景色を眺めていた。

フェリーターミナルの前でバスを降り、そのままチケット売り場へ向かう。

「ちょっと、まさか船に乗るつもり？」

黒沢は辿り着いた場所で目的を察し、困惑した表情を見せる。

「そうだけど」

「そんなの駄目に決まってるでしょ」

「別にしおりの禁止事項にはフェリーに乗ってはいけないなんて書いてなかったぞ」

もちろん俺もアウトだとは思うが、黒沢のやりたいことはこの先にある。

船に乗らないと行けないのなら諦めるのが普通だが、俺は特別になりたいんだ。

「それに、離島へ遊びに行くプランも参考例にあったから問題ないと解釈できる」

「あれは本島と橋で繋がっていてバスで行ける離島でしょ？　船に乗って離島へ行くなんて先生に報告すれば止められるはずよ」

橋岡先生に出した予定表にはうまいこと書いておいたため、見逃してもらえた。

「一応、予定表にはハンコを押してもらったけど」

「なっ、それは何かの間違いでしょ」

もちろん厳しい先生なら不可能だったが、橋岡先生の緩さに助けられた。

「船とか乗ってみたかったんだよな。面白そうじゃん」

乗り気な金田はテンションを上げてくれている。こういう時は助かるな。

「離島って人少なくて静かに回れそうですね。それに秘境みたいなところは憧れます」

赤間も俺のプランに賛同してくれる。白坂も別に反対するつもりはないようだ。

まともじゃない生徒の集まりなので、みんな怖いもの知らずなのかもしれない。

「……行きましょうか」

みんなの反応を見てか、考えを急に変えた黒沢。

「いいのか？」

「これがグレるってやつでしょ？」

「そうだな。良いグレっぷりだ」

人生にはルールを破ったり、無謀なことをしないと手に入れられないものがある。

俺もアリスと自分のために学校を休み続け、その代償として留年することになった。

だが、そのおかげで人生で一番大切な時間を過ごすことができた。

今回はグレーゾーンに足を踏み込むだけだし、何かあったら責任は全て班長の自分が負うことができる。みんなは心配せずに楽しんでくれればいい。

俺は予約していた班員分のチケットを受け取り、離島へ向かう船へ乗り込んだ。

「一時間くらい乗るのか？」

俺の隣に座った金田が乗船時間を聞いてくる。

「いや、三時間」

「遠いなっ⁉　帰ってこれんのかよ」

「万が一のために、一応ちゃんと明日の着替えは持ってきてるだろ？」

「おいおい……パイセンやっぱイカれてんな」

何かを察した金田は俺に呆れている。俺も自分に呆れている。

「悪いな。巻き込んじまって」

「逃げ道塞いでから言うなよ」

もう船は出港してしまったので後戻りはできない。

こんな状況でも不安すら感じないのは、俺の心がもうぶっ壊れている証拠かもな。

「まともそうに見えて一番の問題児だなパイセンは」

「そりゃ問題児のリーダーをやってるぐらいだからな」

「……それもそうか。まぁ、もう人生なんてどうでもいいし、どうなってもいいか」

開き直るのが人生を楽しく生きるコツだとアリスが言っていた。まともでいられないのなら、それを悲観して嘆くよりもまともじゃないなりの楽しみ方を見つけた方が良い。

「茂中先輩、外に行ってもいいですか？」

「折角だし俺も一緒に甲板行くよ」

赤間が外の景色を見たがっているので、俺も付いていく。

「日差し強いから、日焼け止め塗っといた方がいいぞ」

「わかりました」

今は雲一つない青空となっている。今日は夜も快晴らしいので、運にも恵まれたな。

準備を終えた赤間と一緒に甲板へ出ると、強い風が吹きつけてきた。

「凄いっ、一面綺麗な海です」

青空の下で海の上を波しぶきをあげながら船は走っている。

「船は初めてか？」

「はい。茂中先輩と初体験です。ちょっと緊張しています」

確かに俺も初体験なのだが、何でわざわざ俺を含めて言ったのだろうか……

「けっこう揺れますね」

そこまで揺れていないと思うが、手すりに掴まらずわざわざ俺の腕を掴む赤間。

「船旅なんてロマンチックで素敵です。先輩はあたしをどこにでも連れてってくれますね」

赤間は海ではなくずっと俺を見ている。せっかく外に来たんだから海を見てくれ。

「お〜風が気持ちいいな」

金田が黒沢と甲板へ来てくれる。赤間と気まずい空気になっていたので助かるな。

「あら、もう港が見えなくなるほど遠くに」

黒沢は手すりを掴み、身を乗り出して後方を眺めている。船に乗るまでは不安そうにしていたが、出発してからは諦めがついたのか船旅を満喫している。

「ちゃんと日焼け止めは塗ったか？」

「ええ。というか、子供扱いよねそれ」

「子供扱いじゃない。ただの心配性だ」

危なっかしい黒沢のことは特に心配になる。大人っぽいのに無邪気なところがあるから、一緒にいる時はついつい気にかけてしまうな。

「そうだ茂中先輩、あたしに日焼け止めを塗ってください」

「赤間は中で塗ってなかったか？」

「濡れてるところはありますけど、後ろはちゃんと塗れてないかもしれないので」

黒沢とは違い、赤間は頰を赤らめながらお願いしてくる。こうも異なると、明らかに下心を抱いているのがわかるな。

「俺様が塗ってやろうか？　最近マッサージ系の感じまくる動画見たから自信あるぜ」

金田が手をすりすりしながら赤間へ話しかける。前に俺も似たようなやつ見たな。

「それは本当に勘弁してほしい。一生のお願い」

「そ、そんな拒否らんでもいいだろっ！」

金田には露骨に態度を変えた赤間。その反応の違いが俺への好意をより明確にさせる。

あえて俺以外の男を過度に拒絶して、俺へ特別感を見せているのだろうか……

赤間は今までに関わってこなかったタイプなので、何を考えているのか分かり辛いな。

「茂中先輩お願いします。触ってもいいと思える人は先輩しかいないんで」

黒沢に塗っておいて赤間には塗らないとなると、平等ではなくなるので拒否できない。

「ひゃん」

日焼け止めを塗ると、黒沢とは異なり可愛い声を出した赤間。

「すみません、冷たくて声出ちゃいました。あたしけっこう声が出ちゃうタイプなんで」

アリスも意外と声を出すタイプだったな……って、それはまったく別の話だな。

赤間の肌も柔らかくスベスベだ。髪からもフェミニンな良い匂いが漂ってくる。

「……気になるところがあれば、もっといっぱい塗っても大丈夫ですよ」

パーカーのファスナーに手をかけて、言われれば脱ぐ姿勢を見せる赤間。

明らかに誘いであり、服の中まで日焼け止めを塗る必要はない。ない……よな？

「後ろはもう大丈夫だぞ。俺はお手洗いに行ってくる」

俺は誘惑を断ち切り、逃げるように船内へ戻った。

俺も男なので誘惑には心動かされる。だが、その誘いに簡単に釣られたら、赤間に身も心も取り込まれることになりそうだ。

その後は船内でみんなと一緒に軽食を食べながらトランプで遊ぶ。黒沢はまさかのトランプ未経験であり、ババ抜きでさえもルールを教えるところから始まった。

やはり黒沢は幼い頃から遊ぶという行為をほとんどしてこなかったのだろう。だが、楽しそうにトランプで遊ぶ姿を見せていたので、きっと今まで我慢していたに違いない。

生徒会長をクビになって真面目から解放され、バイトを辞めてグレると宣言した黒沢。

ずっと自由を犠牲にしていたためか、誰しもが経験する出来事をいくつもスルーする羽目になった。その穴を俺達と一緒にいることで少しでも埋めてあげられたらいいなと思う。


長い船旅が終わり、無事に離島の久米島（くめじま）へ到着した。

そのままバスに乗り、ツアーの集合場所へ向かう。事前に行き方を念入りに調べていたため、地図が頭に入っており初めての場所でもスムーズに動ける。

「こんな遠く離れた島でもバスやコンビニはあるのね」

黒沢は興味津々に景色を見ながら感想を口にする。

俺ももっと辺境のような場所かと思っていたが、学校もあるし観光客も少なくない。

「移動多すぎでしょ」

白坂は移動の多さに愚痴をこぼす。実際、午前中は移動だけで終わってしまった。

「その分、良い景色が見られる。グランドキャニオンとか世界の有名な絶景も、行くのは大変らしいからな。絶景には移動が付き物なんだ」

「ハードル上がり過ぎて三メートルぐらいになってるけど、ちゃんと越えられるの？」

「……自然の綺麗な景色が好きだったらな」

「そりゃ好きだけど。ちなみにグランドキャニオンも最高だったよ」

「好きならきっと越えられるはず」

白坂は海外の絶景まで堪能しているようなので少し不安になってきたが、ここは大見得を切っておいた。

バスに乗って二十分ほどで目的の集合場所へ辿り着いた。

「予約してた茂中です」

バスを降りたところにツアーのスタッフさんが待ってくれていたので早速声をかけた。

「あぁ、お待ちしておりました。何時でもご案内できますので、お手洗い等は済ませておいてください。更衣室もありますので、水着へのお着替えも事前にお願いします」

「わかりました。では、十分後に出発ということで」

ようやくここまで来れたな。これからやっと楽しい時間が始まるはず。

「ツアーって、どこに行くの？」

「観光名所」

黒沢の質問には詳細を言わずに答える。何故か俺は黒沢を喜ばせようと、サプライズ的な流れを作ってしまっている。

「じゃあ、お手洗いを済ませておくのと、更衣室で水着に着替えておいてくれ」

みんなに声をかけ、男女別で散らばった。

「今頃みんな美ら海水族館とか定番スポットに行ってるんだろうな……」

　更衣室で一緒に着替えていると、金田が話しかけてきた。

「そっちの方が良かったか？」

「いや、俺は何度か沖縄来て定番の場所はほとんど行ったことあるから、こういう知らない場所の方が楽しめるぜ」

　金田の言葉を聞いて安心する。連れまわされている気分になってもおかしくはないが、ちゃんと楽しんでくれているようだ。

「それに、俺達は定番の普通の場所じゃ楽しめねーよ。みんな変わり者の集まりだしな」

「それは言えてるな。みんなでイルカショーでワイワイなんて柄じゃないもんな」

「そういうこと。悪い意味で特別な俺達は、特別な場所じゃなきゃ駄目だ」

　金田は足を過度に気にしながら着替えている。どうやら高く上げられないみたいだな。

「足、まだ治らないのか？」

「……一生治らねーよ」

　金田は怪我をしているためサッカーの練習を長期間休んでいると聞いた。

　だが、俺から見たら休んでいるというよりかは、止めてしまったように見える。

「なんてことはないか。人間の身体は思っているよりも丈夫らしいからな」

　怪我の詳細は語らない金田。プラス思考ではいるみたいだが、早く治してサッカーを楽しみたいという意思は感じられない。

「俺は口堅いからな。話す知り合いもほとんどいないし」

事情を話せとは簡単には言えない。俺の事情も誰にも話したくないからな。

だが、話しても大丈夫ということだけは金田に伝えておいた。


準備を終えたみんなと合流し、ツアーのスタッフと十人ほどしか乗ることのできなそうな小型船に乗る。

どうやら今日のツアー参加者は俺達しかいないようだ。気を使わずに済むので助かるな。

船内中央の床はガラス張りで、海中を覗（のぞ）くことができる仕様になっている。

沖縄の水は透き通っており、浅い場所なら海中の様子が底の方まではっきりと見える。

サンゴ礁の周りには綺麗な熱帯魚がたくさん泳いでいて、船から確認できるとは驚きだ。

「運が良ければウミガメが見れますよ」

ツアーガイドの人はウミガメが見れるかもと教えてくれる。水族館では見たことがあるが、野生のウミガメなんて見たことがないな。

「あまり下を見続けていると酔ってしまうので、気をつけてください」

スタッフから警告を受けるが、俺達はついつい海中を見てしまう。

「えっ、凄い、あれきっとウミガメよ」

黒沢は興奮気味にガラス越しのウミガメを指さす。

「本当にいやがった！　思っていたよりも三倍ぐらい大きいな」

金田の言う通り、ウミガメは想像よりも大きく甲羅に人が乗れてしまいそうなほどだ。

「めっちゃいるじゃん」

ウミガメが新たに三匹ほど見えて、白坂も身を乗り出している。

「運良すぎだね」

赤間の言う通り幸運にもほどがある。写真さえ撮れてしまう余裕もあるな。

「まるで自然の水族館だな」

色んな生き物を見ることができるので、水族館の気分を味わえる。これなら移動時間も退屈せずに済むな。

船に乗ってから二十分ほど経つと、目的地周辺に到着する。

「もう着きますよ〜」

前方には、青空の下で透明な海に囲まれた白い綺麗な砂浜が見えてきた。

「あ、あれって……」

黒沢は目を見開いて先にある砂浜を眺めている。

「ここ、もしかして私が行きたいと思ってたところかしら？」

「そうだ。ネットで調べたらこの島にあったみたいだぞ」

黒沢が行きたいと言っていた砂浜。ネットで調べてみたら、特徴がこのハテの浜という場所と一致していた。

「どうやって見つけたのよ」

「聞いてた特徴から調べただけだ。案外、簡単に見つけられたぞ」

「……きっと離島だったから、沖縄本島の情報を調べても出てこなかったのね」

見渡す限りのエメラルドグリーンの海。そこにぽつんと現れた、真っ白な砂以外に何もない地面。まるで海に浮かぶ砂漠のようだな。

太陽の光を遮るものは何もなく、ありのままの風を全身に感じることができる。

「綺麗(きれい)……素敵な場所ね」

黒沢は今まで見たことのないときめいた表情を見せている。嬉(うれ)しそうに足をばたつかせており、はしゃぐ子供のような無邪気さを感じる。

そんな黒沢を白坂は何故か恨めしそうな顔で見ていた。

「移動が大変だったけど、ここまで来た甲斐(かい)はありそうだな」

金田はカメラで何枚も写真を撮っている。こんな絶景なら、きっとどこから撮っても綺麗な写真になるだろう。

船は止まり、みんなでハテの浜の砂浜へ足を踏み入れる。

白坂は強い日差しを気にしており、大きな日傘を開いて砂浜へ降りた。

「ふかふかの砂浜ね」

サンダルを脱いで砂浜の感触を直に感じている黒沢。

「綺麗な貝殻がいっぱい」

赤間は貝殻を手に取っている。砂浜には無数の貝殻やサンゴ礁の欠片が落ちていて、お店で売っているような形の綺麗な物も多い。

「悪くないじゃん」

俺の背中を指で突く白坂。ハードルを高くしていたようだが満足してくれたみたいだ。

「記念撮影しますよ〜」

スタッフさんがカメラを構えてくる。ツアーのサービスで撮影付きとなっていた。

みんなそれぞれ微妙に距離感があって、友達同士の集合写真というよりかはバンドのグループの宣材写真のような立ち位置になっている。

それが俺達の寄せ集め感を表していて、不覚にもちょっと笑えてしまう。

いつか、俺達がもっとリラックスして密集し、今の半分の面積でも収められるような集合写真を撮れたらいいなと思った。

「水着姿になってからもお撮りしますので準備ができましたら気軽に声をかけてください」

一回目の写真撮影が終わり、みんなは海に囲まれた砂浜で身体を伸ばす。

「あっ」

リュックから荷物を取り出そうとした白坂だが、突然の強風でリュックから少し顔を出していた空のビニール袋が飛んで行ってしまう。

白坂は慌てて拾おうとしたが、砂浜で上手く歩けずビニール袋は海まで飛ばされてしまう。俺は白坂を追い越して服が濡れるのを顧みずに海へ入り、ビニール袋を手に取った。

「な、何やってんのっ」

波打ち際まで来て、海の中でびしょ濡れになった俺を奇異の目で見る白坂。

「ビニール袋を取ったんだ」

「それは見りゃ分かるけど。でも、茂中さんビショビショじゃん」

海から出て白坂の隣に立つ。日差しも強いし風もあるからすぐに乾きそうだな。

「そこまでする？」

「さっきウミガメ見たろ？」

「うん。亀ってあんまり良いイメージなかったけど、実物見たらおめめとか可愛かったし何か安心する動きしてた……って、何でウミガメの話になんのよ」

「絶滅危惧種のウミガメはビニール袋のようなプラスチックごみが死因になることがあるらしい。餌のクラゲと間違えて食べちゃうらしくて、それが胃の中に残り続けて新しい餌を食べられず餓死しちゃうみたいだ」

「そ、そうなんだ……」

ウミガメだけにとどまらず、ゴミは海の生物に多大な悪影響を及ぼす。だから、俺はどうしても目の前でゴミが飛んでいくのを見逃せなかった。

「取ってきてくれてありがとう。その話聞いてたら、私もなんとかして取りに行ってた」

「海に突っ込むのは危険だから、どちらにせよ俺が代わりに行ってたよ」

「……茂中さんってまじで良い人だよね。良い人すぎて逆に怖くなってくるけど」

白坂に信用されたかと思いきや、何故か不気味なイメージを持たれてしまっている。

「茂中さんは日頃の行いが良いから、良いことばっか起きそうだね」

「日頃の行いとか関係ないって。人生は理不尽だから、何でもかんでも押し付けられる」

白坂と元居た場所へ戻ると、みんなは服を脱いで水着姿になっていた。

俺と白坂も服を脱いで水着になる。白坂は水着の上にパレオを巻いている。

「あれ、水着買ったのか？」

黒沢はスク水ではなく、フリルの付いた黒の水着を着ている。

「ホテルの売店に売っていたから、昨日買っておいたわ」

スク水の時には見えなかった胸やお腹が大胆に見えており、目のやり場に困るな。

「似合ってるな」

「……ありがと」

同部屋の木梨がそっちの班は問題児しかいないけど可愛い女子は揃っていると言ってい

たが、みんなの水着姿を見て改めてレベルが高いなと実感する。

こんな女性陣がビーチにいたら、ナンパとかされてもおかしくはないレベルだ。

「日焼け止めを……」

日焼け止めを塗ってほしいのか、日焼け止めクリームを俺に渡そうとしてくる。

だが、今までにはなかった恥じらいのような表情が見えた。

黒沢の中で男性に対する意識が少し変わったのだろうか……

「やっぱり赤間さんに頼むとするわ」

俺には頼まず、黒沢は赤間の元へ向かっていった。助かったはずなのだが、どこかモヤモヤした気持ちが湧いてしまう。

「海も砂浜も綺麗過ぎでしょ」

靴を脱ぎ、足だけを海に入れて波打ち際を歩く白坂。

白坂自体が綺麗なので、この場所に溶け込んでいるように見える。

「ハードル越えられたか？」

「越える時に少し足が引っかかったけどね」

「ギリギリだったってことか」

綺麗な砂浜で白い長髪をかき上げる姿は美しい。まるで映画のワンシーンのようだ。

「でも、ここは黒沢のために用意した場所でしょ？」

「そうだな。とはいえみんなも楽しめると思ったから、無理してでもここに来たけど」

「そこまでしてくれるんだったら、もっと行きたい場所とか調べておくべきだったなぁ〜」

黒沢以外は簡単な要求だったためプランが組めた。みんなからそれぞれ行くのが難しい場所を挙げられたら、どれかを切り捨てなければならなかったため大変だっただろうな。

「ちゃんと白坂がやりたいことも叶えるから」

「花火やるの？　ホテル抜け出さなきゃいけないから無理じゃない？」

「今夜に計画してる」

「……茂中さんって人のために無理するよね。でもそれって、本当に凄いことだと思う」

アリスのために留年を覚悟してから、俺の感覚はバグってしまった。

誰かのために人生を捨てるという経験をしたから、もう多少のことでは動じない。

「そんな茂中さんだったら……私を変えられるのかな？」

俺の目を見て問いかけてくる。どうやら白坂は何かを変えたがっているようだ。

それが白坂自身なのか、白坂を取り巻く環境なのかはわからない。

「すっごい綺麗だわ！」

日焼け止めを塗り終えたのか、はしゃぎながら水しぶきを上げ海に足を入れる黒沢。

白坂を見た直後だからか、黒沢のお尻の大きさについつい目がいってしまう。太ももが太いからか、細身の白坂の二倍くらいお尻が大きいな。

「黒沢のあんな笑顔、初めて見た。茂中さんがあの笑顔を生んだんだよ」

白坂の言う通り、黒沢は今まで見たことのない楽しそうな笑顔を見せている。

「……私、モデルから女優になりたいの。だから、あんな風に色んな表情ができるようにならなくちゃいけない」

白坂はいつも無表情だ。白坂はそんな自分を変えたがっている。

そういえば、前に俺に本気で怒っていた後、何故か嬉しそうにしていたな。

あれはきっと、自分の感情が爆発して怒りの表情を出せたからなのかもしれないな。

「事務所の大先輩の憧れの女優さんに、経験が足りな過ぎるから演技教室とか通う前に学校で色んな経験をしてきなさいって言われたの。だから、モデル活動を一旦休止して高校生活で全力で青春して恋を味わって、色んな経験をしようと思った」

知らなかった白坂の事情。今まで気にはなっていたが、アリスの教えを守り相手が伝えてくるまで聞かないことにしていた。

だが、こうして白坂の方から話してくれた。それは、白坂が俺に聞かせたいと思ってくれたからに違いない。俺はずっとこの時を待っていた。

「でも、何もかも上手くいかなくて、むしろ逆に感情も死んでった。ウケるよね」

乾いた笑みを見せる白坂。そこには哀愁が滲み出ている。

少なくとも学校で上手くいかなったという悲しい経験だけは手に入れたようだ。

　だからこそ、今の白坂は実感のこもった哀愁が表情に出せている。

「さっきの話、みんなには絶対内緒ね」

　絶対に内緒にしなければならない大事な秘密を俺に教えてくれたということは、それだけ信用されているのだろう。そんな白坂に何か俺でもできることはあるのだろうか……

「うぇい」

　海の水を白坂の身体（からだ）に少しかけてみたが、何もリアクションはなかった。

「……うざ」

　無表情で怒る白坂。キャッキャウフフな感じが出せればなとチャンレジしてみたが、何一つ上手くいかなかった。簡単にできないから白坂も困っているんだろうな。

「悪い。俺も白坂と似て、感情をあまり表に出せないタイプだからな」

「出そうとしてないだけでしょ」

「違う。俺は自分に自信が持てるようになりたいんだ。それこそ、みんなを笑顔にできるような人間にな」

「えっ、意外」

　白坂の問題も解決できれば、俺はより理想に近づける気がする。

　そうすれば、アリスの背中もきっと見えてくるはずだ。

「白坂が全力で青春を送れる方法も俺なりに考えてみる。上手くいく保証はないけどな」

「……ありがと。期待しないで待っとくね」

修学旅行後の目標も見えてきたな。そうなると、尚更この関係を修学旅行だけで終わらせたくはない。

「おーい、写真撮るぜ」

綺麗な風景を写真に収めていた金田が、俺達の元へ来た。

「撮って撮って。茂中さん、ちょっとこれ持ってて」

白坂は日傘を俺に渡して、顔つきを変える。

金田のカメラの前で髪を靡かせ、白いパレオを翼のようにはためかせる白坂。

一瞬訪れた、風と波の音しか聞こえない静寂の時間。

その静まり返った砂浜の上で、優雅に舞うかのようにポーズを取る白坂。

あまりの美しさに、まるでこの砂浜に白い天使が舞い降りてきたかのように見えた。

「ちょっと、見惚れてないでシャッターを押してよ」

「す、すまん」

カメラ越しに白坂を見ていた金田にも、きっと時が止まってしまうほどのインパクトがあったのだろう。傍から見ていた俺も気づくと息を飲んでいた。

「茂中っ、反対側も凄い綺麗よ」

俺の手を取り、一緒についてきてと引っ張ってくる黒沢。

黒沢と一緒に砂丘を越えると、太陽の光に海と砂浜が照らされ水色のクリームソーダのように輝いて美味しそうに見える景色が待っていた。

「綺麗だな。晴れてよかった」

「連れてきてくれて本当にありがとう……こんな凄いところ今まで来たことないわよ」

テンション高く話す黒沢を見ていると、こっちまで幸せな気持ちになれるな。

やっぱり、人が幸せそうにしているところを見るのが俺は一番好きかもしれない。

「今度はこっち側を背景に写真を撮ってもらいましょう」

みんなに声をかけていき、この場所へ集めていく黒沢。俺もスタッフさんに写真をお願いしますと声をかけた。

写真撮影の時間が始まり、みんなは初回と同様に微妙な距離感を空けたまま並ぶ。

「ちょっと、もっと中央に集まらないとせっかくの綺麗な背景があまり写らないわ」

みんなへもっと密集するように指示する黒沢。一歩ずつだが、距離は詰まった。

「だから、もっとこっち来なさい」

左端にいた俺の右手を持って引っ張り、右端にいた金田の元まで行って左手を掴み、同じように引っ張っていく黒沢。

そして、黒沢は中央に来て、俺と金田の腕を抱き寄せた。

「これでよし」

みんなの微妙な距離感を無理やり中央に詰め込んできた黒沢。俺達が密集するにはまだ時間がかかると思っていたが、黒沢はそれを無理やり実行してきた。

人間関係は多少の強引さが上手くいくコツなのかもしれない。また一つ勉強になった。

水着越しの胸がむぎゅっと当たっているが、黒沢は写真撮影に夢中になっていて気にしてない。むしろ金田が異様に顔を赤くしている。

「撮りますよ〜」

シャッターの音が鳴り、水着姿の集合写真を撮り終えた。

きっと初回時と異なり、みんなとの友達感が増しているはずだ。

どんな写真が撮れているか、現像されたものを見るのが楽しみだな。

きっとそこには、修学旅行だけで終わる関係性ではない俺達が写っているはずだ。

ハテの浜での時間を終え、みんなと一緒に帰りの小型船へ乗り込んだ。

慣れないはしゃぎ方をして疲れたのか、帰り道はほとんど会話が生まれなかった。隣に座っていた赤間も俺の肩にもたれかかってぐったりしていた。

島へ戻り、船を降りてツアーを終える。

時刻は十六時を過ぎており、昼食を取ってないためお腹が少し鳴ってしまった。

「さて、食事にでもするか」

「そうね。はしゃぎすぎてお腹が空いたわ」

少し早い時間帯での夕食の提案だったが、みんなはすんなり受け入れてくれた。

店を探しながら歩いていると、猿島というレストランを見つけたのでここに決めた。

内装に木材の多く使われた居酒屋のようなお店だったが、食事のメニューは豊富であり、みんなは食べたい物をそれぞれ注文した。

レストランでは何かを頼んで、みんなでシェアするという流れができる場合が多い。

しかし、俺達からはそんな提案は一切出なかった。

「あのさ、そろそろツッコんでいい？」

料理を待っていると、白坂がしびれを切らして言いたいこと言っていいか提案してくる。

「何のことかわからんが、言いたいことがあれば言っていいぞ」

俺が白坂の提案を承諾すると、白坂は黒沢を見つめながら口を開いた。

「あんたさぁ、その私服なんなのよっ」

白坂は遂に黒沢の地雷系ファッションに触れてしまう。みんな指摘しないから俺だけ気になっていたのかと思っていたが、どうやら白坂はめっちゃ気にしていたようだな。

「……えっ、何か変かしら？」

黒沢はとぼけた顔で、何かしちゃいましたかといった反応を見せる。

「違和感はヤバいね」

赤間も引いている。同年代の女子から見ても違和感があったようだ。逆に赤間には似合いそうな格好のため、きっと赤間が着ていたら誰も指摘しなかっただろうな。

「まったく似合ってねーわな」

金田も素直に苦言を呈している。似合う人が着れば変ではないと思うが、黒沢が着ているのでどうしても違和感が生じてしまう。

「茂中、そんなにこれ変かしら？」

「……まぁ、意外な私服チョイスだとは思ったな」

俺は言葉を濁すも、否定的な言葉を返してしまう。

「そういうのは、もっとふえぇ～とか言ってるキャピキャピした女子が着るものだから。あんたが着てると違和感あり過ぎて頭痛くなるって」

「しょ、しょうがないじゃない。服とかほとんど買ったことなくて、修学旅行前に慌てて買ったのだから」

白坂はファッションに精通していることもあり、私服が人一倍気になったのだろう。

どんな服を着るかは本人の自由だが、それで笑われてしまうのは心が痛む。

変だよと指摘するのも優しさだし、服は自由だと見て見ぬふりをするのも優しさだ。

「どういう気持ちでそれ買ったの？」

「普通に可愛(かわい)いなと思って。今までこういうフリフリなの着たことなかったし、自分を変えるならこれぐらい派手な服を着るのも有りかなと思ったのよ」

「……今度、一緒に服選んであげようか？」

「子供扱いしないで。服ぐらい一人で買えるわ」

「一人で買った結果が失敗してんのっ」

白坂が髪をかきむしっている。どうにかしたい気持ちでいっぱいのようだ。

「黒沢、洋服は誰かと一緒に買った方が客観視できるし、より自分に似合う服を買うことができる。一緒に買うのは別に子供じゃないし、むしろ大人な選び方とも言える」

「そ、それなら、今度一緒に見てほしいけど……」

「私に任せて。あんたに似合う服、いっぱい選んであげるから」

修学旅行を終えてからの繋がりが生まれそうなチャンスだったので、白坂の提案をフォローした。白坂に友達ができれば、白坂の目標にも近づけるかもしれないからな。

注文したメニューが運ばれてくると、美味しそうな料理を見てみんなの目が輝く。

俺はタコライスと島らっきょう餃子を頼み、白坂はゴーヤチャンプルーを頼んでいた。みんなそれぞれ沖縄料理を選んだ中、赤間だけは焼きそばを選んでいた。

「何でここまで来て焼きそばを頼むのよ」

白坂は赤間のチョイスも見逃さなかった。遠慮を止めたのか言いたい放題になったたな。

「好き嫌い多いから、食べ馴染みのあるものを無難に選んだだけ」

いつの間にか赤間もみんなと自然に会話できるようになっている。最初は無音だったみんなとの食事の時間も、今では会話がちらほら生まれるようになったな。

「美味しかった～」

食事を食べ終え、白坂は満足気な言葉を発する。

「そんなこと言いつつも、実は微妙だったんじゃねーか？」

「えっ、普通に美味しかったよ？」

金田の言葉も理解できる。白坂の顔は真顔だったので、本当に美味しかったのか怪しい感じがした。でも、その表情の硬さが白坂の悩みでもある。

「というかさ、今から帰るって間に合うの？　けっこう時間ヤバくない？」

時刻は十七時を過ぎており、日も少し傾いていた。俺達は沖縄本島から離れた島にいるので、戻るのには時間がかかる。

「まぁ、無理だな」

「そうだよね、今からだともう……って無理なの⁉」

俺の言葉を聞いて、白坂だけでなく女性陣のみんなが驚いている。

「ちょっと、無理そうなら早く船に乗りに行きましょ」

黒沢は慌てた様子で立ち上がった。遂にこの瞬間が来てしまったか……

「船の最終便は十四時だぞ」

「もうとっくに無理じゃない⁉」

俺の言葉を聞いて頭を抱える黒沢。そもそも俺に帰る気はなかった。

「おいおい、まだ慌てる時間じゃねーよ……どうせ飛行機があんだろ茂中パイセン」

金田は俺の計画を察しているはずだが、まだ何とかなるかもと思っているようだ。

「十九時発のはあるが、昨日見ても空席は一つしかなった。沖縄本島への飛行機は小型のプロペラ機だから、仮に誰かのキャンセルがあっても全員乗るのは不可能だろうな」

「……どーするんですか？」

班長の俺が異様に落ち着いているからか、赤間だけはそこまで慌てた様子ではない。

「こうなると思ってホテルも予約しておいたから安心してくれ」

「確信犯じゃん」

白坂の言う通り、俺はこうなることを想定してプランを組んでいた。全部計画通りだ。

「悪いな。この島の日帰りはほぼ不可能だったから、今日は帰らない前提で行動してた」

「悪いなって、こんなの先生に怒られるどころの騒ぎじゃないわよ」

「すべては班長である俺が責任を取るから安心しろ。班別行動のプランを組んだのも俺だし、みんなは俺についてきただけだ。先生にも俺が無理やり巻き込んだと説明する」

「ど、どうかしてるわ、あなた……」

黒沢は俺に呆(あき)れている。元優等生だからこそ、問題行動はまだ素直に受け入れることができないのだろう。

「あたしはもう人生オワタなんで、茂中先輩にどこまでも付いていきますよ」

赤間が周りと比べてそこまで動じていなかったのは、もっと大きな災難に見舞われた経験があったからだったか……肝が据わっているな。

「まぁ無理なもんは開き直るしかねーわな。班長の茂中パイセンが全責任取ってくれんなら今日は自由に楽しもうぜ」

開き直った金田は今日という日を楽しむ方向へシフトしてくれる。

「いやいや、何でそんなリスクあることすんのよ」

まだ納得できていない白坂。その慌てた表情もきっと白坂にとって糧になるはず。

「学校側が関わらないところのホテルなら、夜に外出てみんなで怯えずに花火とかできるだろ？　白坂のやりたいことは、どちらにせよリスクを背負う必要があったしな」

「そこまでしてとは言ってないって」

「しちゃ駄目とも言われてなかった」

修学旅行中に花火はリスク不可避。どちらにせよ危険な橋を渡る必要があった。

「それに、この島は星がめっちゃ綺麗に見れるらしい」

「それは……楽しみです。茂中先輩、あたしのこともちゃんと考えてくれてたんですね」

綺麗な星空が見たい赤間。きっとその希望もここで叶えられるはずだ。

「あなた、停学とかになっても知らないわよ。最悪、退学もあり得るわ」

「もちろん、そうならないように工夫するつもりだが、最悪そうなっても別に構わない。留年もそれに近いもんだったしな」

普通の人なら、そんなリスクは背負えない。だが、俺には背負える。

人生というのは、一度道を踏み外すと怖いもんが無くなっていくからな。

「……どうやら、私も本気でグレるしかないみたいね」

腹を括ったのか、天井を見上げてぐったりとする黒沢。

「余り者の問題児が寄せ集められた班だから、班長も必然的に問題児。この班で何もないわけがそもそもなかったかもね」

白坂も開き直って前を向いてくれる。まぁ、もう前を向くしかないのだが。

「こういうのが、とびっきりの青春なのかもしれないぞ」

「そうかもね。私って、こういう刺激を待ってたのかも」

青春と聞いて前のめりになる白坂。普通に毎日を過ごしていても俺達に格別な青春は訪れないだろうが、何か大胆な行動をすれば格別な青春は解放されるはず。

「それじゃあ、予約してあるホテルへ行くぞ」

俺達はレストランを出てホテルへ向かう。

地元とは全く異なる環境の街は、歩くだけでも新鮮で楽しい。

広大なサトウキビ畑、吹きつける海風。薄暗くて静かな遊歩道、見たことのない自販機。聞いたことのない種類の蟬の声、微かに聞こえる波の音。初めて見る鳥達。

その一つ一つが、みんなの思い出の一つになっていく気がした——

「ちょっと古めだけど、けっこう大きなホテルじゃん」

ホテルの玄関へ辿り着くと、品定めするかのように外観や広さをチェックする白坂。

「ホテルとか詳しいのか？」

「高級ホテルでの撮影とかも多かったから、見てきた数は多いよ」

白坂なら高級ホテルのパーティー会場でのドレス姿も容易に想像できる。俺もアリスとホテルを何度か利用したこともあったが、金銭面から庶民的なレベルの場所だった。

「俺もラブホテルなら詳しいぜ」

金田の言葉は全員にスルーされる。この光景にも慣れてきたな。

「俺もラブホテルなら詳しいぜ」

「聞こえてるよ。どうでもいいことを二回も言うな」

「どうでもよくねーだろっ」

触れても何も良いことがないのに、可哀想なのでついつい反応してしまった。

「俺はよくオンタイムで利用するけど、金田は？」

「そんなタイムないぞ。あるのはサービスタイムとかフリータイムだろ」

一瞬で知ったかぶりをしているのがバレた金田。クリーンヒットしたのか顔が引きつっている。これで不用意な発言は控えてもらえるといいんだが……

「うわ、だっさ」

白坂が金田を見て呆れている。何故、金田はあんなしょうもない嘘をついたのか。

「ラブホテルって普通のホテルとは何か違うの？　言葉的に愛があるの？」

無知な黒沢はラブホテルの意味を理解しておらず、白坂に聞いている。

「エッチなことする時とかに利用するホテルだよ。カップルが愛し合う用だから、確かに愛はあるのかもしれないね。売り買いした愛もあるかもしんないけどさ」

白坂は何も包み隠さず黒沢に教えている。最後にブラックジョークも交えていた。

「……世の中にはそんな施設もあるのね。さぁ早く入りましょう」

想像していたものとは違ったからか、戸惑っている黒沢は話を無理やり終わらせてホテルへ入ろうと急かしてきた。

黒沢の後に続き俺達もホテルへ入る。赤茶色の床が一面に広がり、大きな木がフロント前に植えられていて南国風な作りになっている。広々とした一階にはレストランやカウンターバーが並んでおり、大きな中庭には芝生に囲まれた綺麗なプールが見える。

みんなをロビーの椅子に座らせ、一度外に出てスマホで橋岡先生へ電話をかける。

『どうした？　先生が愛おしくて声でも聞きたくなったか？』

通話が始まると、いきなり問題ある冗談をかましてきた橋岡先生。

「そうです」

『えっ、ガチなのか？　それはそれで、ちょっと恥ずかしいな』

橋岡先生のご機嫌を取るため、あえて肯定しておいた。

「あと、ちょっと残念な報告があります」

『おいおい、そっちがメインか』

「……今日、帰れそうにないです。ごめんなさい」

『そうか、わかった』

案外、素直に受け入れてくれた橋岡先生。事の重大さが分かっていないのだろうか……

『って、なにぃ⁉』

スマホから大きな驚きの声が聞こえてくる。時間差で状況を理解したようだ。

「離島に来たんですが、帰れる手立てが無くなってしまいました。すみません」

『馬鹿かお前はっ！　すみませんで済む問題じゃないぞそれ！』

「本当に申し訳ないです。先生には迷惑かかるのも承知で離島へ向かってしまいました」

『とんだ問題児だなお前は……いや、お前の班は全員問題児だったか』

問題児を寄せ集めると、やはり問題は生じる。

一人なら小さな問題かもしれないが、五人も集まれば大問題になる。

「離島に行くなとは、旅行のしおりには書いてなかったので」

『そんな屁理屈が通じるわけないだろ』

「ですよね……」

無謀なことをした自覚はある。やり過ぎたなと反省はしているが、後悔はしていない。

『おいおいどうするんだ、まじで本当に』

「今日は帰れないので明日の早朝に迅速に帰ります。俺がみんなを巻き込んでしまったので全責任は班長の俺が取ります」

『あのにゃあ、こんな不祥事がバレたら先生の私も責任を問われることになるんだぞ。そもそもプランを許可したの私だし、怒られたり処分される可能性もあるぞ』

「俺が先生を騙したことにします。先生のことは絶対守ります」

罪は俺にしかない。普段からセクハラしてくる橋岡先生だってどうにかして守る。

『……夜中に抜け出したことにするか』

「えっ」

『そうすれば罪は軽くなるし、部屋にいない理由も説明できる。お前らがどこに行ったのかは、まだ私とお前らしか知らないだろ？』

「みんな幸いにも友達はいないので、今のところ俺達の行方は先生しか知らないです」

『離島へ行って帰れませんでしたなんて、下手すれば退学処分もあり得る。私もうざい教員共に色々言われて面倒だ。部屋から抜け出した程度なら説教で済ませられる』

橋岡先生はまさかの加担という選択肢を取ってくる。

心強い反面、後ろめたい気持ちも芽生えてくる。素直に受け入れていいのだろうか……

「バレたら先生もヤバいですよ。下手すればクビになります」

『そうだな。橋岡先生が橋岡さんになっちゃうな』

「その時は……俺が責任を取ります。バイトして得たお金とか全部渡しますし、橋岡先生のお願いや言うことは何でも聞きますんで」

『おいおい、それじゃあ橋岡望美（のぞみ）から茂中望美になっちゃうな。それはそれで悪くない』

橋岡先生は冗談めいたことを言っているが、その余裕っぷりが俺を安心させてくれる。

『まったく手のかかる生徒だな。私じゃなきゃ終わってるぞまじで』

「……どうしてそんなに優しいんですか？」

『困った生徒をどうにかするのも先生の仕事だ。勉強を教えるだけが仕事じゃない』

橋岡先生は仕事として俺を助けてくれているようだ。先生という立場の人を俺は今まで快く思ってなかったが、橋岡先生に出会ってその考えも変えることができそうだ。

『別にお前は罪を犯したわけではない。指定時間までにホテルへ戻らなきゃいけないという学校が決めたルールを破っただけだ。裁くのは学校側だし先生である私だ』

橋岡先生でなければ、俺の学校生活は終わっていたかもしれない。

まぁ優しい橋岡先生でなければ、ここまでのことはしていなかったが。

『私も去年、学校のルールを破った。体育祭の時に生徒を全力で応援するため応援団長の服を着てたら、コスプレは校則違反と教頭に叱られた。だから、お前と何ら変わらん』

新都心(しんとしん)高校は自由な校風で、髪型や髪色も制限なく制服を多少アレンジしても問題ない。

だが、文化祭のような仮装するイベント以外はコスプレ等の派手な服装は禁止らしい。

『先生である私も人のこと言える立場じゃないんだよ。大人になっても間違ったことするし、失敗もする。だから私は一度だけなら生徒の間違いを許す方針だ』

橋岡先生には橋岡先生なりの、考え方や方針があるようだ。

先生という立場だからと決まった型にはまらず、自分の主義主張を持っている。そういう人には自然と信用や好感を抱く。尊敬もできるし、ついていきたいと思わせてくれる。

『一度は許すが、絶対に繰り返すなよ。同じ過ちは私はしない。次また似たようなことをした時は許さないからな』

「……わかりました」

ただ甘いだけじゃなかった橋岡先生。だが、先生の、自分でさえも間違いを犯すから、生徒の間違いを一度は許せるという考え方には好感を抱かざるを得ない。

「本当に助かります。担任の先生が橋岡先生で本当に良かったです」

『それ、先生が生徒に言われて一番嬉しいやつだぞ。今日は美味しいお酒が飲めそうだ。部屋でこっそり飲んじゃお』

橋岡先生は優しいけど、先生としては問題有りなので危なっかしさがある。

『……私も一度、学生時代に大きな過ちを犯した時に、担任の先生に助けてもらったことがあるしな。こうして恩は先生から生徒へ伝わっていくもんなんだな』

先生の方が何か問題を起こして立場が危ぶまれた時は、今度は俺が全力で守ろうと思う。

橋岡先生は自分の過去を思い出したのか、感慨深そうに話している。

「じゃあ俺もこの恩は別の誰かへ渡そうと思います」

『いや、私に返せ。この流れは茂中で断ち切ろう。私が生徒に言われたい言葉ベストテンを文章で送るから、それを音声データとして送ってくれ』

「……恩師泣いてますよ」

『冗談ではないからな』

「冗談であってください」

橋岡先生の要求は本気のようだ。このヤバさが無ければ心から尊敬できるんだが。

『絶対に明日、無事に帰ってくること。わかったな？』

「わかりました。ありがとうございます」

橋岡先生との通話を終える。どうにかなるとは思っていたが、何とか無事に生徒として生き長らえることはできそうだ。

橋岡先生からメッセージが届いてくる。教師辞めて俺の女になれよとか書いてあるし、先生と生徒が一つになっちゃいましたねとか訳の分からない文章が送られてきている。

きっと俺に言わせたい言葉なんだろうけど、怖いので今は見なかったことにしておこう。

「どうだった？」

ホテルへ入り、ロビーで待たせていたみんなの元へ戻ると金田が前のめりになって電話の結果を聞いてきた。

「橋岡先生の温情で、離島へ行って帰ってこないではなく、夜中に抜け出したってことにしてくれるらしい。そうなるように協力してくれるって」

「おいおい橋岡先生、神過ぎんだろ」

「だから、ここに来たことは俺達だけの秘密な。写真もSNSとかに載せないように。卒業するまで封印な」

みんなで秘密を共有する。それが、俺達の生まれたての絆を強めてくれるかもな。

「明日ホテルにしれっと戻って、先生からは俺がみんなを無理やり外に連れ出したって説教受けるからさ」

そう告げると、みんなは安堵した顔を見せる。みんなの不安を多少は解消できたはずだ。

俺はそのまま一人でフロントへ向かった。まずは部屋を借りに行かないとな。

「予約していた茂中です。チェックインお願いします」

十八歳以上から予約可能とホームページに書かれていたので、留年して十八歳に達していたおかげで滞りなく予約ができた。

「二部屋ですね。合計三万七千円になります」

俺は財布から現金を取り出して支払い、軽く施設の説明を受けてから鍵を貰った。

「料金は？」

みんなが座って待っていたロビーへ戻ると、黒沢が財布を持って待っていた。

「俺が勝手に予約してたから必要ない」

「何を言ってるのよ。私達も利用するのだから払うわよ」

「問題ない。それに一部は黒沢から貰ったアルバイト代から清算したし」

みんなからお金を貰う立場にはない。ただでさえみんなを巻き込んでいる立場だしな。

「そう。それで、いくらだったの？」

「三万七千円だったけど」

「じゃあせめて一人五千円ずつでも払わせてもらえないかしら」

「だ、だから……」

払わなくていいと言っても、聞く耳を持ってくれない黒沢。

「黒沢に異議なし」

白坂は黒沢に同調し、財布から五千円を取り出した。金田も赤間も嫌な顔一つ見せず五千円を取り出し、黒沢が集めて二万円をまとめて渡された。

「……みんな、ありがとう。助かる」

ここまでされたら素直に受け取るしかない。みんなが自主的に渡してきたものを受け取らないのは拒絶になるからな。

「とりあえず部屋入って、荷物置いて花火しようか」

「ここで花火できるの？」

白坂が一歩踏み込んで聞いてくる。花火は白坂のやりたいことだった。

「ネットに書いてあった。事前に電話で聞いた時も、できるって言ってた」

ここのホテルは敷地内で花火ができる場所を用意しており、売店で花火も販売している。

飛行機や船には花火が持ち込めないので、現地調達できるこのリゾートホテルを選んだ。

値段は他のホテルよりも高めだが、白坂のやりたいことを叶(かな)えるにはここしかなかった。

「というか、バーベキューの時に火が苦手って言ってたけど、花火は問題無いのか？」

「花火って見てるだけでも楽しそうじゃん」

花火をやりたいと言っていたのに、自分ではやるつもりがなかった白坂。

まぁゲームが好きだけど、誰かがゲームをプレイしているところを見る方が好きって人もいるし、そこまで不思議じゃないのかもな。

「早く行こうっ！　みんなダッシュね」

白坂の表情に変化は無かったが、声色でテンションの高さは伝わってくる。

「おいおいパイセン、手持ち花火とか子供じゃねーんだからよ」

あまり乗り気ではない様子の金田。意外とノリが悪いな。

「別に見ているだけでもいいから、参加はしてくれ」

「そーするよ。写真でも撮っとくぜ」

金田が参加を拒否しなくて助かった。白坂はみんなで花火がしたいって言ってたからな。

部屋の洗面台で顔を洗ったり、歯磨きをする。金田は隣で整髪料を使って髪を整える。

「パイセンすげーな。ルール破って離島に来るなんて普通の人ならビビってできねーよ」

「サッカーにもイエローカードってのがあるだろ？　社会のルールを破ればレッドカードで退場だけど、学校のルールならイエローカードで済む。繰り返したらイエローカード二枚でレッドカードになって退場するかもしれないけど」

金田はサッカーをしていたそうなので、あえてサッカーで例えてみた。

「そうだな。俺も相手の攻撃を止めるためにファールしてイエローカード貰ったけど、それで攻撃を防いだから勝てた試合もある」

「誰かのためとか、みんなのためなら、ルールを破った方が良い時もあるってことだ」

俺はアリスのために学校を休み続けて留年をした。それでアリスを少しでも幸せにすることができたと思うので、俺達にとっては必要なファールだったのだろう。

「なるほどな。きっとパイセンみたいな大胆な行動をできる奴が将来的に仕事で大成功したり、ユーチューバーとかで人気者になったりすんだろうな」

「それは褒めすぎだろ」

「そんなことはない。知らねえメンツとクソみたいな修学旅行になると思ってたが、こんな俺でもそこそこ楽しめてるのがその証拠だ」

金田の言葉は素直に嬉しかった。俺は誰かを楽しませたり、救ったりできる自分になりたいと思っていたからな。その理想に確実に近づいている。

「パイセンって、そんな嬉しそうな顔すんだな」

「えっ、そんな顔してたか？」

「ああ。いつも満たされてない顔してんのに、今は凄く満たされた顔してたぜ」

「……俺は自分に自信が無いというか、つまらない人間だと思っていた。だから、彼女といる時、俺と出会わずに別の男と出会っていた方が幸せになってたんじゃないかとか、俺じゃない方が彼女にとって良かったとか思えてきて異常なほど苦しかった」

話す気は無かったが、自然と口から言葉がこぼれてしまった。

「だから、俺はもうあの気持ちを味わいたくないと思ってな。彼女の前に自信持って立ちたいから、誰かを楽しませたり救ったりできる自分にならなきゃなと思ってる」

自分は駄目な男なんだと開き直れば、それはそれで楽なのかもしれない。

だが、俺は険しい道を進む方を選んでしまった。

「まぁ実際には留年という壁が付き纏って、そもそも友達すらできなかった。修学旅行を機にこうして繋がりが生まれたおかげで、変われるチャンスを活かせているだけだ」

「……俺とは真逆だな」

「真逆？」

「あまり長話してると、白坂お嬢様に怒られちまうぜ」

金田が話を切り上げて外へ出たので、俺も慌てて部屋の外へ出た。

俺達と同じタイミングで女性陣も隣の部屋から出てきた。

売店で花火セットを買い、ホテルの裏側にあったコンクリート張りの敷地で花火を行う。

黒沢は黙々と手持ち花火で遊び始める。赤間は俺の背後で線香花火に火を点けている。

俺が花火に火を点けると、白坂はその火花の行方を黙ってずっと見ている。他のみんなも特に話さず、花火が消えては別の花火を点けてと五分ほど繰り返している。

みんな楽しそうというよりかは、作業的に花火を消費しているな。

「おいおい、どこかの村の昔から伝わる儀式的なことしてんのか？」

呆れた声で金田が俺に話しかけてきた。金田の例えのように、誰かが俺達を見たら遊んでいるというよりかは、何かを祀っているように見えてしまうだろう。

「逆に花火ってこれ以上何をするんだ？」

「うーん……でも、もっと和気あいあいとしながら遊ぶもんだろ、普通は」

俺達は普通ができない。だから、ただの遊びにも違和感が生じてしまう。

「なんか、思ってた花火と違うんだけど」

白坂は俺の花火を見ながら不満を言ってきた。ただやるだけじゃ満足できないようだ。

「もっとこう……風情というか、込み上げるものがあったりだとかさ～」

「その問題なら俺達も今ちょうど話していたところだ」

花火がしたいと言われて、ただ花火を実行するだけでは面白い男にはなれない。

誰かを喜ばすには、もっと付加要素を盛り込まないといけない。それが今見つかった俺の反省点であり、成長が必須な点だと自分を見つめ直すことができた。

「お祭りの後とか、浴衣着てたりとか、夏を感じさせる他の要素と組み合わせたりしないと風情みたいなのは出ないのかもな」

「た、確かに……」

「そもそも俺達の関係がまだ希薄だから、もっと親密になってからの花火なら何か込み上げるものがあったかもしれない」

バーベキューの時も思ったが、俺達にはまだ遊びを楽しめる関係性ができていない。

「花火をする友達の中に片思いの相手がいたりとか、何度も口喧嘩してきたけど仲の良い友達がいたりとか、そんな人達とする花火なら白坂の思い描くものになるはずだ」

「花火に至るまでの過程とか、どんな関係性の人とするかが大事ってことだね」

「そういうことかもな」

知り合い程度の人達と豪華な遊園地で遊ぶより、親友達とボロボロな遊園地で遊ぶ方がきっと楽しいはず。結局はどんな遊びも誰と遊ぶかが楽しさを決める要因になる。

「もっと色んな感情が込み上げてきてさ、その感情を表現できれば演技とかに役立てられるかなって思ってたけど、これじゃあ何の役にも立たなそう……せっかく花火できたのに」

「そんなことない。普通のみんなは楽しめる花火しかしてないけど、白坂には楽しめない花火という珍しい体験をすることができたんだから。それは唯一無二だろ」

「そうだね。プラスに考えるか……って、そんな体験、マイナスにしかなんなくない!?」

白坂は納得しかけたが、それじゃ駄目だと態度を変える。

「楽しめない経験ばかりしてたら、卑屈に考えちゃいそうだよ」

「楽しめない経験を積んでいれば、楽しめる時は二倍楽しめるだろ。楽しいことばかり経験してたら、ちょっとやそっとの楽しいことじゃ満足できなくなる」

「……そっか。楽しめない経験があれば、楽しい時にその分だけ感情が出せるかも」

俺の言葉で何かヒントを得てくれたのか、前向きになってくれた白坂。

「みんな、この花火オススメよ。途中で何回か色が変わるから」

地味に一人で花火を満喫していた黒沢が俺達にオススメの花火を教えてくれた。

「私もあんな些細なことで喜べる人間になりたいよ」

黒沢を温かい目で見ている白坂。黒沢のように子供心を忘れていなければ、この状況の花火でも楽しめるようだ。

「というか、赤間はさっきから線香花火しかしてなくない？」

白坂は俺達の背後でずっと線香花火をしていた赤間に話しかけている。

「自分の人生を見てるみたいで落ち着く」

「線香花火のような儚い花火と照らし合わせるとか悲しくなりそうだけど」

「火を点けられて、徐々に火花が飛び出してきて、火花が激しく四方八方に飛んでいって、だんだん勢いがなくなって最後には燃え尽きる。あっという間の出来事」

炎上した状況に線香花火を重ねている赤間。こんな悲しい花火の遊び方は他には無い。

「あたしも同じ。今は勢いがなくなってきていて、燃え尽きるのを待っている状態。でも、真っ黒になって落ちてった線香花火を見ると、あたしにとって燃え尽きるのは死を意味しているのかもしれないなって」

「……ネガティブに考え過ぎだ」

俺は赤間をフォローするが、元気づけられる言葉は見つからない。

「火を点けたのは自分でしょ、自業自得じゃん。みんな自分で火を点けないから」

赤間に追い打ちをかけてしまう白坂。間違ったことは言っていないが、優しくはない。

「火は点けられたから」

「えっ、どういうこと？」

「……高校は違うけど中学の頃からの友達というか付き合いある人が二人いて、あの日は三人で一緒に遊んでた。その友達がほぼ人のいない駅のホームで、一瞬だけ線路内に降りようっていう度胸試しみたいな遊びを提案したから、あたしは注意して止めようとした」

初めて炎上の件を自ら話し始めた赤間。

「でも、友達はあたしの注意を聞かずに線路へ降りてすぐに登る度胸試しを始めた。あたしの注意がうざかったのか、空気読めよって友達に鞄を線路に向けて蹴られた。あたしは、その鞄を掴み損ねて一緒に線路へ落ちた」

話しながら赤間は新しい線香花火に火を点けている。

「慌ててホームに登ったけど運悪くその瞬間だけ誰かのスマホで撮られてて、さっきから線路に入っては出てを繰り返して遊んでるバカがいるとSNSに写真付きで投稿されて炎上した。別の人には線路に人が降りてるって通報されて、電車も止まらせちゃった」

その投稿された写真をきっかけに、ネットでは赤間の実名と顔写真と学校名が晒されて今に至っている。話を聞いていると、赤間に落ち度はなかったようだな。

「友達には自分達から名乗り出て上手くこの件を収めつつ、赤間のことは絶対に何とかするからって言われてた。事態がややこしくならないように今は私達の名前や関わりは一切出さないようにしてってお願いもされた。だから、あたしはその言葉を信じて待ってた」

赤間は被害者なら、ちゃんと状況を説明すればもう少し被害は抑えられたはずだ。

「でも、結局何が起きることもなくて時間だけが過ぎてった。友達へ連絡をしても既読すらつかなくて、いつの間にかブロックされてた。もうその時には消せないほど燃え広がってて、あたしがどんな説明をしても取り返しのつかない状況になっちゃってた」

友人達は自分達の身を守るために、赤間をスケープゴートにして逃げたみたいだな。

SNSで炎上した人の大半が馬鹿で自業自得なのかもしれないが、もしかしたら虐められていて無理やりやらされたり、赤間のように巻き込まれただけの人もいるかもしれない。

最近ではSNSのデマ情報も多いし、誰かを貶めるために嘘の情報を流す人もいる。

与えられた一部の情報だけでその状況や当事者達の人間性が分かった気になって、みんなは誰に頼まれた訳でもないのに攻撃したり擁護したりしてしまう。

俺にもそういう時期はあった。自分より下の人を見て、上から目線で自分の安い正義を語って優越感に浸っていた。

でも、アリスに自分のことさえちゃんとできていないのに、知りもしない人のことをとやかく言っているのは滑稽よと罵られたので、それからは考え方を変えたつもりだ。

まさに百聞は一見に如かずだな。俺はこの目で直接見たものだけを信じていけばいい。

「何それ、あんたぜんぜん悪くないじゃん」

白坂は赤間を見る目が、軽蔑から同情に変わっている。

「その友人達はどこの高校の何て人なの？　私がとっ捕まえるわ」

黒沢は赤間を見捨てた友達に怒り心頭といった様子だ。

「今更あたしが悪くないことになっても、ネットには私の名前や写真が誹謗中傷と共にたくさん上げられてて消えやしない。ずっと馬鹿にされて軽蔑されて生きなきゃならない」

「……クソ胸糞悪い話だな」

金田は俺達がそれぞれ抱いていたであろう気持ちを、一言で表してくれる。

ネットの世界に広がってしまった情報は、拡散してべったりとこびりついてしまうので消すのも薄れさせるのも容易ではない。一度流れてしまえば最後、どうすることもできない。

どれだけ札束を積もうが、決してやり直せないのが人生だ。

人生はどんな理不尽も悲劇も受け入れるしかない。受け入れるしかないのか……

「悪りぃな、何も知らないのに今まで馬鹿にするようなこと言って」

「いや、別に……あたしが同じ立場でも、そうなってたと思う。許さないけど」

意外にも赤間へ素直に謝っている金田。やはり、あいつはクズじゃないな。

「どうしてそんな大事なこと、もっと早く私達に言わなかったの？」

不満気な様子の白坂。白坂も赤間には今まで態度がちょっと冷たかったからな。

「いきなりそんなこと言ったって信じてくれないでしょ？　嘘だって思うでしょ？」

炎上して、友人にも裏切られて、赤間は人間不信に陥っているのかもしれない。

「こんなあたしに関わってたって、みんなにも迷惑かける。評判下げると思うし」

「何言ってるのよ。元から評判低い人しかいないわよ」

黒沢の言う通り俺達は評判悪いから余ってしまい、寄せ集められた班だ。

「そうそう俺なんてクズだから、これ以上落ちようがないっての」

金田も何も気にしていない態度を見せる。みんなが一緒になって赤間を励ましている光景を見ていると、なんだか胸にくるものがあるな。

「……でも、あたしと一緒にいても、デメリットしかない」

「一人でいてもデメリットしかないから」

白坂は一人でいる方が嫌だといった物言いだ。俺も同じ考えだし、一緒に居てくれるということが何よりのメリットになると思っている。

「この花火も、一人じゃやってないしね……せっかくだし、最後のは派手にやろうよ」

手持ち花火が無くなったので、据え置き型の花火を全て並べる白坂。

「金田さーこれ、いっぺんに火点けてよ。火傷怖いから」

「俺がかよ」

急にチャッカマンを渡された金田は、文句を言いつつも花火に火を点けていった。

噴出系の花火が同時に四本も火花を散らし、景色が一気に明るくなる。手持ち花火とは異なり迫力があるので、みんなは花火に釘付けになっている。

「あっ、これはなんか楽しいかも」

白坂は俺を見て軽くにたっと笑ってきた。少しだけでも得られる感情があったようなので、なんだかんだ花火を行って良かったなと俺も思うことができた。

「……綺麗ですね」

しゃがんでいた赤間は立ち上がり、俺の隣に立った。

「炎上の件をずっととやかく言う人もいるかもしれないが、俺みたいに別に気にせず今の赤間だけを見る人もいる。事実を知ったみんなも、きっと触れなくなるはずだ」

赤間が自分の口から真実を話してくれた。みんなにも響くものがあったと思うし、今まで黙っていたからこそ赤間の言葉には信憑性というか重みがあったように感じる。

「どうして茂中先輩は気にしなかったんですか？」

「生きていれば誰だって一度は失敗する。赤間はただその失敗が大きかった人という見え方だったからな」

「……あたし以外の人類が、みんな茂中先輩だったらいいのに」

「俺がめちゃくちゃいたら嫌だろ」

「あたしは幸せですけど」

俺を見つめている赤間。その目は、もうあなたしか見えないといった感情が読み取れてしまう。だが、その感情もきっと今だけのはずだ。

赤間の心も、途中で色の変わる手持ち花火のように時を経て変化していくに違いない。

火は消えて花火が終了する。周囲は再び暗くなり、どこか物悲しい空気になる。

「赤間、空を見てくれ」

「えっ、あっ……はい」

俺の急な言葉にビックリした赤間は、少し戸惑いを見せてから空を見た。

「や、ヤバっ、めっちゃ綺麗……」

俺達が花火をしている間に、空には満天の星が輝いていた。

特に赤間は線香花火でずっと下を向いていたため、気づいていなかったはずだ。

「めっちゃ星空見えるじゃん」

「あら、素敵ね……」

白坂と黒沢も星空を見て驚いている。金田も何も言わず、星空を見つめている。

想像を遥かに超える満天の星空に俺は息を飲む。アリスと見たプラネタリウムの星空よりも天然の星空の方が綺麗かもしれない。ありきたりなことだが、自然ってのは凄いな。

「先輩、天の川とか見えてますよ」

赤間は今まで見たことのない無邪気な笑顔で天の川を指さした。

「晴れてよかった。赤間のやりたいことだった星空観賞は運要素が強かったからな」

「本当に見れてよかったです。どうしてこんなに綺麗に見えるんですか？」

「ここは沖縄本島からもけっこう離れてる離島だから、都会と比べて明かりも少ないし、自然に囲まれていて空気も澄んでいるからだと思う」

都会の空にも星は存在する。だが、明かりや空気の汚れのせいで見えないと聞いた。

都会の空でもこれだけ綺麗に星空が見えたら、住人の幸福度は上がりそうな気がする。

そう思わせるくらい、この満天の星は心に響くものがある。

「どうして綺麗な星空が見たかったんだ？」

「宇宙のこととか考えると、あたしの悩みってちっぽけなものに感じて楽になれるんです。こんな壮大な星空を見てると、嫌なこと全部忘れることができて心の傷が癒されます」

宇宙は規模が大きすぎて、考えていると自分がちっぽけに思えてくるのはあるあるだ。

こうしてまざまざと宇宙の壮大さを目の当たりにすると、確かに俺の悩みや辛い思い出も癒されていく感じがある。

「この遠く離れた島の人は、きっとあたしが何をしたかなんて誰も知らない。電車も無い

から、あたしのこと知ったたって軽く流してくれそうです」

「そうだな。この島以外にも色んな島があるし、海外だって同じことが言える」

「この島に来て、大人になったらこういう場所で生きていくのも悪くないかなって思えました。ここから帰れなくてもいいかなってレベルです」

赤間の心に響くものがあったのか、前向きな考えを抱いてくれている。

以前までは見受けられた赤間の死んだ魚のような目は、もうどこにも見当たらない。

「修学旅行といい、この島といい、連れてきてくれて本当にありがとうございます。ずっと閉じこもって狭い世界で生きてたら、きっと考えも狭いままでした。茂中先輩のおかげで、人生に少し希望が見えました」

赤間の言葉を聞いて、感慨深い気持ちになる。

みんなを楽しませられるような、みんなを救えるような人になって自分に自信を持ちたい。そんな理想の人物に、また一歩近づくことができたような気がするな。

「あたし、茂中先輩に一生ついていきます。いつまでも想い続けます」

崇拝するような目を向けてくる赤間。大袈裟に言っているんだろうけど、万が一ストーカーになったりしないか心配にもなってしまう。

いつまでも想い続ける。それはアリスに対する俺の意思と同じ。嬉しい反面、申し訳ない気持ちが湧き出てくるが、アリスも同じ気持ちを抱いているだろうか……

「あっ、流れ星」

赤間は星空に流れ星を見つけたようだ。一瞬だったので俺が反応して空を見た時にはもう見えなかった。

「人生初の流れ星でした」

「何か願ったか？」

「……願う余裕はありませんでしたが、きっと直前に言った茂中先輩に一生ついていきますって言葉を願いとしてカウントしてくれたと思います」

俺は赤間がちゃんと独り立ちできますようにと願おうと、流れ星をひたすら待っていたのだが、もう現れることはなかった……

星空観賞の後、しっかりと花火の後始末を終えてからホテルへ戻る。

「ちょっと茂中パイセン、俺のやりたいことだけ忘れてないか？」

金田が俺の肩を摑(つか)んで訴えてくる。金田のやりたいことはナンパだった。忘れてはいなかったが、ナンパは別にどこでもできるので班行動の日に必ず行う必要はなかった。

「忘れてないって。でも、ナンパって金田が自主的にやるもんでもあるだろ」

修学旅行中も常に周りを見て、良い状況とタイミングに巡り合わないか探してはいた。

「おっ」

ホテルを歩いていると二人組の女性を見つけた。

　大学生なのか、年齢はそこまで離れていないように見える。ホテルの大浴場に入ってきたのか、少し髪が濡れており部屋に備わっているルームウェアをラフに着ている。

　お酒を飲みながらホテルの卓球スペースで遊んでいる二人組。ホテルの大浴場に入ってきたのか、
　遊びの卓球で動き回った影響か、服が着崩れ下着が見えそうになってしまっているな。

「あそこにいるお姉さん方をナンパして、一緒に卓球してきてもいいんだぞ」

「なるほど、別の球で卓球しないかといった具合か」

　相変わらず馬鹿なことを言っている金田。聞き慣れてきたので驚きもなくなったな。

　実際、そっちの球で卓球したらめっちゃ痛そうだけど金田はドＭなのか？

「くだらな。私達先に部屋へ戻ってるからね」

「わかった。俺が金田の挑戦を見守っておくから、みんなは部屋で休んでてくれ」

　白坂が呆れながら俺達を置いて部屋へ戻っていく。その背中に赤間もついていった。

「黒沢は戻らないのか？」

　俺と金田の隣にポツンと残っていた黒沢。

「くだらないとはいえグレた遊びには興味あるの。遠くから見てるわ」

「見ててもあんまり楽しくないと思うぞ」

　自分の知らない世界に興味がある黒沢。きっと時間の無駄になると思うが。

「じゃあ金田、行ってきていいぞ」

「おう」

出撃の許可を金田に出したが、一歩も動く気配が無い。

「行ってきていいぞ」

「おう」

声は震えて、足も震えている。そんな分かりやすくチキンな反応を見せんなっての。

「いつものチャラけた感じで行けばいいだろ」

「いやゴタゴタ言ってねーで、手伝えや」

「……おいおい」

見た目だけならナンパなんてお手の物といった金田だが、実際は女性経験に乏しく度胸も無いようだ。

「すみませーん、ちょっといいですか？」

「お、おいっ、まじでやんのかよっ」

手伝えと言われたので二人組に話しかけたが、何故（なぜ）か金田に怒られる。

「ん〜？」

「俺の友達が綺麗なお姉さん方と話したいみたいなんで」

そう言いながら金田の背中を無理やり押して、二人の前に立たせた。

「う、うっす」

不自然なほどキョロキョロしながら、か細い声で言葉を無理やり紡いだ金田。

「なかなかイケメンじゃん」

幸いにも向こうの女子の反応は良い。後は金田次第でどうにかできそうだが……

「けっこう好みかも」

見た目は気に入られている。これはもう七割成功しそうな雰囲気だ。

「あっと、そのー、お姉さん達めっちゃ可愛(かわい)いなと思いまして」

「えっ、ありがとう。ってか、ナンパ？」

「そ、そんな感じっす」

もっとしゃきっとしろよとツッコミたくなる。だが、相手に理解力というか積極性があるおかげで、金田が情けなくても良い方向に転がっている。お酒を飲んでいて、この遠くまで旅行に来ているという状況でお姉さん方も大胆になっているのかもしれないな。

「私、この子けっこうタイプなんだけど」

黙って見ていたもう一人の女性は、何故か俺の元に来てしまった。

「すみません、俺は彼女いるので」

「えー逆に燃えちゃうな～」

俺の腕に抱き着き、べったりと胸を押し当ててくる女性。いかにも男好きそうな雰囲気が出ていて、忘れていた性欲が少しだけ湧き出てきた。

彼女がいてもお構いなしなんて人は赤間だけだと思っていたが、意外といっぱいいるな。

「あっ、メグミそっち派だった？　なら二対二でちょうどいいじゃん」

「うんうん。そっちの子も悪くないから、途中でペア交代してもいいかもね」

まさかのお姉さん方も超乗り気のようだ。観光客へのナンパは成功しやすいのかもな。

俺は参加する気がないので、どうにか金田を置いて抜け出せればいいのだが……

「ねぇ、君らの部屋で話そうよ」

金田も女性に腕を触れられていて、分かりやすく顔を赤くしている。

「俺のことは気にしなくて大丈夫だぞ。金田がやりたいようにしていい」

金田はどうすんのという目で俺を見てきたので、背中を押してあげた。

「で、でも、二人は旅行中っすよね？　他の同行人とか、予定とか大丈夫っすか？」

完全に行けるムードなのに金田はうだうだ言っている。いつものチャラけた感じの物言いで部屋に連れて行けばいいのに。

「大学のサークルで旅行してんの。一緒に来てる人もいるけど別に適当だから、明日合流できれば問題なしだし」

夜を超えても大丈夫と遠回しに言っている女性。金田が本当に女好きのクズならその意図も読み取れるはずだし、自分の欲求も簡単に満たせるはず。

「私、けっこうSなんだよね。君、けっこう攻められるの好きでしょ？」

…
I ♥ 沖縄

聞いてもいないのに、寄りかかるように俺の腕を抱いている女性が自分の癖(へき)を晒(さら)してくる。まぁ、実際攻められるのは好きだから当たってはいるんだが。

「彼氏とかいたりしないっすか？」

念のための確認ばかりしている金田。そんなにグダグダしていると、相手の熱が冷めてせっかくのチャンスが消えちまうっての。

「いるけど、旅行には来てないから別にいいっしょ」

大学生にもなると品行方正とか貞操とか失ってしまうのだろうか……

いや、アリスはそんなことなかった。貞操観念が高かったし俺が初めての彼氏だった。

「あっ、こんなところにいたのか。外のコンビニでお酒買ってきたから飲み直そうぜ」

突然、俺達の元に男三人組が現れる。どうやら彼らがお姉さん方の同行者のようだ。

「お酒あんの～？」

「たくさんあるぞ。つまみも買ってきたから、俺達の部屋で楽しもうぜ」

男達は酔ってフラついている二人組の女性の腕をそれぞれ引っ張り、身体(からだ)を抱えてそのまま連れて行ってしまう。

残念だったなと俺達に見せびらかすように、女性の服に手を入れて身体をむさぼりながら歩く男。俺は特に何も思わないが、金田は唇を噛(か)みしめている。

「今の絶対行けてたわ。今の絶対行けてた。色んな意味でイけてたわ」

「金田がビビってなきゃ絶対イけてたな」

ナンパが失敗し、空気が一変してドバドバ喋(しゃべ)りだした金田。

「うわ〜もったいないねぇ！　もったいねぇってばよ！」

「俺に言うな。というか俺の台詞(せりふ)だ」

そんなに後悔するなら何故もっと早く行動しなかったのか。

「やっぱり金田ってヤリチンどころか童貞だし、不良というかビビりだな」

金田は今回のナンパというイベントで化けの皮が剝がれまくっていた。

「ちっくしょ〜！」

膝から崩れ落ちている金田太夫(だゆう)。こんなに情けない男の姿は正直見たくない。

「終わったの？」

遠くから見ていた黒沢が俺達の元へ歩いてきた。

「何やってんだよ俺はよぉ！」

相当ショックだったのか、黒沢が来ても嘆きが止まらない金田。

「俺の代わりに金田を励ましてやってくれ」

「無理よ。しょうもないとしか言えないもの」

ゴミを見るかのような目で金田を見ている黒沢。

「ちょっといい？」

黒沢は何故か俺の左腕をパンパンと手で払っている。何か付いてたのか？

「な、何だよっ」

「さっきの人、別に友達でもないのに茂中にベタベタ触れてたから」

よく分からない理由で、よく分からないことをしている黒沢。

「なんか知らないけど、それが見てて嫌だったというかムカついたの」

黒沢は自分でも自分のことをよく分かっていない様子だ。

「やり直してぇ！　十分前にタイムリープして金田リベンジャーズさせてくれっ！」

「そんなことでタイムリープすんなよ」

これ以上ホテルで醜態を晒したくないので、金田の身体を起こして部屋まで引っ張る。

黒沢と別れ、それぞれの部屋に戻った。しょうもない時間ではあったが、金田のやりたいことを果たせたので俺に満足感はある。

「んあ〜本当だったら今頃このベッドでイチャコラしてたのによ〜」

ベッドへダイブし、もがき苦しんでいる金田。枕に腰を振るやつ初めて見たな。

「いつまで後悔してるんだよ情けないな」

「茂中パイセンは彼女いるからいいよなぁクソが」

「俺に八つ当たりすんな。自業自得だろ」

「くそぉ！　こんなんだったらナンパなんてしなきゃよかった」

「自分から声もかけられなかったし、チャンスも活かせなかった。実際にやってみて、金田にはナンパが無理だということがわかったから、それは大きな収穫なんじゃないか？」

「そんな収穫いらねーよ。自分の情けなさを再認識できただけじゃねーかっ」

その後もずっとベッドで項垂れる金田。かける言葉も見つからなかった。

「俺の人生、どうしてこんなになっちまったんだか……」

ナンパの後悔が人生の後悔にまで膨れてしまっている金田。

強気のように見えて、意外と精神的に脆いタイプのようだな。

「前にイケイケ女子の板倉に告白されたのに、セフレならいいけどって断ったんだろ？何で実際はヤリチンのヤの字も無いのに、無駄にクズアピールして振ったんだよ」

金田は女性に飢えているようだが、何故かチャンスを何度も逃している。

「……あの時は、ああするしかなかったんだ。放課後に教室で一葉から告白された時、十人ほどのクラスメイトが見ていたからな」

「おいおい、公開告白ってやつか？」

「ああ。あの時の俺は世代別のサッカー日本代表にもなってて別の高校の女子から告白されることもあったし、周りに他の女が近づかないように見せつける意図も込めてそうしてきたんだと思う」

そんなことがあったとはな……放課後はすぐに帰ってしまうので、クラスメイトだけど知らなかったな。きっと班の女性陣も知らない事実のはずだ。

「一葉は成功を確信していて、自信満々だったからその手を選んだはずだ。俺も他の男子に一葉が学校の中で一番可愛いって言ってたし、それも伝わってたと思うしな」

確かに、みんなの前で告白をして付き合えば、その事実はあっという間に広まる。

学校中はもちろんのこと、金田を狙う他の高校の女子生徒にも彼女がいるから無理だよと広まっていく。一石二鳥のアイデアだが、失敗した時のリスクが大き過ぎる。

「一葉はプライドが異様に高くて負けず嫌いな性格だった。まぁそういうところが俺も良いと思ってたしな。でも、その一葉をみんなが見ている前で断ればとんでもなく恥ずかしい思いをさせちまうし、みんなからの笑い者になっちまうと俺は思った」

みんなの前で堂々と告白しておいて振られたなんて、学校の伝説になるぐらい恥ずかしいことだ。きっと板倉のトラウマになって彼女を苦しめ続けていたことだろう。

「だから、俺がクズみてーな断り方をして、俺にヘイトが向いて一葉が恥ずかしい思いをしないで済むようにしようと試みた。それで、あんな最低な断り方をしちまったわけだ」

「悪手過ぎんだろそれ」

「俺の作戦は成功して、みんなは一葉が告白に失敗したという事実よりも、俺がクズだったことに衝撃を受けてた。周りの女子は一葉が騙(だま)されていて可哀想(かわいそう)だとフォローし、周りの男子は俺が最低過ぎると非難してきた」

相手を救うために自分が犠牲になる。俺もアリスのために留年したから気持ちはわかる。

だが、それは自己満足でもある。相手にとっては余計なお世話だったかもしれない。別に賛美されることでもないし、正しいこととは限らない。

「結果、想像以上に俺は嫌われて、誰も口を利いてくれなくなって、友達グループからも追い出されて、俺の話もあっという間に広まって、いつの間にか嫌われ者になってた。だから俺も自ら髪を染めたり、周りを威嚇したりして学園一の嫌われ者になったわけだ」

「……悲惨な結末だな」

イケイケなグループもただ楽しい訳じゃないようだ。様々な人間関係があるからこそ、その分、複雑な問題が生じてしまうことも多くなる。

「そもそも板倉と付き合うという選択肢は無かったのか？」

金田は板倉を一葉と下の名前で呼んでいるので、親しい仲だったのは伝わってくる。金田自身も板倉を可愛いと思っていたようなので、付き合えば丸く収まった気がするが……

「一葉は告白の時に私を日本代表戦に連れてってほしいとか、立派なサッカー選手になれるように全力で支えるからと言っていた」

「夢を支えてくれるなんて、良いパートナーになりそうだけど」

「だが、俺はもう身体的にも精神的にサッカーはできなくなってた。だから断った」

やはり金田はもうサッカーをするつもりはなかったのか。

金田と少しの期間一緒にいただけでも、怪我をしているとはいえスポーツマンのような意識の高さは見えなかったので、疑問は抱いていた。

ただ、精神的にもという理由が気になった。怪我が全てを壊した訳ではなさそうだ。

「怪我で休んでいるだけと周りに嘘ついていた俺にも責任があったから、この悲惨な結果も当然の報いだと受け入れている。だからこうして開き直ってクズを演じて生きている」

金田が今に至るまでの経緯を知れたが、どれも過去の選択肢が悪手過ぎたなと感じる。

「あの時はまだ怪我を受け入れられなくて、軽く自暴自棄にもなってたしな」

間違いだらけの選択をして、イケイケの人達に囲まれた天国から、俺達みたいなジメジメした人達に囲まれる地獄まで堕ちてきたようだ。

ただ、金田は救いようのないクズではなかった。それを知れて良かった。

「まぁ俺としては悪くない結末だったぜ。元々俺には世代別のサッカー日本代表のイケイケ高校生っていう高すぎるハードルがあった。そのハードルをぶっ壊して、あいつはただのクズっていう低すぎるハードルに変えることができたからな」

「金田のクズアピールは、自分へのハードルというか評価を下げるためだったのか？」

「そうだな。自分を下に見てほしいから、クズみたいな行いや嫌われるような言動をするようになった。いつしか、それが癖になっちまうほどにな」

金田が一番の問題児かと思っていたが、一番の問題児を演じているだけだった。

言葉や行動の節々に優しさや気遣いも見えていたが、そっちが本当の金田なのだろう。

「茂中パイセンからしたら自らクズになるなんて、きめぇなって思うだろ？」

「自ら嫌われて評価を落としていくスタンスは別に悪くないんじゃないか？」

「……意外だな。そういうの絶対止めた方がいいって否定してくると思ったが」

まともな奴だったら金田を否定するはずだ。だが、俺は同じ班の時点で金田と一緒のまともではない人間なんだ。

「例えばヤンキーがちょっと街の掃除しただけで大絶賛されたりするだろ？　地域の人はずっと掃除してるのに称えられず、一度掃除しただけの方が称えられたりする」

「あるあるだな」

「みんなにクズだって思われてたら、ちょっとまともなことをするだけで評価は上がる。それは恋愛とかでも有効だ。クズだって聞いていたのに、しっかりしているところを見せられたらそのギャップで好かれたりするし」

「なるほど、そういう考え方もあるか」

「逆に自分は凄い人間ですと言ってハードルを上げるよりはましなんじゃないか？　それを越えられずガッカリされるより、自分はしょうもないですと言って普通に過ごして楽に評価を上げた方が人生は簡単な気がする」

芸能人でも誠実さをアピールしていたら、不倫がバレた時にボロクソに叩かれて嫌われ者になってしまう。だが、自分のハードルを予め下げている芸能人なら、不倫がバレてもそこまで影響が無かったりするからな。

皮肉なものだが、自分の評価を下げるということは自分を守ることにも繋がる。

「俺がしていたことは間違いじゃなかったんだな」

「それはどうだろうな……板倉を守ることはできたが、板倉を傷つけることにはなった」

「あ、あの時は、急だったから上手く対応できなかったんだ。それに怪我するまではサッカー一筋だったから、女子との交流というか向き合うことにそこまで慣れてなかった」

「告白というのは勇気もいるし、それに繋がる相手を想う強い気持ちがあったはずだ。その気持ちを踏みにじるような振り方は最低だぞ。いつか、機会を窺って謝るのもいい」

「……そうだな。でも、謝るのは十年後以降にしておく」

ぐうの音も出ないといった様子の金田。当人も後ろめたい気持ちがあったのだろう。

「花火前に俺が言った真逆ってのは、俺は自分への評価を下げようとしてて、茂中パイセンは自分への評価を上げようとしてたからだ。そんな俺達がこうして同じ部屋にいるのはおかしな話だぜ。普通に過ごしていれば巡り合わない組み合わせだしな」

金田の言う通り、俺達は真逆の考えを持っている。それでも今は同じ場所にいる。

「一つ年上とはいえ、茂中パイセンはけっこう達観してるよな」

「留年した去年だけでも訳あって十年分くらいの経験をしたからな。でも、金田も金田で俺には味わえない経験をたくさん積んできてるはずだ」

「そうでもねーよ。怪我するまではサッカーばっかの人生だったしな……茂中パイセンはいったい、どんな経験してきたんだよ？」

「楽しいこととか、悲しいこととか、酸いも甘いもといった感じだな」

去年は濃厚な時間を過ごしたが、それまでは俺もただ生きているだけだった。

アリスとの一つの出会いが俺自身、俺の人生をも大きく変えてくれた。

「エッチなこともか？」

「そりゃ彼女いるからな。俺がしてほしかったこと全部してもらったよ」

「死ねや。地獄に落ちろバカ」

「そっちが聞いてきたんだろ」

言われなくても、もう地獄には落ちた。一生抜け出せそうにない深い地獄にな。

「あ～クソっ！　今ごろ俺もそっち側に行ってたはずなのによぉ！」

「まだ言ってんのか……」

ナンパの傷はもう忘れたかと思っていたが、彼女の話になって再び悔やみだした。

「まぁ、さっきの俺の話は秘密にしといてくれよ」

「わかった。誰にも言わない」

自分の評価を下げたい割には、サッカーができなくなっていることは隠していたいようだ。金田にとってそれは失いたくない最後のアイデンティティーなのかもな。

「先にシャワーを浴びていいか？」

「むしろ先に行けや。俺は泣きシコしてるからよ」

泣きシコの意味は分からないが、聞いてもろくな話じゃないと思ったのでスルーした。

洗面所へ入り、シャワールームで汗を流す。何故かシャワーを浴びている時に嫌なことか辛いことを思い出してしまうので、なるべく考え事をせず無心になるよう心掛ける。

金田も待っているので、迅速に髪や体を洗って十分ほどで済ました。

シャワーカーテンを開けバスマットを敷き、身体を拭く用のタオルに手をかけようとした時にガチャっと扉が開いた。

「お、おい、金田まだ入ってくんなよ」

ノックもせずにいきなり扉を開けてきた。何か緊急事態でも起きたのだろうか……

「く、黒沢……？」

開いた扉の先にいたのは何故か黒沢だった。

段差があったため俺の裸というか、股間の位置をがっつり見られてしまう。黒沢はまるで時が止まってしまったかのように、目線を変えず股間に釘付けになったまま動かない。

「おい」

「あっ……あの、その、失礼するわ」

慌てて扉を閉めた黒沢。俺はその後にタオルで身体を隠せたが、時すでに遅しだった。

「ちょっと金田、シャワー浴びてるなら浴びてるって言いなさいよっ！」

「茂中どこにいるのって聞かれたから、そこって言っただけでいきなり開けるとはこっちも思ってねーよ！　何も言わずに勝手に開ける方が悪いだろ！」

部屋の方で黒沢と金田が言い争っている。どうやら、俺がシャワーを浴びている間に黒沢が部屋へ入ってきていたようだな。

事故とはいえ、見せてはいけないものを見せてしまった。黒沢に嫌われないといいが、女性によっては強いショックを受けることもあるからな。

身体を拭き終え、ルームウェアに着替える。

気恥ずかしい気持ちを抱えながら扉を開けて、黒沢と金田に顔を見せた。

黒沢は着替え終えた俺を確認してから慌てて近づいてくる。

「異性の部屋に行くのがグレた行為って茂中が言ってたから、男子の部屋に来て茂中にグレてるか確認しようと思って……」

聞いてもいないのに状況説明をする黒沢。どうやら原因は俺の一言にあったようだ。

いつの間に買ったのか、黒沢はお土産屋でよく見かけるアイラブ沖縄と書かれたTシャツを着ており、また白坂が呆れていそうだなと察する。

「悪いな」

「な、何であなたが謝るのよ」

「醜いものを見せてしまったからな」

「べ、別にそんなことなかったけど……」

そんなに嫌ではなかったという態度の黒沢。それはそれで恥ずかしいな……

「もう帰るわっ」

顔を真っ赤にさせて部屋から出てった黒沢。あんな恥ずかしそうな顔は初めて見たな。

「黒沢って関わる前は性格悪くて空気読めないクソ真面目な奴って印象だったけど、意外と天然で面白い奴だよな」

金田が黒沢の印象を語る。俺も似た感想を抱いており、最初は一番手を焼きそうな相手だと思っていたが、今では一番安心できる相手にもなっている。

「きっと黒沢は品行方正で真面目な姿をずっと演じていたんだろうな。生徒会長をクビになったことで演じる必要もなくなったから、今は本当の自分を解放できてるんだと思う」

強い警戒心は今でも解かれていない。繋がりができた俺達以外には冷淡な態度になってしまっている。それを踏まえると、俺達は早くも黒沢に心を許されているようだ。

ベッドで横になると今まで得たことの無い満足感と達成感で満たされる。

今日はみんなのやりたいことを叶えられたので、清々しい気持ちになっている。

明日も朝は早いので、夜の十時には眠りについた。

第六章　先輩がやりたかったこと

カーテンの隙間から差し込む日差しで目が覚めた。

スマホでアリスの写真を表示し、三分間ほど彼女のことだけを想っていた。

静かに顔を洗い、服を着替える。そして、金田を起こさないように部屋を出た。

昨夜に花火をしていた場所へ行き、昨日の花火のゴミが落ちていないかを明るくなったところで念入りに再確認する。

俺達の花火のゴミは無かったが、空の食べ物の袋が落ちていたので拾ってホテルのゴミ箱へ捨てておいた。

「何してるの？」

「うおっ」

急に話しかけられて驚いた。振り向くと背後には黒沢が突っ立っていた。

「早く起きちゃったから軽く散歩してたら茂中がいた。それで、何してるの？」

「花火のゴミを捨て忘れてないか確認してるだけだ。昨日もしっかり確認してたけど、夜だったから見えてないゴミがあったかもしれないと思ってな」

俺の言葉を聞いた黒沢は眠そうな目を見開いて、ぱちぱちとさせている。

「心配性？　綺麗好き？　それとも潔癖症？」

「そのどれでもない」

「じゃあどうして？　何があなたをそうさせているの？」

俺に詰め寄りながら聞いてくる黒沢。俺の心情がやたら気になっているようだ。

「前にテレビで沖縄への旅行者による深刻なゴミ問題を見たことがあってな。地元の腰を曲げたおばあさんや地域の子供達が汗をかきながら、悲しそうにゴミを集めている映像を見て胸が痛くなったんだ」

沖縄は綺麗な場所だからこそゴミは目立つ。全てを包み込んでくれそうな素敵な青い海が島を囲んでいるが、砂浜を見るとゴミは必ず落ちている。

旅行者が捨てたゴミに加えて、さらに他国からの漂流物も多い。綺麗な海と砂浜にゴミは似合わないが、実際に現場を見て問題を解決するのは困難そうだと感じた。

昨日もゴミの下で綺麗に咲いている砂浜の花を見て、いたたまれない気持ちになった。

「そんなこともあって、絶対にゴミを見落としたくないなと思ってるだけだ」

「……素敵な人ね」

黒沢は慈愛に満ちた表情を向けながら俺に素敵だと言ってくれた。

普段の冷淡な表情とは異なり、別人のようにも見えた。

「ただの自己満足だ。俺一人がどうこうしたところで無力なのかもしれない。ただ俺はそうしないと気が済まないだけだ」

「昨日のハテの浜でも、びしょ濡れになってまで海へゴミを拾いに行ってた。自己満足で人はそこまで行動できないわ。きっと、あなたの強くて素敵な信念があるからこそよ」

「……買い被り過ぎだ」

「あなたみたいな人、凄く好きだわ」

素直に好きと言われてしまい、気恥ずかしくなって目を逸らす。

「それは告白か？」

「なっ、違うわよ。異性とかじゃなくて、人間性が素敵ってこと。勘違いしないで」

顔を赤くして、そっぽを向いてしまう黒沢。

異性としては好かれていないけど、俺という人間には好感を抱いてくれているようだ。

「俺も黒沢の人間性は好きだけどな」

「わ、私なんてあなたと比べたら不潔よ。グレてるし」

その後も散歩がてら黒沢と少し話し、部屋へ戻って出発の支度をした。

班を組んだ時に黒沢との間にあったような気まずさは、もう一切無くなっていた。

ホテルを出てバスでフェリー乗り場へ行き、早朝のフェリーに乗って本島へ帰った。

そこからバスを使い、どうにかお昼前までにホテルに戻ることができた。

午前中はホテルの多目的ホールで講演会や沖縄民謡を聞く時間となっている。他の生徒や教員が多目的ホールに集まっている中、俺達はしれっとホテルへ入った。

「やっと来たか……」

玄関で待ってくれていた橋岡先生。事前に到着時間を連絡していたため、多目的ホールを抜け出して出迎えてくれたようだ。

「すみません。そして、ありがとうございます」

姿勢正しく頭を下げる。わかっていて迷惑をかけてしまったので、謝罪だけでなく手助けしてくれたお礼もしないとな。

「何事もなかったか？」

「特にトラブルなく戻ってこれました」

怒るよりも先に心配してくれる。本当に良い意味でも悪い意味でも生徒想いの先生だ。

「この馬鹿ちんぼうが」

橋岡先生に頭を叩かれ、そのまま優しく撫でられる。

「朝は昨日抜け出した件で説教しているという流れにしてある」

「助かります」

一歩引いて先生の話を聞いていたみんなに、クラスメイトから午前中何してたのと聞かれた際には説教されていたと説明するよう辻褄を合わせる。幸いにも、俺達のことを気にかけている人はほとんどいないかもしれないが。関わりたくないと思われているからな。

「まだ講演会は続くから、最後列に座って話を聞いていけ。本当の説教は修学旅行を終えてからにする。今からは残りの時間を楽しめ」

「わかりました」

橋岡先生の指示に従い、多目的ホールへ静かに入場して講演を聞いた。


この日の午後はクラス別行動となっており、四組のプランは水族館での観賞と国際通りでの買い物となっている。

少し遅めの昼食の時間を終え、バスでクラスメイト達とかりゆし水族館へと向かった。

沖縄の水族館といえば美ら海水族館が有名だが、このかりゆし水族館も大きく注目されているらしい。開業したばかりで最新の映像技術や空間演出を駆使した近未来的な作りになっており、スマホのアプリケーションと連動させて楽しむという新感覚の水族館だ。

「昨夜から朝までどこにいたんですか？」

水族館のある大型ショッピングモールの駐車場でバスを降りると、クラスメイトの木梨に声をかけられた。流石に同部屋の生徒は昨日の俺達の行方を気にするか。

「昨夜は部屋を出て班員のみんなと会ってたんだ。それがバレて今朝は橋岡先生から説教を受けていた。とんだ災難だったよ」

辻妻を合わせた嘘を話す。みんなも上手く説明してくれていればいいが。

「……そんなことがあったんですね」

「心配かけていたなら悪かった」

「いえいえ。おかげで昨夜は部屋にこっそり女子達を呼べましたよ」

「まじかっ、木梨達みたいな優等生グループでも意外と大胆なことするんだな」

俺達がいない間に部屋に女子が入っていたとは……出発前に部屋へ戻った際に、ベッドに一本の長い毛があり疑問に思っていたが、あれは昨夜来ていた女子の髪の毛だったか。

「茂中さんほどではないですよ。それでは」

ニコニコしながら去っていった木梨。何を考えているのか表情から全く読み取れないので、関わっていると不安が生じるような不気味さがある生徒だ。

それにしても、茂中さんほどではないという言葉が妙に頭に残ったな。

きっと俺が夜中抜け出したという説明を聞いたからだと思われるが、まるで離島へ行って帰ってこなかったことを知っているような言い草でもあった。

俺の考え過ぎかもしれないが、気づかれていないことを祈るしかない。

水族館へ入場してすぐに大きな三面スクリーンに囲まれたシアタールームへ案内され、薄暗い部屋で壮大な映像が流れ始めた。

どうやら生き物の展示を見るのは、必ずこの映像を見てからというシステムらしい。近未来的な水族館に初めて入ったが、色んな手法で楽しめるように工夫されているようだ。

流れに沿って入ったため、関わりのないクラスメイトに左右を挟まれてしまった。

隣に座っていたクラスメイトの男女が手を繋ぎ始めたのが見えた。教室で二人が話しているところを見かけたことはあるが、今まで特に仲睦まじい様子を見たことはなかった。

この修学旅行で同じ班になっていたので、ぐっと距離が縮んだのだろうか……

今まで知り合い程度の仲だったクラスメイトが分かり合える友達に。友達だったクラスメイトが恋人に。気になっていた人と距離が縮んで恋が始まったり。俺の班以外ではそういう甘酸っぱい青春が送られているのかもしれない。

新都心高校では男女の繋がりを増やすため意図的に男女が交流する機会を設けている。

それが功を奏しているのか、実際に右隣にいるクラスメイトはカップルになっている。

もちろん、俺の班でもステップアップはしているはず。無縁だったクラスメイト達が、軽く話せる知り合い程度の仲になったはずだ。

映像は三分ほどで終了してシアタールームを出る。スタート地点が周りとは違うだけ。凝った照明の光や自然の中にいるようなBGMが特別な空間を創り上げている。

水族館を進んでいくと、仲の良い人同士で一つのまとまりができてくる。細かく見るといくつかのグループに別れているのだが、傍から見ると一つの団体になっている。

俺はその集団から自然と摘み出されて、クラスメイト達を背後から眺める形になっている。まるで群れに馴染めず、置いていかれる動物のようだ。

留年していて一つ年上であり、みんなとは立場が違うから馴染めないのは致し方ない。

そして、俺と同様に群れに入れなかった生徒が四人。黒沢と白坂と赤間と金田だ。

だが、何故か呼びかけてもいないのに、みんなは班長である俺の元へ集まってきた。

「別に今日は班別行動じゃないぞ」

そんなのはきっとみんなも分かっている。だが、確認したくなってしまった。

「なんだかわからないけど、このメンバーが集まると落ち着くわね」

「同意見」

黒沢の言葉に白坂が同調する。赤間も頷いている。

「たとえぼっちでも、ぼっちが集まればぼっちじゃなくなる。ぼっち五人が一気にぼっちを脱却できるとか、とんだ逆転劇だな」

「……そうだな」

俺は金田の言葉に深く頷く。

「ちょっと、顔がにやついてるよ」

白坂に指摘されて、俺の頬が緩んでいたと気づかされる。

問題児や嫌われ者、浮いてる人や煙たがられる人が余って寄せ集められたグループ。

周りから見れば地獄なのかもしれないが、地獄は地獄でも居心地の良い地獄だ。

「彼女のことでも考えてた？」

「違うって」

顔がにやけてしまっていたのは、きっと幸福を実感していたからだろう。まさかアリスのこと以外で幸福を感じられる日が来るとはな。

「どうだかね……」

「茂中、このスマホのやつどうやるのかしら？」

「まず、この水族館の公式アプリをインストールして、そのアプリを開いた状態でこのパネルに画面をかざすんだ」

各エリアにスマホと連動するパネルが設置されている。実際にスマホをかざしてみると、そのエリアにいる魚や動物の情報が表示された。

バスの中で配られた資料にアプリのＵＲＬやＱＲコードが付いていて、インストールの仕方は丁寧に書かれていた。もちろん、楽しみ方も一目で分かるほど単純だった。

子供の頃からスマホに触れてきている今の高校二年生なら誰だって理解できるだろうし、黒沢以外はみんなスムーズにできている。

「アプリをインストールしたか？」

「………？」

俺の質問に、はてなマークが浮かんできそうなほど、首をかしげた黒沢。

「スマホは持ったばかりなのか？」

「高校生になってからよ。それに、ほとんど連絡用にしか使ってないの」

親の方針によっては子供にスマホをほとんど触らせない人もいるそうだ。

だが、それだと黒沢のように時代に付いていけない若者を生むことになってしまう。

「黒沢のスマホ、扱ってもいいか？」

「むしろ代わりにやってほしいわ」

俺はアプリのページを開いてインストールしようとしたのだが、パスワードの入力を求められてしまった。

「後はパスワードを入力すれば、インストールできる」

「……覚えてない」

パスワードを覚えていないのは致命的だな。指紋認証や顔認証もできない機種だし……

「そういうのは絶対に忘れないパスワードにしないと駄目だぞ」

「こ、子供扱いしないで。そもそもパスワードなんて知らないし、きっと登録してないもの。そういうことにするわ」

明らかに苦しい言い訳をしているが、それでも黒沢は強がって見せた。

俺は黒沢のこういうところが可愛く思える。人によっては嫌気が差してしまうかもしれないが、俺は見ていて温かい気持ちになる。

「じゃあ、俺のスマホを代わりに使っていいぞ」

「いいの？」

「かまわん。別に俺は魚の種類とか特に気にならないし」

「う〜ん……じゃあ、一緒に見ていくのはどうかしら？」

「それでもいいけど」

俺のスマホを共有する流れになったため、俺にべったりと寄り添って水槽を見て回る黒沢。これじゃあ、まるで恋人とデートしている気分になるな。

「この魚はピラルクというらしいわ。一億年以上前から同じ姿をしているって説明が書かれているわよ」

俺の前で魚の説明をしてくれる黒沢。間近に顔があるから口元のホクロが目に入る。アリスもほぼ同じ位置にホクロがあったため、どうしてもその口元に意識が行ってしまう。あの口は大切な言葉をたくさん聞かせてくれたし、何度もキスをしたからな。

「茂中、どうしたの？　私の顔に何か付いてる？」

「すまん、ちょっとボーっとしてた」

危ない……うっかり黒沢の口元を見つめてしまっていた。

「茂中先輩、スマホの充電が無くなってしまったのであたしも傍で見てていいですか？」

赤間が俺の元へ来る。絶対にスマホの充電はあると思うが、指摘するのは可哀想だな。

今は黒沢も傍にいるので別に問題はないだろう。この状況で過度に踏み込んでくることはなさそうだしな。

「……あの二人、地味に相性がいいのかしら？」

黒沢は同じ水槽の前にいる白坂と金田の方を見ている。

「モデルとカメラマンって立場の時だけは相性が良さそうだな」

白坂は魚を見るというよりかは金田に向けられたカメラを意識している。金田も魚ではなく白坂をレンズ越しに見ている。

「逆光になってない？　大丈夫？」

「大丈夫だけど、気持ちもう少し右に移動した方が綺麗に撮れそうだ」

「気持ちもう少し右ってどれくらいよ、具体的に言って」

「コンドーム一つ分くらいだな」

「ならこれぐらいね……って、例えのチョイス、キモすぎでしょ」

普段の白坂は金田を蔑むことも多く少し距離を置いているが、写真撮影の時だけは金田と楽しそうに話している。

「あっ……」

赤間と黒沢は俺のスマホを見て、驚いた後に画面を凝視した。

「どうした？」

「すみません、アプリが落ちちゃってて、画面に触れたら写真フォルダが……」

俺のスマホ画面にはアリスとのツーショット写真が表示されてしまっている。朝に見ていたせいか、写真を選択しなくとも表示された状態になってしまっていた。

「見ないでくれ」

慌ててスマホを赤間の手から取り、画面を水族館のアプリに戻す。

「……茂中先輩、本当に彼女いるんですね」

「前にも話しただろ」

「実際の写真を見てしまうと、痛いくらい実感しちゃいます」

悲しそうな顔をしている赤間。ショックを与えてしまったのは心が痛むが、むしろこれで俺との距離感が普通になってくれるといいんだが。

「……性格悪そうな人ね」

「おい、アリスのこと悪く言うと黒沢でも怒るぞ」

「ご、ごめんなさいっ。そんなつもりじゃ……」

黒沢を睨むが、不自然に戸惑っていて、謝りながらも困った表情を見せている。

そんなつもりじゃなかったという言葉は本当のように見える反応だが、だとしたら何故、黒沢は何も知らないアリスのことを悪く言ってきたのか……

「さっきのは失言だったわ。あなたの彼女のこと、なんにも知らないのに」

俺と目を合わせられず、俯いて居心地悪そうにしている黒沢。

言葉だけでなく、態度にも反省というか後悔している様子が見て取れる。

まさかの写真公開で沈黙が生まれ、空気が悪くなってしまった。どうしたものか……

「おいおい、水族館でこんな暗い奴ら見たことねーよ。葬式じゃねーんだから」

そう言いながら問答無用で俺達の写真を撮ってくる金田。

「水族館での楽しみ方がわからねーんだったら、名前当てクイズでもやったらどうだ？」

金田は水族館の楽しみ方を教えてくれるようだ。早速、一匹の魚を指さしている。

「まずはイージーな問題からだな。じゃあ、こいつの名前を黒沢答えろ」

「ちょっとウナギっぽいから、ウナギフィッシュとかかしら？」

「残念。そいつはブラックゴーストナイフフィッシュって書いてあるぜ」

「そんなの当てられるわけないじゃないっ」

どこにナイフ要素があるのよと不満を漏らしながら、その魚を目で追っている黒沢。

金田のおかげで少し空気が明るくなった。いつの間にか俺達のムードメーカー的な立ち位置になってくれているので地味に助かるな。

その後もみんなでゆっくりとそれぞれの水槽を見ていく。見たことのない魚や、トカゲや蛇などの爬虫類、ペンギンなどの鳥類もいる。

俺達はクラスの集団よりも遅れているため、既にクラスメイトが見尽くしたエリアにいる。そのため、わちゃわちゃせずに静かな状態で落ち着いて観賞することができるな。

「あっ、カワウソじゃん」

白坂がカワウソを見つけると、黒沢が何も言わず突撃するかのように白坂の元へ駆け寄る。

二匹のカワウソが仲良さそうに水槽の中を動き回っている。

それを目に焼き付けるように凝視している黒沢と、無感情で見ている白坂。

「かわいい〜」

別のカップルのお客さんもカワウソを見て、女性が甲高い声を発している。

犬や猫が好きな女性は、実物や動画を見ると第一声にかわいい〜と発することが多い。

だが、カワウソ好きの黒沢は黙って睨むようにカワウソを見ている。普通の女の子のようなリアクションはせず、一瞬の隙も逃さないように監視している。

アリスと最初に出会ったのは動物園だったが、アリスも動物を監視するようにずっと睨んでいたな。それにしても、黒沢を見ているとアリスを思い出すことが多い気がする。

みんなは二分ほどでカワウソ観賞を終えて別のエリアに移動した。だが、黒沢だけは一歩も動かずにカワウソをずっと見ている。

人の角質を食べることで有名なドクターフィッシュを無料で体験できるコーナーがあり、隣にいる赤間は興味を示していた。

「やってみてもいいんじゃないか？」

「ちょっと怖いですけど、せっかくなのでやってみます」

赤間の背中を押すと、服の袖をまくってドクターフィッシュの水槽に手を入れた。

「んぅ〜っ」

想像以上にドクターフィッシュが赤間へたくさん食いつき、可愛い声を出してくすぐったそうなリアクションを見せた。

「おいおい、赤間のどこか弄ったのか？」

「いや、俺は何にもしてない」

赤間のリアクションを見て、最低な例えツッコミをしてくる金田。

「じゃあ、赤間さんの乳首でもつまんだの？」

「おいっ」

金田を上回る最低な例えツッコミをしてきた白坂。女性が言うとリアル感が凄いし、そういう反応するんだろうなと納得できちまうっての……

赤間は水槽から手を引き、近くの水道で手を洗っている。

「どうだった？」

「最初はくすぐったかったですけど、徐々に気持ちよくなりました」

白坂のツッコミのせいで、赤間の感想が別の意味に聞こえてきてしまうな。

俺達はさらに奥のエリアに進もうとするが、黒沢はまだカワウソを見ていた。

「……んちゅんちゅ」

一人でカワウソを見つめている黒沢の背後に立つと、謎の囁き(ささや)きが聞こえてきた。

「んちゅんちゅ」

まるで子供をあやすかのように、慈愛に満ちた表情でカワウソに声をかけている。

「な、何だそれは……」

「い、いつからそこにいたのっ⁉」

顔を真っ赤にして振り向いた黒沢。どうやら、カワウソの世界に没入していたようだ。

「い、今のは……う、ウソんちゅの鳴き声よ」

黒沢はこの水族館のマスコットキャラクターである、ウソんちゅの鳴き声を発していたようだ。普段の冷淡な姿からは想像もできない一面であり、違和感が異常だったな。

「でも、実際にはこのカワウソ、イっーイっーって鳴いてないか？」

「……けっこう似てるわね」

両親が動物園で働いているため、子供の頃から両親のいる動物園に通いつめていた。その影響もあって、動物の鳴き声の性質も理解できている。

「もう一回やってみて」

「イっーイっー」

んちゅ
んちゅ

「ふふっ、可愛いわね。ちょっとしゃがみなさい」

言われたましゃがむと、動物を愛でるかのように俺の頭を優しく撫でてくる黒沢。

もう一度真似をしたのは恥ずかしかったが、黒沢がご機嫌になったのでよしとするか。

「そろそろ行くぞ。時間も限られているから」

「ええ。ちゃんとたっぷり堪能できたわ」

何分も凝視していたためか、黒沢は大満足な表情を見せている。

「ウソんちゅ……バイバイ」

黒沢は悲しそうにカワウソに手を振っている。俺の思い違いかもしれないが、カワウソも少し悲しそうな表情をしているように見えた。

「今から動物達への餌やり体験を行いまーす」

スタッフの声の呼びかけを聞いたクラスメイト達がこぞって集まってくる。どうやらナマケモノやリクガメなどの様々な動物に餌やり体験が行える時間が始まるようだ。

クラスメイト達は盛り上がり、動物のエリアからは甲高い声や笑い声が聞こえてくる。

俺達はその空間に入れず、少し離れたクラゲのエリアへと足を運んだ。

「何ここ、静かで快適じゃん」

白坂の言う通り、ここは静かで居心地がいい。ゆったりとしたＢＧＭが流れ、色鮮やかな照明で幻想的な空間を演出している。

柱のような筒状の水槽が何本もあり、その中にはクラゲがゆったりと動いている。

「動物の餌やり、しなくてよかったのか？」

「別に。私はこっちにいる方が好き」

「私も騒がしい空間より、ここの方が楽しめるわね」

白坂の言葉に黒沢も同調する。カワウソへの餌やりだったらどうなっていたことか……

「あたしもここが良いです。クラゲだって見ていて癒されますよ」

「俺もここがベストだと思うぜ。俺達があの煌びやかな場にいても浮いちまうが、この薄暗い場所なら溶け込めてると思うしな」

赤間も金田も同調する。それぞれ良い意味でも悪い意味でも個性的でバラバラな集まりなのだが、共通しているところも多いので意見が一致する時もある。

明るい場所に馴染めず、日差しを避けて日陰に集まる。今まではそれぞれ別の日陰で過ごしていた俺達が、同じ日陰で集まるようになった。

「茂中さんはどうなの？」

「俺もここがベストだと思う」

「なら、問題ないね」

白坂の言う通り、俺達はこれで何も問題ない。

無理に居場所を変える必要はない。俺達には俺達だけの相応しい場所がある。

終わりの時間が迫ってきたので一足早く水族館を出た。出口にはグッズショップがあり、黒沢はカワウソがシーサーの着ぐるみをまとっているぬいぐるみを三つも買っていた。

水族館を出てからはバスで那覇中心部にある国際通りへ向かった。

数多くのお土産屋にカフェや食事処などのお店がどこまでも続いている国際通り。クラスメイト達はここでショッピングを楽しむ流れのようだ。

俺達はまた呼びかけることなく自然と集まった。偶然も何度も続けば必然になる。俺達は修学旅行を終えても、きっと必ず集まるはず。

大きなお土産屋へ入り、俺達は黙々と商品を眺める。

俺は両親へ渡す用に紅いもタルトを購入し、アリスには赤色のシーサーを買う。アリスは赤色が好きだったのできっと喜んでくれるはず。

商品の購入を終え、みんなの様子を見る。赤間はキーホルダーや缶バッジのエリアを眺めていて、欲しい物を物色しているようだ。

その様子を見ていたクラスメイトの女子二人が、何やらこそこそと話している。それに気づいた赤間は顔を曇らせて下を向いてしまう。

「おい、さっきからちらちら見てんじゃねーぞ」

女子二人組の背後から聞こえてきた金田の声。女子達は何も言い返せず離れていった。

「……あ、ありがと」

女子達を退散させてくれた金田に赤間は感謝を述べている。

俺にはできなかったことを平気でやってのける金田。あの行動は尊敬するし、友達思いの良い奴だなと改めて感心する。

「別に感謝されるほどのことでもねーよ」

気恥ずかしそうにカッコつけている金田。実際にカッコイイので様になっている。

「お土産に迷ってるなら、ちんこすこうでも買ったらどうだ？」

「……キモ」

金田はせっかく赤間からの信頼を得たのに、セクハラ発言をして自ら五秒で信頼をかき消してしまう。照れ隠しもあるだろうが、自分の評価を下げるのに徹底しているな。

「俺達にはわざと嫌われる必要はないんじゃないか？」

赤間が離れていき、一人になった金田へ声をかけた。評価を下げる方針は否定しなかったが、俺達にまで嫌われる必要はないはず。

「いや、別に俺は変なこと言ってねーぞ」

「ちんすこうのこと変な言い方してただろ」

「いや、まじであるから。ほら」

金田は俺にお菓子のお土産を見せてくるが、本当にちんこすこうとパッケージに堂々と書いてあった。股間丸出しの赤ちゃんのイラストが描かれており、ちんことわざとカルタ入りと気になるおまけの情報もある。ジョーク的なお土産のようだな。

「……ガチだな。俺が悪かった」

「じゃあ罰として茂中パイセンもこれ購入な」

金田にちんこすこうを手渡される。中身はチョコ味のちんすこうらしい。

商品を持って再びレジへ向かうと黒沢が購入中だった。食べ物のお土産をいくつか買っているのだが、その中にちんこすこうがあったのは見なかったことにしておこう。

その後もショッピングを続け、歩き疲れた俺達はブルーシールというお店でアイスを食べながら休んだ。

友達と一緒にアイスを食べるのは普通の人からすればよくある光景かもしれないが、俺達にとっては特別なことだった。

孤立して友達すらいなかった俺達は、その当たり前のことさえできなかった。

俺はこの関係を大切にしたいと強く思う。当たり前のことすら特別に思えるからこそ、みんなもきっとこの関係を大切にしてくれるはずだ。

俺達は他のグループよりも強い絆で結ばれるかもしれない。数少ない友達だからこそ失いたくない気持ちは強くなり、大切にしたい思いが芽生えるはずだからな——

▲

修学旅行最終日。

朝は観光地の万座毛へ行き、高い断崖に波が打ち寄せる大迫力な光景を見た。

その後、バスで空港に向かい、帰りの飛行機を待つ時間となった。

「旅立つ前は不安と不満しかなかったのに、不思議と寂しい気持ちになるわね」

黒沢は空港の展望デッキで名残惜しそうに飛んでいく飛行機を眺めていた。

「あたしはずっとこっちにいたい気分。帰っても良いことないし」

赤間は帰りたくないといった様子。最初は修学旅行へ行かない意思も見せていたが、戻りたくないと思えるほど充実した日々を過ごすことができたようだな。

「茂中はあまり名残惜しそうにしていないわね」

「……みんなのやりたいことを叶えられたから、寂しいというよりかは達成感みたいな気持ちが強いな」

「あなたが班長で良かったわ。最初はちゃんと自分に務まるか不安そうにしていたみたいだけど、結果的には大成功じゃないかしら」

元生徒会長の黒沢は班長に対して厳しい目線を持っていたが、その黒沢が素直に褒めてくれたのは嬉しい。黒沢に認めてもらいたかった自分もいたからな。

まぁ俺が成功できたのも、アドバイスをくれたアリスのおかげなのだが……

「良い思い出になったわね」

黒沢は俺の欲しい言葉を言ってくれる。素直な性格だからこそ、真っ直ぐな言葉で伝えてくれるのだろう。

みんなが変われば修学旅行も楽しめるとは言ったが、黒沢が最も最初の頃と変わった気がする。俺達に気を許して素直さを見せてからは、俺達の中心となっていったからな。

「班長は今日で終わりだけど、これからは班長じゃなくて私達のリーダーだね」

白坂は俺の目を見ながら、この先の話をする。その目には期待が込められている。

「それはつまり、このグループをこれからも継続するってことか？」

「白坂お嬢様の意見に異議なーし」

金田が賛同すると、みんなもそれでいいと頷いてくれる。

俺が理想のリーダーになるために掲げた、班のみんなと友達になり修学旅行後もグループとして集まろうという大きな目標。

最初は誰もが無理だと思っていた目標だが、その目標を達成することができたようだ。

「みんな……ありがとう」

「それは私達の台詞なんですけど〜。頑張ってたの茂中さんだけだし」

白坂が背中を叩いてくる。白坂が触れてくるのは初めてだな……

俺は班長の仕事を全うできたようだ。それでも快く満足できていないのは、他にも何かやれることはあったかもなと思ってしまう抑えきれない向上心のせいかもしれない。

「そろそろ時間だから集合場所へ行かないとな」

俺達は展望デッキから室内へ戻ろうとしたが、先頭を歩く黒沢が慌てて振り返ってきた。

「そういえば、あなたのやりたいことは叶えられてないじゃない」

黒沢はハッとした表情を見せ、俺に詰め寄ってくる。

みんなもそういえばといった様子で立ち止まり、俺の顔色を窺ってくる。

「いや、俺もちゃんと叶えたぞ」

「えっ……というか、そもそもあなたのやりたいことすら発表してなかったじゃない」

「いや、最初に言ったはずだぞ。俺はこの修学旅行で、みんなが修学旅行でやりたいことを全部叶えたいって」

俺のやりたいことが一番難しかったが、それもどうにか叶えることができた。

「それが俺の修学旅行でやりたいことだった」

「何よそれ……」

黒沢は納得いってない表情をして、自分の髪を意味もなく弄っている。

「自分のことは考えてないってか？」

「違う、本当に俺のやりたいことはそれだったんだ。だから、きっと俺は誰よりも満足しているし、修学旅行を楽しめたと思っている」

金田が言っていることは真逆だ。俺は自分のことを最優先していたからな。

「茂中さん、無理してない？」

「俺は一緒にいる人が楽しんでいる時に楽しみを感じるし、一緒にいる人が幸せになった時に一番幸せを感じる性格なんだ。だから、無理もしてないし、そういう人間もいるんだと思ってほしい」

「……そんな人間、いるわけないじゃん」

「いや、茂中先輩のその言葉って本当だと思う。普段の言葉や行動から、そういう性格なのは伝わってくるから」

白坂の否定に赤間が反論してくれる。赤間は誰よりも俺を見てくれていたからな。

「私もわかってる。わかってるけど……まだ信じきれないから」

誰もが自分を中心に物事を考える。自分が一番大事だし、当たり前のことだ。それと真逆の生き方をしているように見える俺を白坂はどうしても受け入れられないようだ。

俺も自分が一番大事だと思っている。だから、そんな自分と一緒に居てくれる人が大切になるし、その居場所を守るのにも必死になってしまう。

「あなたの人間性は理解したわ。これまでのあなたを見てきて、私は信用のおける人だと判断してる」

相変わらず上から目線の黒沢だが、誰かに理解されるのは安心する。

「次に何か機会があれば、私があなたのやりたいことを叶えるから覚悟しておきなさい」

冷淡な表情で放った黒沢の言葉は、俺のためを想った優しい言葉だった。

「私達から聞き出したように、あなたから願望を無理やり引っ張り出してでも叶えるわ」

「お、俺のことは別に……」

「無理よ。それが次の私のやりたいことになるもの」

頑なな意志を見せる黒沢。頑固な性格なのは知っているので、もう断れそうにないな。

「あたしも今度は茂中先輩を幸せにします。どんな手を使ってでも」

赤間は上目遣いで俺を見つめてくる。恩を感じているのか、その言葉には気持ちがしっかりとこもっていた。

「じゃあ、次のイベントでは茂中パイセンがナンパしていいぜ。俺がサポートすっから」

「金田が足引っ張るから無理だろ」

「舐めんなって、今回の件でもう絶対にあんな後悔をしてたまるかってなったからな」

澄まし顔でカッコイイ台詞を言っているが、女性陣からは呆れた目で見られている。

金田と一緒に居ると今まで縁のなかった体験も増えてきそうだ。それも悪くない。

俺達は室内へ戻る。みんなが空港のお土産屋を覗く中、白坂が俺の隣にやってきた。

「……茂中さんのこと、深堀りしちゃうから」

白坂は今まで見たことのない悪戯な笑みで俺を見ている。

「茂中さんのこと、いっぱい知りたくなっちゃった」

「俺のこと知ったってなんにも得るものなんてないぞ」

「そんなことないって。茂中さんをもっと知れば、まだ知らない自分にも出会えるかもしれないからさ」

色んな感情を知りたいと言っていた白坂。そのヒントを俺から得ようとしているようだ。

「みんなの前では誠実な茂中さんも、裏では汚い部分とかあるかもでしょ」

「……俺のことは放っておいてくれると助かるんだが」

「ムリ～、興味持たせた茂中さんが悪いんだよ」

白坂のようなモデルの綺麗な女の子に興味を持ってもらえるのは光栄なことだが……

俺の事情を知られるのには嫌われてしまう怖さも付き纏っている。

橋岡先生の生徒に呼びかける声が聞こえてきて、みんなは先生の元へ集合し始める。

「もう終わりか～」

「そうだな。後は帰るだけだ」

「素敵な旅行をありがとう。茂中さんのおかげで楽しかったよ」

自然な笑顔を見せてきた白坂。普段は見せないあどけない表情が垣間見えた。

美しさの中に可愛さがあって、男女問わず誰もが魅了されそうな笑顔だったな。

白坂は笑顔を出せていたことに気づかず、前にいた黒沢の元へ駆け寄っていった――

第七章　波乱無しではいられないね

修学旅行を終え、再びいつもの学校生活が始まった。

俺達は修学旅行前と変わらず昼休みを一緒に過ごし、休み時間も軽く話す仲が続いている。俺が声をかけたわけでなく、みんなは自然と集まっている。

修学旅行前と変わったのは、会話量やみんなの表情だろう。もう以前のような気まずさやよそよそしさは薄れ、友達だとはっきりと言える距離感になっている。

今日の放課後は修学旅行中に就寝時間後に部屋を抜け出した件で橋岡先生からの説教があるため、俺は時間が来るまで教室に残っていた。

「パイセン、全責任を取って説教を待つ気分はどうだ？」

金田は放課後になっても帰らず、俺の元へやって来た。

「怒られるのは慣れてる。なんせ留年を経験した問題児だからな」

「流石は俺達のリーダーだ。肝が据わってやがる」

相手が恐い先生なら腰も引けるが、相手は橋岡先生だ。理不尽な怒り方はしないはず。

「……まだ帰らないのか？」

「ああ。俺も行くからな」

何故(なぜ)か金田も自ら俺と説教へ向かう意志を見せてくる。

「一緒に来ても怒られるだけだぞ。それに、今回の件は俺の責任だ」

「いや、あの茂中(もなか)パイセンの暴挙のおかげで俺も楽しめたからな。責任を茂中パイセン一人に押し付けらんねーよ」

「……一緒にいてくれるのは心強いが」

金田が自主的に一緒に行くと言っているなら、それを拒絶するわけにはいかないな。

「あいつらも同じみたいだぜ」

金田が教室を見ると、白坂(しらさか)も赤間(あかま)も黒沢(くろさわ)もみんな帰らずに残っていた。

「これから説教なのでしょ？」

目が合った黒沢は俺の元へ来てくれた。それに合わせて他のみんなも立ち上がる。

「だから、私も付いていくわ」

なんと金田と同様に、俺に付いていくと言い出した黒沢。

「私も行くよ。私達のやりたいことを実行するために無謀なことしたんでしょ？　なら、茂中さん一人に押し付けるのは違うと思うしね」

最初は怒られるのを恐れていたはずの白坂も、自ら俺についてくると言ってくれる。

「あたしは茂中先輩にずっと付いてくって決めたんで」

赤間も少しも嫌そうな顔を見せず、一緒に行くのが当然といった態度だ。

「……みんな巻き込んでごめん。一緒についてきてくれてありがとう」

申し訳ない気持ちと感謝の気持ちが合わさって、ごめんねとありがとうを重ねて伝える形になった。

最初はバラバラで手の付けられなかった班が、今はこうしてまとまっている。

頭に思い浮かべていた理想の光景を形にすることができたな……

今まで得たことのない達成感で心が満たされていく。ほんのわずかだが、自分のことを初めて誇れる気になれたな。

「じゃあ、みんなで怒られに行くか」

みんなと一緒に橋岡先生の元へ向かう。不安もみんなのおかげで消え去った。


「おいおい、揃(そろ)いも揃ってどうした？」

生徒指導室へみんなと一緒に入ると、待っていた橋岡先生が驚いた反応を見せた。

「みんなと一緒に怒られに来ました」

「茂中一人の責任じゃなかったのか？」

「それは許されなかったみたいです」

俺の言葉を聞いた橋岡先生は嬉(うれ)しそうな表情を見せている。

「参ったな……問題児が一致団結してしまうと、私も手に負えん」

「俺達を寄せ集めたのは橋岡先生ですよ」

「そうだな。これは私が撒いてしまった種だ」

クラスの問題児を一つに寄せ集めるのは、まとめて管理ができ都合が良かったのかもしれないが、問題児が団結すれば手に負えないことをしでかす時もある。

「こいつは必要なかったようだな」

橋岡先生は手に持っていた反省文の用紙を破って丸めてしまった。

「いいんですか？」

「書かせておけと教頭に渡されたが、何を反省する必要がある？」

反省文は必要無いと判断してくれた橋岡先生。みんなも先生のイカした対応を見て嬉しそうにしている。

「君達は修学旅行を経て大きく成長した……足りなかったものを手に入れたんだ。反省文なんかで反省を促すどころか、むしろ賛辞を贈るべきだろう」

橋岡先生はみんなと一緒に来たことを高く評価してくれているようだ。

「ちゃんと説教しないと、人は図に乗ってしまいますよ」

橋岡先生が優しすぎて逆に怒られなくていいのか心配になる。

「人生はズル賢く生きた方が良い。被害者を出さず迷惑もかけないなら、何をしたってかまわない。馬鹿正直に生きていたら、大人になって後悔するぞ」

「今回の件は、橋岡先生にだけは迷惑をかけてしまいました」

「私は迷惑だと思っていない。生徒の成長を迷惑だと感じたら、それこそ教師失格だ」

きっと橋岡先生が他の先生のような無意味で理不尽な厳しさを持ち合わせていたら、俺は無難な挑戦しかできていなかったし、今のみんなとの関係も築けていなかったはず。

橋岡先生だからこそ、俺は成長できて大事なものも得ることができた。

「これからの学園生活、派手に楽しめ。それが私からの説教だ」

俺達は橋岡先生の優しさに甘えるのではなく、優しさに応えるように成長して楽しまないといけないな。

「……ありがとうございます」

俺が橋岡先生に頭を下げると、後ろに立っていたみんなも頭を下げてくれた。

「私は別に何もしてないんだから頭は下げないでいい」

気恥ずかしそうにしている橋岡先生は珍しくもじもじしている。

まさか、説教どころか真逆の激励を受けることになるとはな……

「でも助かったよ。茂中一人ではこっちの罰は大変だと思っていたから教頭先生に突き返そうと思ってたが、五人いればむしろ楽しめそうだし問題無しだな」

「えっ」

どうやら反省文の他にも、教頭先生は部屋から抜け出した俺達に罰を用意していたようだ。橋岡先生は教頭先生を毛嫌いしているようなので、変に口出しされたのかもな。

「そろそろプールの授業が始まるから、プール掃除をしてもらいたいんだとよ。業者に頼んだらプールだけ掃除されてプールサイドとかはケチられたらしい。その後始末だな」

「それぐらい俺一人でもやりますよ。みんなは自由参加でいいぞ」

みんなプール掃除をダルいと思っていそうだったが、拒否する者は現れない。

「じゃあ頼んだぞ。用件はこれで終わりだ」

橋岡先生からプールの鍵を受け取り、みんなは生徒指導室からぞろぞろと出ていく。

「茂中碧(あお)……君は本当に凄(すご)いことを成し遂げたんだぞ」

最後に俺が生徒指導室から出る際に、橋岡先生は笑顔でそう言ってくれた。

周りからの評価が自信に繫(つな)がるとアリスは言っていた。だが、まだまだ自分に自信が足りていない。何かもっと大きなことを成し遂げたい。

そうすれば、自分に自信が持てるほど周りから評価されるはず——

▲

午前中のみの授業で終わる隔週土曜日だったが、俺達は放課後になっても帰れない。

今日は昨日の放課後に橋岡先生から伝えられたプール掃除を行わなければならず、青空の下で罰と称した雑用をこなしている。

俺と金田はデッキブラシでプールサイドをゴシゴシと掃除し、黒沢は草木やゴミを袋に詰めている。赤間と日差しを避けたい白坂はプールの更衣室等の掃除をしてくれている。

「あ〜くそ、体操着に着替えてからやればよかった」

靴を脱いで裸足になり、制服のズボンの裾を折り曲げて掃除をしている金田。

「悪い、プールサイドの掃除とはいえ服が濡れるのを想定しておくべきだったな」

「別にパイセンを責めてねーよ。プール掃除なんて今までやったことねーだろうから、気が回らなくてもしょうがねーだろうし」

青春ドラマではよくあるシーンかもしれないが、実際は業者がプール掃除を行うのがほとんどだろう。屋上での食事シーンもよく見かけるが、実際には屋上なんて入れない学校がほとんどなはずだ。

プール掃除を罰の雑用だと思うと気は重くなるが、滅多にできない特別な経験だと思えば貴重な時間に変換することができそうだ。

「そういえば返したカメラの写真、早くプリントしてくれよな」

「明日やるつもりだが……自分の写真でも早くチェックしたいのか？」

「いや、女性陣の水着姿を改めて見たくてな。撮ってた時は恥ずかしくてあまり直視できてなかったし」

みんなの水着写真を欲しがっている金田。写真を撮る時は緊張していたみたいだな。

「童貞丸出しの発言だな。もう隠すのは止めたのか？」

「なっ、てめーこら」

痛いところを突かれて気を悪くした金田は、ブラシを軽く振り上げて水をかけてきた。

「こら、喋ってばかりいないで手を動かしなさい」

ゴミ袋をパンパンにして俺たちの元へ来た黒沢。まるで先生のように注意してきた。

「すみません、真面目にやります」

俺は再びブラシで磨き始める。黒沢の言葉には身体が自然と従ってしまうな。

「俺は注意されると逆にふざけるタイプだ。褒めて伸ばしてくれ」

そう言いながらデッキブラシで転がっていたボールをホッケーのように打つ金田。

いい加減にしなさいと怒った黒沢にゴミ袋を投げつけられていた。


「こっちは終わったよ〜」

一時間ほどで白坂と赤間が掃除を終えてプールの方へ戻ってきた。

「しっかりやっておきました。茂中先輩」

わざわざ俺の元へ来て報告する赤間。褒めてもらいたそうに俺を見ている。

「ありがとう。手伝ってくれて助かったよ」

ご希望に沿うことができたのか、赤間は俺の言葉を聞いて満足そうな表情を見せた。

「茂中さ〜ん、ちょっとホース貸して。なんかここ汚れてるよ」

「わかった、今そっちに行く」

空になったプールに入っている白坂に呼ばれたため、俺もプールへ入った。

「あっ」

白坂の元へ歩いている時に足を滑らせ、待っていたホースを勢いよく落としてしまう。

「冷たっ」

俺の前で背を向けてしゃがんで掃除をしていた白坂に、一瞬だが頭からホースの水がかかってしまった。

「ま、まじでごめん。滑って転びそうになった」

俺が落としたホースの先端を摑んで黙って立ち上がった白坂。

こちらに背を向けているので表情は見えないが、俺の不注意で怒らせたかもしれない。

「お返し〜」

「う、うわぁっ」

振り返った白坂はホースを俺に向けて軽く水をかけてきた。

まったく予期していなかったので、驚いて変な声が出てしまった。

「ははっ、驚きすぎ。茂中さんの情けないとこ見ちゃった」

自然な笑顔で笑っている白坂。怒るどころか見惚れてしまい、文句の言葉なんてどこかに飛んで行ってしまった。

「何、急に黙っちゃって？　もしかして怒った？」

「いや、今めっちゃ自然に笑えてたぞ」

「えっ、嘘……」

自分でもビックリしている様子の白坂。いつもの硬い表情に戻ってしまった。もう少し笑顔の白坂を見ていたかったなと後悔してしまう。

「凄く可愛かったぞ」

「な、何言ってんのっ」

俺の発言を聞き、手をばたつかせて慌てている白坂。自然とホースを放してしまったため、また俺に水が少しかかった。

「あ～ごめんごめんっ」

てんやわんやな状況でまた自然と笑えている白坂。俺の身に何かが起こると笑ってくれるようだが、それはそれでどこか複雑だな。

「……服が乾くまでどこか人目の無いところで待ってた方がいいかもな。後の掃除は俺達がやるから」

シャツが濡れた影響で白坂の黒いブラジャーが透けている。目のやり場に困るな。

「何でよ。掃除の邪魔だって言いたいの？」

「いや、俺のせいだが濡れ透けが発生しちまってる」

「あっ、まじじゃん」

普段は隠されているセクシーなブラジャーが見えていると、色気を尋常ではないほど感じてしまう。目を逸らさなければならないのにチラ見してしまうほどに。

「これはヤバいね。金田には見られないようにしないと」

「俺にも見られないようにしてくれ」

「う～ん……茂中さんはギリギリオーケーかな」

一瞬、自分の胸を手で隠したが、結局その手を広げてしまう白坂。

「俺はいいのかよ」

「高校卒業したら大手の下着会社の下着モデルやってくれって話もあるし、そうなったらみんなに見られることになるしね。茂中さん使って見られる耐性付けとくのも有りかも」

モデルは見られるのが仕事なこともある、あまり恥じらいを感じないのだろうか……

「やっぱりモデルやってたから恥ずかしさはそこまで無い感じか？」

「当たり前じゃん……いや、何か知らないけど茂中さんに見られるのは恥ずいんだけど」

白坂は再び胸の辺りを手で隠してしまう。白坂の中で感情がグルグルしているようだ。

「もうどっか行って。へんたいへんたい」

白坂にしっしと手で払われたので、残った掃除を終わらせに向かう。

その後の掃除は白坂の姿が頭から変に離れずにいて、いまいち集中できなかった——


「ねぇ、このままみんなでどこか遊びに行こうよ」

プール掃除を終え、みんなと一緒に校舎を出たところで白坂が遊びの提案をした。

白坂以外のみんなは俺を見ているので、俺がどうするか気にしているようだ。

「すまん、今日は彼女にお土産を渡したくて」

「うわ〜これだから彼女持ちは。付き合い悪っ」

白坂から冷めた言葉をかけられる。俺も遊びたい気持ちはあるが今日は譲れない日だ。

「というか、彼女とは遠距離恋愛中なんじゃないの？」

「そうだ。でも今日は会える」

「むぅ〜怪しい。その割にはテンション低くない？」

俺を疑っている白坂。今日はアリスと会うのでちゃんと沖縄のお土産も持ってきた。

「本当にすまん。今日はたまたま無理な日なんだ」

「はいはいわかったわかった。じゃあまた今度ね」

白坂を不機嫌にさせてしまい、心に強いモヤモヤが生じる。

俺は居心地が悪くなり、その場から逃げるようにアリスの元へ向かった。

◇白坂キラは変わりたい◇

私は気になる。茂中碧という人間が……

『今のままじゃ楽しめないのなら、俺達が変わればいいだけの話だ』茂中さんと同じ班になった日にその言葉を聞いて、勝手に運命みたいなものを感じていた。

あの日から茂中さんを密かに目で追っては、茂中さんのことを考えていた。

茂中さんが私の青春を解放してくれるかもしれない。そんな希望をチラつかせてくる。

私は彼の背中を追いたい。そうすれば、きっと何かが変わるはずだから。

「……ねぇ、みんなで茂中さんのこと追ってみない？」

茂中さんが去り、解散の流れになりかけていたみんなを呼び止めてみる。

「どうして？」

「気になるじゃん。茂中さんが彼女とどんな感じで遊ぶのか」

黒沢の疑問に私は簡潔に答える。本当はもっと理由あるけどさ。

「おいおい、それは悪趣味なんじゃねーか？」

「別に無理してついてこなくてもいいよ。私は一人でも行くし」

金田の指摘は正しい。友達の様子を覗き見るなんて、褒められた真似じゃない。

でも、私は知りたい。茂中さんがどういう人間なのか。

「……あたしは一緒に行く」

「時間とか大丈夫？」

「親に怒られそうだけど、それ以上に気になるし」

炎上の件で寄り道せずに帰ってこいと言われているはずの赤間も乗り気だ。

「黒沢はどーすんの？」

「わ、私は……」

黒沢は迷ってる。きっと初めての体験だから戸惑っているんだと思う。

「茂中さんのこと、気になる？」

「気にはなるけど」

「じゃあ、決まりだね」

恋する乙女のような、もじもじした顔を見せた黒沢。

普段はクールなのに感情豊かなのは羨ましいし、ギャップがあって可愛いなって思う。

私が欲しいものを黒沢は無意識に手に入れている。それが何かムカつく。

「じゃあね金田」

「おいおい、みんな行くなら俺も行くって」

結局みんなで茂中さんの後を追う。幸いにも真っ直ぐの道を歩いていたおかげで、遠くに茂中さんの背中が見えている。

「気になるとは言ったけど、茂中先輩と彼女の仲睦まじい姿を見たらショック凄いかも」

「私は本当に彼女と会うのかを疑問に思ってるけどね」

「えっ、茂中先輩が嘘ついてるってこと？」

赤間は茂中さんが好きだから彼女とのデートを見てショックを受けることを心配しているけど、私は別の意味でショックを受けるかもしれないと思ってる。

「私、腑に落ちてないんだよね」

茂中さんに彼女がいたことは信じている。でも、今も付き合っているのかは怪しい。

「彼女いるのに赤間にバイト代全部渡したりとか、クラスメイトとはいえ女性陣の私達にも異様に優しかったりとかさ」

それに、彼女がいて幸せなはずなのに時折、悲しそうな顔をしているところも怪しい。

他にも茂中さんと一緒にいて気になるところはいくつかあった。

「茂中さんって性格的に恋人できたら彼女一筋になりそうだし、彼女を不安にさせないために交流関係とか狭めそうなタイプだと思う。それなのに、実際は逆のことしてる」

私が茂中さんの彼女なら、今の茂中さんの行動には耐えられないと思う。

「何かしら隠していることがあると思う。私達に嘘をついてるとは思いたくないけどね」

私の言葉を聞いたみんなも思い当たる節があるのか、否定できないでいる。

「でも、私は水族館で事故的に茂中の彼女とのツーショット写真を見たわよ」

「私も見たことある。だから彼女がいたのは本当だと思う」

「今はいないかもしれないってこと？　別れたのに茂中は別れてないと思い込んで、彼女がよりを戻してくれるのを待っているとかかしら？」

「その辺は私も分からない。だからこうして追っているわけで」

茂中さんは自分のことをあまり話さないから謎が多い。何か話せない理由があるのかも。

「これは私の推測だけど、茂中さんは私達と出会う前に彼女に振られたんだと思う。自分が魅力の無い人間だから振られたんだと思って、自分を磨こうというか変えようとしている。そして、もっと良い男になったら彼女と復縁できると信じてるとかね」

ただの推測でしかないけど、信憑性は高いと思っている。

「じゃあ、今日は彼女に会って何するのよ」

「修学旅行で班長になって、自分の努力もあってみんなと友達になれてグループの継続という目標を達成することができたって報告するんじゃない？　沖縄のお土産を持ってね」

茂中さんが彼女と会うってのに嬉しそうにしていなかったのは、不安な気持ちを抱いていたからだと思う。

「……それで復縁できるかしら？」

「無理だと思う。女性の方から振るのは、もう二度と関わりたくないパターン多いしね」

「なら、可哀想な茂中を励ましてあげないといけないわね」

心配そうな顔を見せる黒沢。励ます様子は想像できないし、むしろダメ出ししそう。

「実は架空の彼女って線はどうだ？　アリスって名前も非現実的だし」

「いや、ツーショット写真見たし」

「最近は誰でも簡単に画像加工できるだろ？　自分の写真を別の男の上に貼っつけたとかさ。動画に映っている人さえ違う人に変えられる時代なんだから」

金田の予想は否定できないけど、もしそれが事実だったら茂中さんのこと軽蔑しちゃいそうだ。そんな嘘つく男なんて嫌過ぎるし。

「せっかく仲良くなったのに、ドン引きな真実が待ってたら嫌だなぁ」

「……やっぱり覗き見なんてやめた方がいいんじゃねーか？　世の中には知らない方がいいこともたくさんあるだろ」

「騙されたまま関係が続くのも嫌だもん。絶対やめないから」

知る怖さもあるけど、知らない怖さの方が大きい。

茂中さんのことは深堀りしてくって決めたし、本人を前に宣言もしちゃったからね。

「茂中、三つ先の信号で曲がったわね」

黒沢の言う通り、茂中さんは遂に道を逸れてしまった。

「あそこ曲がっても何も無くねーか？　墓地とかあるとこだろ」

金田の言葉を聞き、私の頭の中で散らばっていたいくつもの点が線になっていく。

「おい白坂、急に立ち止まってどうした？」

私は茂中さんの真実に一足早く気づいてしまった。

しかも、金田が危惧していた知らない方が良かった真実だ。

「おーい、鞄も落としてるぞ」

身体に力が入らない。思わず絶句する真実だったから……

頭の中が、今までの茂中さんの反応を再確認してる。真実を知ってからだと、見え方も変わってくる。彼女のために留年したって言葉も重くなってくる。

「のんびりしてると茂中パイセンを見失っちまうぞ」

茂中さんが時折見せていた彼女を愛おしそうに想う姿。

想いの強さは嫌でも伝わってきてたし、本気で好きなんだなってのも見てて分かる。

「……泣いてるの？」

「えっ、何言ってんの黒沢？」

気づくと、一筋の涙が頰を伝っていた。嘘でしょ？

演技しなきゃいけない時に泣こうと思っても、絶対に泣けなかったのに。

どうして茂中さんは私の感情を強制的に呼び覚ますことができるの……？

「急にどうしたのよ」

黒沢が背中を優しく撫でてくれる。そこまで仲良くないのに距離感近いのが嫌だなって思ってたけど、今はその距離感に助けられている。

「一足早く真実に気づいちゃっただけ」

「えっ、何だったの？　教えなさいよ」

「……私の口から言えないっての」

「なら、早く後を追うしかないわね」

私の反応を見て、より真実が気になったのか黒沢は先を歩き始める。

置いてかれないように鞄を持って、みんなの後ろについていった。

「あれ、なんか墓地から出てきて、俺達とは逆側の方へ進んでったぞ」

曲がり角で金田の言葉を聞き安堵した。今、鉢合わせたら合わす顔がなかったから。

「彼女に会うついでに、誰かの墓参りでも行ったのかしら？」

鈍感な黒沢は気づかない。赤間は何か察したのか、険しい顔を見せている。

「……ねぇ、やっぱり行くの止めた方が良いかも」

「あなたも真実が分かったの？　私だって知りたいから止めないわ」

赤間は黒沢を止めようとするが、黒沢は聞く耳を持ってくれない。

「おいおい、だとしたらヤバいやつ過ぎんだろパイセン」

金田も状況を整理したのか、答えに辿り着いたみたいだ。

金田の言う通りだよ。茂中さん、やっぱりヤバいやつじゃんか……

「もう、何でみんなには分かるのよ」

しびれを切らした黒沢は早歩きで茂中さんを追って行ってしまう。

そのまま本人を追おうとしていたが、墓地の前で何かを察して立ち止まった。

「大丈夫？」

黒沢に追いつき、声をかけながら黒沢の視線の先を見る。

「あそこのお墓、沖縄のお土産が置いてあるわね」

建てられたばかりの綺麗なお墓に、置かれたばかりだと思われるお土産がある。

きっと茂中さんが置いていったのだろう……

そのまま墓地へ入り、お墓の前まで移動する。墓誌には灰原アリスという名が見えた。

「あのシーサーの置物、彼女が赤色が好きだからと茂中が選んでいたものね」

そこまで把握したなら、黒沢も真実に気づいたはず。

「彼女なんていないじゃないの。嘘つきね……」

「別に嘘じゃないと思うけど。茂中さんの中では確かにいるんだよ」

「何かしらの理由で亡くなってしまったのでしょ？　なら、今は彼女はいないじゃない」

あまりにも冷たいことを言うので手が出そうにもなったが、必死にこらえた。

「それが受け入れられないくらい好きなんでしょ。それぐらい分かりなよ」

「……分からないわ。恋をしたことなんてないもの」

私だって恋したことないけど、茂中さんの心中は察せる。きっと黒沢が冷たいだけ。

「いなくなってしまった人を好きでいても報われることなんてないのに。茂中も馬鹿ね」

「あんたねぇ、いい加減人の気持ちとか考えなよ」

「考えた結果なのだけど。過去を引きずって立ち止まっているより、現実と向き合って未来に向かって歩くべきじゃないかしら」

私の気持ちを察したのか、金田が私の前に立って黒沢に接触できないようにしてきた。墓地の通路は細いから、黒沢の元へ行って髪を摑(つか)んでやることができない。

「茂中パイセンが一つ年上ってだけなのに、やたら達観してる理由が分かったぜ」

金田の言う通り、茂中さんは考え方や態度が大人びている。でも、きっとそれだけ想像できないような辛(つら)い体験をしてきたんだと思う。

「茂中先輩……可哀想(かわいそう)」

「そうだね。私達が何言っても安い同情にしかなんないけどさ」

茂中さんを言葉では憂えている赤間。ただ、顔は軽く笑っているように見える。

茂中さんに彼女がいなかったのは赤間にとって朗報なのかもしれないけどさ。

「あたしが癒(いや)さなきゃ。助けてもらった分、今度はあたしが助けないといけない」

「赤間がどうこうしたって茂中さんにとっては余計なお世話でしょ」

「あたしの人生もう終わってるから、茂中先輩に何だってできる。死んだ彼女のこと忘れられないなら、あたしが上書きして忘れさせてあげればいい」

「別に茂中さんは彼女を忘れたいなんて言ってないから」

みんなが変にかき回さないか心配になる。これ以上、茂中さんに傷ついてほしくない。

「白坂は別に先輩のこと好きじゃないでしょ？　あたしはもうあの人って決めてるからあたしに任せて大丈夫だよ。むしろそっちが余計なことしないで」

「ちょっと、あんたねぇ……」

目がギラついている赤間。こんな奴を放っておけないって。

黒沢といい、赤間といい、余り者の問題児だから性格に難が有り過ぎる。

これからみんなと遊んだりして仲良くしていこうと思ってたけど、本当に上手くいくか不安になってきた。楽しいことも多いだろうけど、きっと波乱無しではいられない。

私が何とかして茂中さんを守らないと、取り返しのつかないことになりそう。

……って、何で私が茂中さんのためにこんな必死になんなきゃいけないのよ。

でも、それはそれで私の欲する喜怒哀楽の感情を全て体験できる絶好の場になるかも。

いや、だめだめ。そんなこと考えてたら私もこいつら問題児と一緒になっちゃう。

私もこのメンバーにいる時点で問題児だけど、この中では一番まともなはず。

でもまさか、一番の問題児は茂中さんだったとはね……

エピローグ　救いの手を君にも

朝、目が覚めてもベッドから起き上がれなかった。

昨日はアリスに会いに行ったから、寂しい気持ちが溢れてしまっている。

アリスはもうこの世にはいない。でも、どこかできっと俺を待ってくれている。

それがあの世なのか天国なのかは分からないが、遠距離恋愛をしていることに変わりはない。どれだけ離れていても、俺達が互いを想い続けている限りそれは恋愛なのだから。

俺はスマホを開き、保存されているアリスの音声を選ぶ。

アリスは俺にたくさんのメッセージを残しておいてくれた。文明の利器であるスマホを駆使して、画像も動画も音声もフル活用し、過去と未来のアルバムを作ってくれている。

一人になる俺が心配だったのか、アドバイス系の音声データがやたら多い。そのおかげもありラジオ感覚で聞けるし、まるでアリスと話しているかのような気分にもなれる。

まだ一度も聞いていない、雑談ジャンルにあった22番の音声を再生してみた。

『……今日はね、碧と出会った日のことを思い出してたのよ』

他のメッセージとは異なり、アリスの声のトーンが元気無さそうだ。

『中宮動物園のふれあいコーナーで遊ぼうとしたら、動物がみんな私を避けてた。でも、碧が来たら動物がみんな碧に寄っていったの。その時に私が何でって声をかけたのが出会いだったわよね』

あの時は動物に避けられるのはアリスの付けていた香水が原因だと説明したっけな。

『それから中宮動物園へ行く度に碧がいて、話しかけるようになっていったわ。いつの間にか動物に会いに行くはずが、碧に会いに行くようになっていたの』

高校生になってからは、アルバイトとして両親のいる動物園で簡単な雑用を任されていた。アリスのことは毎日動物園に来る美しい暇人として見ていたな。

『私が好きだったアライグマがいなくなっていて、碧に聞いたら昨日亡くなったって教えてくれたの。私はその事実を知って泣いていたけど、私よりもあのアライグマを長く見てきたはずの碧は泣いてなかったわ』

アリスが勝手にドーマウスと名付けていたアライグマ科のアカハナグマ。ずっと観察してやけに可愛がっていたのはまだ印象に残っている。

『私が碧に悲しくないのって聞いたら、碧は子供の頃からこの動物園にいたこともあって何度も世話していた動物の死を見てきたから悲しみにも慣れてるって言っていた。その言葉を聞いて、この人なら私と一緒にいても大丈夫かもしれないって思ったのよ』

悲しみに慣れてるなんて強がったことを俺が言ってなかったら、アリスとの付き合いは始まらずに終わっていたのかもしれないのか。

『そんなタイミングで碧がもっと私のこと知りたいって言ってきたから、じゃあ付き合ってみるって私が言って頷いてくれたのよね』

もうあの時にはアリスに惚れていたから、アリスから付き合う提案をされたのは人生で一番嬉しかった。今でもあの時の場面は鮮明に覚えている。

『付き合って三ヶ月が経って、私の余命があと半年ぐらいって伝えたら碧はめっちゃ泣いてた。悲しみに慣れてるって言ってたのにね』

何か大事なことを隠しているとは察していたが、余命宣告を受けていたと知った時は衝撃的だったし信じられないぐらい辛かったな。

『しかも碧は私とできるだけ長くいられるように留年覚悟で学校休むって言いだすし、いくら止めても聞いてくれなかった』

大好きな人とあと半年しかいられないかもしれない状況で、学校に行っている余裕は無かった。自分の日常よりもアリスとの時間を選んだ。

『でも、そのおかげで毎日が幸せ。病院に居ても、毎日大好きな人と会えるもの』

アリスの言葉を聞いて安堵する。やはり俺の選択は間違っていなかったと再確認できた。

『碧が本気で好きでいてくれるから、私も本気で好きでいられるの。死のことを考えるよりも、碧のことを考えてしまうから恐怖よりも幸福が勝っているわ』

留年という無謀な道を選んだことで、アリスを幸せにできた。両親を含め周りからの反対の声は強かったが、その無謀な行為で一番大切な人を幸せにすることができたんだ。

『碧は自信が無いみたいだけど、私は碧と付き合えて本当に良かった』

「アリス……」

心のこもったアリスの言葉。そんなこと言われたら無性に会いたくなる……

『私のこと忘れないでね。ずっと好きでいてね……』

「忘れるわけないだろ」

アリスの切ない想いを聞いてしまった。普段はそういうこと口にしなかったからな。

『あ〜やっぱり今の無しよ。こういう時、優しい女性だったら私のことなんか忘れて強く生きてねとか、新しい人と幸せになってねとか言うのよね。そうしないといけない』

俺の前では他の女性と付き合って幸せになってもいいからと言っていた。私より良い女はいないから、別の女じゃ物足りなくなっちゃう呪い付いてるけどと笑って話していた。でも、本当は自分の恋人を誰にも渡したくなかったみたいだ。

『まぁ、こうして録音データとかもめっちゃ残してる時点で未練たらたらか。私がいなくなった後も忘れずに好きでいてくれるようにこんなことしちゃってるしで』

大人っぽくて常に冷静なアリスだが、俺に関することになると周りが見えなくなるような時が多かった。

『バカバカバカバカバカバカ茂中。好きすぎて私が私じゃなくなる。バーカ』

アリスが口癖のように言っていたバカ茂中という呼び方。黒沢も俺をそんな呼び方で呼ぶこともあったな。

『これはボツね。こんなの聞かせられないわ。後で消しとこ……』

音声が終了し、アリスの声が聞こえなくなる。

消し忘れていたのか、ボツになるはずだった音声データを聞いてしまった。

「安心してくれ。絶対に忘れないし、ずっと好きでいるから」

立ち上がると、班のみんなの顔が思い浮かんで早く会いたい気持ちになった。

ずっとアリスだけだった俺の脳内に、いつの間にか新しい人が増えていたな。

学校へ登校し、教室に足を踏み入れた。

留年しなかったら、俺はこのクラスにいなかった。白坂にも黒沢にも赤間にも金田にも出会えていなかった。

そう考えると後悔の気持ちは薄れて、視界が普段より色鮮やかに見える気がした。

「バカ茂中」

……アリス？　いやそんな訳がない。

振り返るとそこには黒沢が立っていた。恐い目つきなのに不思議と安心感がある。

そうか、バカ茂中と俺を呼ぶのは、もうアリスだけじゃなかったな。

「いきなりバカ呼ばわりするな」

「ごめんなさい。ただ、そう言わないとスッキリしないから」

謎の言い訳をしてくる黒沢。気のせいかもしれないが、黒沢の俺を見る目が今までと少し異なっている気がする。

「これからは碧って下の名前で呼んでもいいかしら？　いいわよね？」

「何で急にっ」

「友達だからいいじゃない」

「まぁ、呼ぶなとは言わんが……」

正直、名前では呼んでほしくない。理由は自分でもはっきりしないが、不安が生じる。

だが、黒沢の圧力に負けて頷くことしかできなかった。

「碧。今日からそれでよろしくね」

俺を呼ぶ黒沢の姿が、一瞬アリスと重なって見えてしまった。

「黒沢……どういうつもり？」

俺の元へ来た白坂は黒沢を警戒するように見つめている。

「私が碧を救うのよ」

俺の腕を持って、救うと宣言する黒沢。別に俺は救いを求めてはいないが……

「あんたみたいな無神経女にできるわけないじゃん」

「……なら、あなたにはできるの？」

二人が何を争っているかは知らないが、険悪なムードになっている。

「私は別に、救おうなんて考えてないし」

「なら、口出しせずに指を咥えて見ていなさい」

言いたいことを言い終えた様子の黒沢は、自分の席へと戻っていった。

「……望むところよ」

白坂はそう呟きながら、黒沢が摑んでいた腕とは逆の腕を摑んできた。

黒沢を睨むというよりかは、今はニヤリとした表情で見ている白坂。

先ほどは怒っているように見えたが、今は楽しんでいるようにも見える。

「茂中さんのおかげで、これからの学校生活が私にとって面白くなりそうだよ」

白坂は女優として活躍するために、学校で青春の日々を送って様々な感情を味わいたいと前に言っていた。俺はまだ何もしたつもりはないが、今の白坂の表情を見ていると様々な感情が入り乱れているように見える。

「おいおい、何をするつもりなんだ？」

「初恋……なんつって」

白坂は冗談を言って答えをはぐらかした。

二人が言う、俺を救うとはどういうことなのだろうか——

あとがき

皆様初めまして、作家の桜目禅斗です。

昨年、人生で一番大事なのは行動力なんだと私の中で答えが出ました。

そのため、今作ではキャラクターの行動力がテーマの一つとなっています。

問題児というのは良い意味に捉えれば、行動力のある人とも言えます。何か行動をするからこそ、問題が起きてしまう。行動を起こすからこそ、物語が生まれていきます。

今巻では茂中先輩が凄まじい行動力を発揮していますね。良い子のみんなは修学旅行中に船に乗ってどこかへ行かないでください。橋岡先生がいないと退学です。

これから茂中達は予想もつかないようなとんでもない行動を起こしていきます。

一巻は今作におけるプロローグ的な物語で、二巻から本格的にみんな暴れていきます。

問題児と呼ばれるだけあって、みんなが歩む青春もラブコメも問題だらけになります。

だからこそ、今作では唯一無二の青春ラブコメをお届けすることができるはずです。

みんなが行動した先に何が待つのか。そして、行動した結果、何が得られるのか。

どうか、この物語の行方を最後まで温かく見守ってください――

ここから先は謝辞タイムです。

編集者K様。今作も担当していただきありがとうございます。

もう長い付き合いになりますね。この業界を何年も生きていると、いかに編集者さんとの巡り合わせが大事なのかを思い知らされます。

私が今も作家でいられるのは、新人賞の時にKさんが目を付けてくれたからです。Kさんに見つけてもらえたのは、私にとって人生で一番の幸運な出来事だと思います。大感謝。

イラストを担当していただいたハリオアイさん。黒沢の太ももがいつ見ても最高です。

私のデビュー作である『上流学園の暗躍執事』のイラストもハリオアイさんです。あの作品から約三年……もう一度、二人でタッグを組み作品を世に出すことができました。

また二人でライトノベルを出そうという約束、無事に果たすことができて嬉しいです。

ハリオアイさんが実際に絵を描いている場面を見学する機会があったのですが、圧倒的な絵の上手さに思わず鳥肌が立ちました。

私も十代の頃はイラストレーターを目指していたこともあり、ハリオアイさんの技術の裏にある尋常ではない努力の量や経験値が垣間見えたのです。

そのハリオアイさんに私の作品のイラストを描いていただけることは、光栄で幸せです。

ハリオアイさんは私に作家、桜目禅斗の一番のファンと言ってくれました。

私もイラストレーター、ハリオアイさんの一番のファンです。

これからも何卒よろしくお願いします。そして、いつも本当にありがとうございます。

最後に、この本を手に取ってくださった読者の皆様に最大級の感謝を。

桜目禅斗でした、どうもありがとう。

問題児の私たちを変えたのは、同じクラスの茂中先輩

著　桜目禅斗

角川スニーカー文庫　23198

2022年6月1日　初版発行

発行者　青柳昌行

発　行　株式会社KADOKAWA
〒102-8177 東京都千代田区富士見2-13-3
電話　0570-002-301（ナビダイヤル）

印刷所　株式会社暁印刷

製本所　本間製本株式会社

Printed in Japan　ISBN 978-4-04-112572-4　C0193

★ご意見、ご感想をお送りください★
〒102-8177 東京都千代田区富士見 2-13-3
株式会社KADOKAWA　角川スニーカー文庫編集部気付
「桜目禅斗」先生「ハリオアイ」先生